CB079417

Amor,
o feitiço
mais secreto
de todos.

ELPHIE: A WICKED CHILDHOOD
Copyright © Gregory Maguire, 2025
Todos os direitos reservados.

Publicado mediante acordo com
a William Morrow, um selo da
HarperCollins Publishers.

Tradução para a língua portuguesa
© Jana Bianchi, 2025

Diretor Editorial
Christiano Menezes

Diretor de Novos Negócios
Chico de Assis

Diretor de Planejamento
Marcel Souto Maior

Diretor Comercial
Gilberto Capelo

Diretora de Estratégia Editorial
Raquel Moritz

Gerente de Marca
Arthur Moraes

Gerente Editorial
Marcia Heloisa

Editora
Nilsen Silva

Capa e Projeto Gráfico
Retina 78

Coordenador de Diagramação
Sergio Chaves

Preparação
Victoria Amorim

Revisão
Carina Melazzi
Iriz Medeiros
Retina Conteúdo

Finalização
Roberto Geronimo

Marketing Estratégico
Ag. Mandíbula

Impressão e Acabamento
Braspor

DADOS INTERNACIONAIS DE CATALOGAÇÃO NA PUBLICAÇÃO (CIP)
Jéssica de Oliveira Molinari – CRB-8/9852

Maguire, Gregory
Elfie: Uma História de Wicked / Gregory Maguire; tradução de
Jana Bianchi. — Rio de Janeiro : DarkSide Books, 2025.
288 p. : il.

ISBN 978-65-5598-571-9
Título original: Elphie: A Wicked Childhood

1. Ficção norte-americana 2. Literatura fantástica 3. Bruxas – Fantasia
I. Título II. Bianchi, Jana

25-3898 CDD 813

Índice para catálogo sistemático:
1. Ficção norte-americana

[2025]
Todos os direitos desta edição reservados à
DarkSide® *Entretenimento* LTDA.
Rua General Roca, 935/504 — Tijuca
20521-071 — Rio de Janeiro — RJ — Brasil
www.darksidebooks.com

Uma História de Wicked

Elfie

Gregory Maguire

DARKSIDE

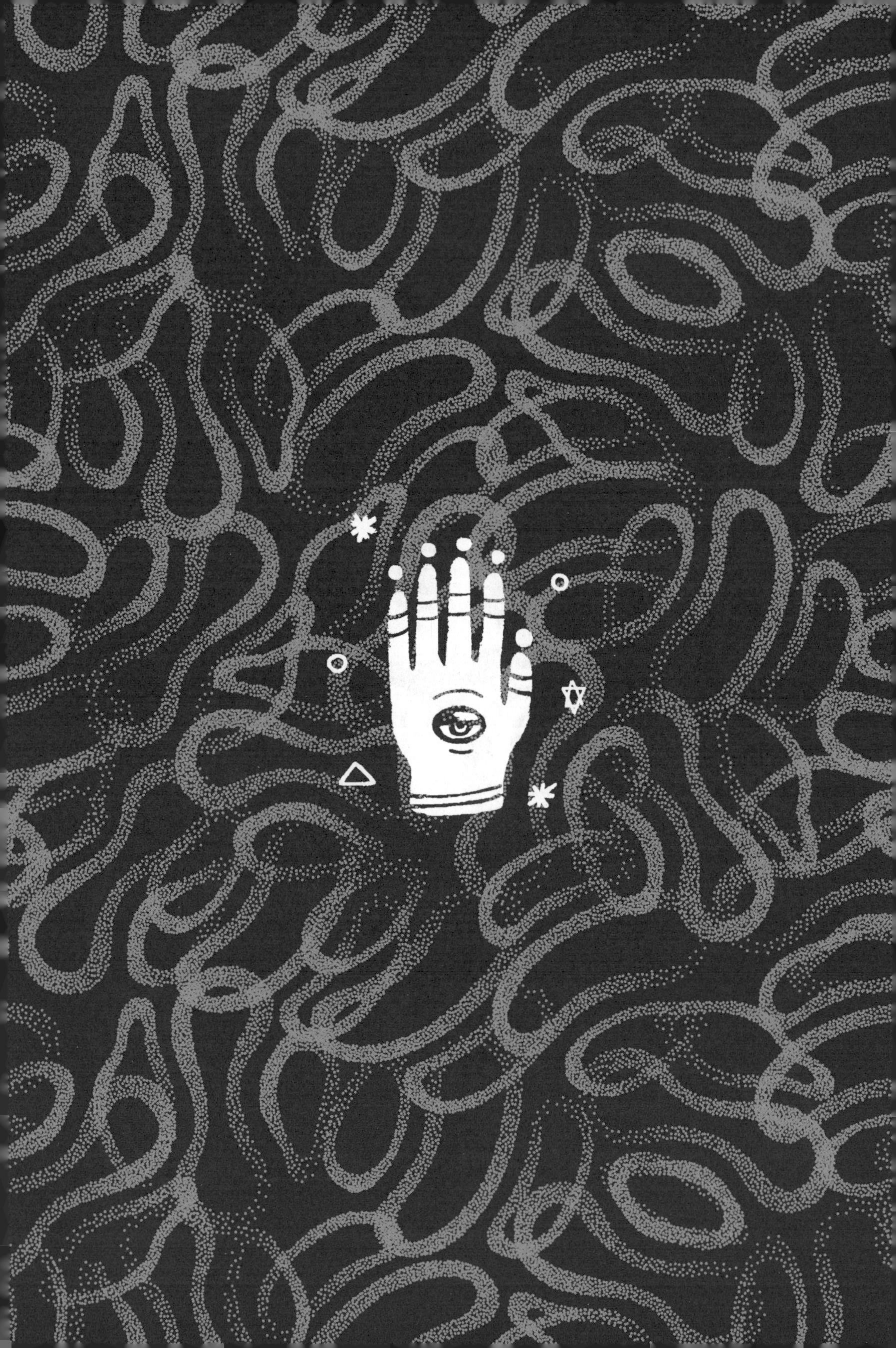

Para Idina Menzel
e Cynthia Erivo
e para todas as
Elfabas que já foram
ou ainda serão.

Busque o autêntico.
Primeiro decida
o que é autêntico
e então siga
com o coração.
Seu coração,
o lugar que você
nem cogita faxinar.
Aquele armário
atulhado de
desvairadas memórias.

Louise Erdrich
"Conselho para Mim Mesma"

Dia do Encontro

PARTE 1

Elfie

1

A guerra está no ar, e ainda assim o ar parece suave. Jasmins apodrecidos e repolhos-de-gambá bem maduros. Sapos no charco cheio de capim-serra. A declaração em basso profundo de um búfalo-d'água perambulando em algum ponto rio acima. Vindo de um lugar mais longe, um *poque-poquiti-poque*. Não chuva, mas mãos humanas batucando tambores de couro de jacaré. Soa aleatório para quem não conhece a gramática. Só um *poquiti-poquiti* enquanto a aurora chega, como o adendo a um pensamento.

Apenas alguns membros da família assimilam tudo isso. O pai, mergulhado em seu devocional, corre os dedos pelas contas de oração. A mãe toma seu banho do dia, nua da cintura para cima, enquanto uma neblina paira sobre a água, salpicada por mosquitos que cintilam e somem.

A filha mais velha repousa sobre uma manta esticada por cima da lama. Ela não é mais um bebê, já consegue sair fuçando por aí ao seu bel-prazer. É capaz até de correr quando se lembra que pode. Tem 3 anos e pouco, talvez 4 anos. Com certeza, tem idade o suficiente. Mas costuma ficar sentada, chupando o dedão e olhando ao redor. Faz isso sempre que os pais estão distraídos, o que acontece com frequência. Parece estar supervisionando o mundo, embora seja apenas curiosa como qualquer outra criança.

Algumas crianças são mais alertas do que outras. Esta é uma delas. Elfie, como a ama a chama. Elfie, desce daí. Elfie, olha a língua. Elfie, tira o dedo da... Elfie.

Uma menina verde em um mundo verde. Talvez o verde seja tão invisível a ela quanto os conceitos de tempo, gravidade, justiça. Ela é só uma criança em uma manta. Através da bruma, o sol vaza, um ferimento exsudando líquidos pela gaze. Ela ouve o chapinhar de remos de alguma canoa que está fora de vista, rio abaixo. Dois insetos se encontram na borda de cetim do seu parquinho de algodão; mas eles pertencem a congregações diferentes, então simplesmente passam um pelo outro. Um tem a cor de um bambu recém-partido, e o outro é de um preto úmido.

A mãe, o pai, a menina e a ama. E também a equipe de carregadores e guias.

Algo fez este dia se destacar do brejo da mesmice. A menina ouve um grito além da água, um grito de gente, de uma pessoa sobressaltada. O som de um ser humano sendo apresentado a algum aspecto inimaginável da manhã.

O pai aperta as contas de oração com força e fecha ainda mais os olhos. A mãe cobre um dos seios com um xale, mas apenas um; até mesmo numa manhã perigosa, algo pode ser passível de sedução. A ama se agacha ao lado da manta de Elfie. Encontra a mão da menina e a segura sem falar nada. É mais para o seu próprio conforto do que para o da criança, uma vez que Elfie é o tipo de pessoa que não pede gestos de consolo.

A guerra está no ar. Ela já notou, embora nem saiba o que é uma guerra. Tira o polegar da boca e o seca na manta macia e manchada.

"Ah, deve ter sido só uma rolinha, não é mesmo?", diz a ama. Uma mentira sobre como é o som da paz, se é que isso existe.

Elfie olha de soslaio para a mulher, mas mantém a opinião para si. Bom, dizer isso é exagero; Elfie *não tem* uma opinião no momento. Com o tempo, verá a ama como uma espécie de fracasso.

O inseto preto se interessou por um fiapo solto da manta rosa. Elfie o observa.

"Ai, que horror!", exclama a ama, espantando a criatura. "Este lugar. E esses bichos. Melena, vá se vestir. Até neste fim de mundo as rameiras são desprezadas."

Elfie não vai se lembrar dessa conversa. Ela tem dificuldade de falar, ou, pelo menos, é o que reza a lenda familiar. Mas que outra ferramenta ela tem para considerar o começo de tudo? Palavras, apenas palavras, e o perigo lustroso de um mundo de maldade.

2

Sobre os dentes. Alguns ainda sussurram que Elfie nasceu com a dentição de uma cobra. Se for o caso, talvez tenha sido por esse motivo que a mãe arrastou a ama nesta missão pela Pátria Quadling: para ser a ama de leite da bebê, assim como foi de Elfie. *Alguém* precisa ser. Mas as gengivas da menininha mais nova eram macias, rosadas e normais, e os dentes de leite que já estavam nascendo delas eram joiazinhas de formato convencional.

Melena sempre valorizou seus atributos, especialmente agora que seu portfólio é limitado ao que lhe restou de charme pessoal. Alguns vestidos de melhor qualidade e uma corpulência elegante, que sinaliza capital social em alguns círculos — como os de Jardim Colwen, seu lar de infância na Munchkinlândia. E sim, verdade seja dita: Melena escapou da supervisão da família pelos últimos quatro anos. Mas, pelo visto, ela não fugiu *por completo* daquela influência formativa. Atitude, pose. A confiança em sua fertilidade. Agora, belos seios são praticamente tudo que lhe resta, ou é o que ela conclui enquanto a nuvem fétida a envolve.

Elfie não se lembra de ter possuído presas afiadas em seu sorrisinho maldoso. Os dentes permanentes vieram sobrenaturalmente cedo e com o formato mais convencional. Ela não vai se lembrar de ter arrancado os próprios dentes de leite quando ficaram moles (talvez porque ninguém mais quis arriscar colocar a mão na boca de Elfie).

A ama sempre diz: "Não beija a bebê, Elfie. Você vai assustar a menina". E é verdade, tem *isso*. A bebê em seus cueiros, a bebê em seus panos pendurada num ramo de serenoa-musgosa. Já tem quase 2 anos, mas cresce devagar. Pequena e de pouca mobilidade, como se fosse muito mais nova. Uma bolotinha de silêncio sob o mosquiteiro. "Jaguares não gostam do cheiro do fruto da serenoa, então ela está em segurança aqui. Os macacos não conseguem desfazer os nós para tirar a menina do ninho. Não se preocupa com ela."

A preocupação não está em jogo aqui. Talvez por uma lembrança muito remota dos dentes de leite afiados, Elfie cogitou mordiscar os cordões para deixar a criaturinha irritante mais acessível aos macacos ladinos. Afinal de contas, eles roubam tudo que não esteja amarrado ou enjaulado.

3

Uma irmãzinha pendurada na árvore. Uma boca de esquecidos dentes afiados. Uma emboscada farejada no ar de uma manhã pantaneira. Um pai se preparando para uma reunião com os ímpios indígenas da região. Uma mãe distraída, sobrecarregada e injustiçada, não lembrando o porquê de ter fugido do confortável seio familiar em troca de uma carreira de maternidade mofada na Pátria Quadling. Uma ama cujo único recurso é sua indispensabilidade. O mundo além da manta. Verde pingando do verde, pássaros aos gritos, serpentes silenciosas. Os bilhões de empreendimentos de uma nação de insetos. Um grito na neblina, um curioso silêncio. O dia começa impulsionado por suas inevitabilidades.

“Acho que eles nem *ouviram*”, murmura a ama, olhando de soslaio para Frex e Melena, perdidos em suas orações e vaidades.

Ela tenta puxar a menina verde mais para perto de si, mas Elfie rechaça todo e qualquer toque meloso.

Mas o pai dela está mesmo presente no momento? Ou já partiu para sua reunião com os antigos da tribo? Será que a mãe… o quê? Não foi com ele, é claro; ela não tem interesse algum em trabalhos missionários. Talvez a ama tenha puxado Melena de lado. Talvez nem sequer seja o mesmo dia. Uma manhã se destaca, fazendo todas as outras retrocederem. Quando uma réstia de sol reflete em uma pedra no leito do rio, essa pedra se torna a única visível, e não as outras aninhadas ao seu redor.

Sob uma árvore, há uma espécie de grande prato raso, com dois terços da altura de Elfie. Manchado de um tom meio amarelado, é leve e forte. Um prato com bordinhas elevadas para conter o molho. Não é tão difícil de levantar. Ele emite um som de sucção ao ser afastado da grama. Ela o ergue e larga, ergue e larga, fazendo o mundo se reduzir ao *clop clop clop*.

A menina dá um empurrãozinho para ver se ele rola, e ele rola, descendo morro abaixo. Gira em círculos cada vez menores, emitindo um eco metálico ao bater no chão. Alguém grita com ela.

Mas poucos prestam atenção em Elfie. O pai — Frex, Frexpar, originalmente Frexispar Togue; pastor Guv'nor, *papai* — raramente desvia os olhos do devocional. Elfie vai ter poucas lembranças dele falando com ela antes da morte da mãe. Por isso, provavelmente não é o pai quem grita. Talvez, neste momento, ele nem sequer esteja por perto. Tampouco foi Melena Thropp quem emitiu um alerta. Melena é uma galinha que não cuida dos seus pintinhos.

Elfie sozinha. Elfie no meio do mato.

O mais provável é que seja a ama, cuja voz alterna tons agudos e roucos, como uma gralha-tesoura no amanhecer. Ruído de fundo.

Ah... espera, de vez em quando aparece mais alguém aqui e ali. Um guia local chamado Severin, que não deve passar de um adolescente, mas com uma ótima inteligência espacial. Ele tem um companheiro que assume o segundo remo quando o pai de Elfie precisa ser transportado de barco até um acampamento em algum outro charco. O amigo masca uma espécie de besouro que transforma seus dentes em carvão. Elfie guarda o sorriso bem guardadinho atrás dos lábios para não provocar um esgar de retribuição do menino.

E também tem a Buzi. Esse não é o verdadeiro nome dela, é só como o nome em qua'ati soa aos ouvidos munchkins. Buzi, uma cozinheira itinerante. Ela viaja com o grupo quando bem entende, desaparecendo por dias a fio quando fica de saco cheio. Elfie nunca vai saber se a Buzi é uns vinte anos mais nova do que a ama, ou talvez mais velha; a menina ainda não sabe sobre idades. Ou sobre envelhecer.

Mas é uma presença, nossa Buzi. É, sim. Ela impressiona. Décadas mais tarde, Elfie seria capaz de desenhar a mulher caso tivesse qualquer talento para deixar rastros de tinta com a ponta de uma pena. A testa da Buzi é grande, e seu cabelo brilhante está sempre penteado para trás, puxado contra o couro cabeludo, coberto por uma bandana de barbante de fruta-do-charco. O lábio superior da cozinheira tremula, com um dos lados subindo e descendo numa expressão de escárnio. Como se um dia tivesse feito a sopa apimentada *demais* e acabado com o rosto franzido para sempre. A memória que Elfie tem da Buzi nesta época é mais cálida do que a maioria. Talvez o domínio que a menina tem do qua'ati, a língua dos nativos da Pátria Quadling, seja pior do que a noção que ela tem do Buzidioma. Uma espécie de pidgin Buzi.

Pessoas se juntam e abandonam o grupo. Em uma lista de *dramatis personae* no livreto de um teatro, seriam identificadas apenas como "o pescador", "a vidente", "a senhora da pimenta", "o líder", "o grupo de bordado". Ninguém teria nome próprio. Papéis sem fala, quase todos. Mas a Buzi é presença constante, assim como o Severin, seu companheiro de sorriso de borra — na verdade, o nome dele é Pargo —, e a ama. E, é claro, Elfie, seus pais, Frex e Melena. Não há mais ninguém significativo, a menos que se note o chorinho irritado de uma bebê. Elfie quase sempre esquece da menininha, pendurada na árvore. Eles a chamam de Nessarose. Um nome lindo para um lamentável cisquinho de criança.

4

P Melena numa manhã indeterminada, provavelmente não a manhã em questão. Todos os dias começam iguais, à margem do rio, onde quer que o acampamento deles tenha sido montado. A esta altura da empreitada, os missionários nem se dão ao trabalho de adentrar o interior. O corpo d'água provê peixes em abundância, assim como nativos do charco passando de um lado para o outro, então é um lugar prático para o marido embolsar convertidos à fé.

Além disso, o rio oferece uma rota de fuga em caso de resistência por parte dos nativos. Não que algo assim tenha sido necessário até então. Melena e Frex descobriram que os quadlings são um povo pacífico, só pegam em armas contra predadores como jaguares, chacais-do-pântano e coisa do tipo. Quando os locais não gostam da pessoa, no máximo a tentam expulsar na base do grito. A pior punição é um breve, embora humilhante, encarceramento em jaulas de bambu. Ainda assim, sempre prudente, a missão dos munchkins mantém canoas preparadas caso a hospitalidade quadling vá para o brejo.

Canoas para evacuação de emergência e alguns apetrechos de defesa, incluindo um escudo da fé — um escudo literal, feito de bronze claro e martelado. Presente de vários bispos aliviados por não terem ouvido um chamado os urgindo a se estabelecerem em um local tão hostil. O escudo é um artefato espiritual com uma deslumbrante superfície ornamentada. Dizem que é funcional: pode oferecer cobertura a uma mãe e duas crianças pequenas, se elas se agacharem bem pertinho umas das outras.

Este trecho de água preta e sedosa talvez seja o rio principal, conhecido como Escorrágua. Talvez não. Por aqui, a Pátria Quadling é salpicada por várias dezenas de canais, fininhos ou mais substanciais, todos correndo para desaguar no Escorrágua, ramificando-se e dividindo-se com frequência demais para serem mapeados. Nem os locais se dão ao trabalho de dar nome aos regatos, recorrendo ao instinto para se orientarem.

Melena não sabe o que o marido pensa sobre o retorno dela de Jardim Colwen no ano passado, trazendo a nova e lamentável bebezinha e arrastando consigo a ama para cuidar dela. Jardim Colwen, o lar de infância de Melena, palco de um nascimento e uma morte no mesmo dia. Aquela doce besteira já foi tarde. Melena fica em silêncio enquanto o marido remói o assunto. Mas ela nunca foi muito boa em imaginar o ponto de vista de outras pessoas. Não consegue suportar a ideia de antecipar qualquer opinião que sua primogênita saudável possa provocar algum dia, enquanto a mais novinha talvez nem viva o suficiente para que a questão surja. Assim, Melena, pouco afeita à introspecção, encontra conforto na cadeia de eventos que a trouxe para este exílio, a estas Férias Anfíbias, a esta evacuação de tudo que ela conhecia antes.

Melena deixou seu lar duas vezes. Na primeira, para fugir com Frex para o árido sertão de Ermos Frisos, na Munchkinlândia, onde Elfie nasceu. Um país de esterco de ovelha. Depois, após retornar à propriedade da família para o nascimento da segunda filha, ela conseguiu escapar de novo. Este deve ser o recuo final, embora não dê para ter certeza; afinal, Melena ainda está viva.

Seus familiares não lhe dão muito crédito. De certa forma, Melena não os pode culpar. Então fica de olho em qualquer oportunidade de uma escapadinha... isso é crime, por acaso? Todo mundo tem um defeitinho escondido atrás do sorriso cordial e dos sapatos de festa. O dela é a solidão, decide Melena, levando mais tempo do que necessário para se lavar em poses atraentes usando trajes casuais. Uma necessidade de ser vista. Por homens. E daí?

Sim, ela tem um esposo. Ah, como a família desaprovou aquele homem fervoroso com tão pouca perspectiva! Seu avô, um ilustre da Munchkinlândia, sempre pretendeu encontrar para Melena um partido melhor do que um reverendo itinerante.

Frexpar, o Devoto: um homem alto, em especial quando comparado aos antigos fazendeiros da Munchkinlândia, aquele povo de gente robusta como barris cujo queixo raramente alcança mais do que um metro e vinte acima do chão. Em contraste, Frex é uma escada, um ancinho. Melena se uniu a ele mais pela excitação de escandalizar os pais e o avô do que por amor. Ela se deu conta disso em algum momento durante a primeira missão deles como casados, quando Frex foi destacado para ir para Ermos Frisos, nos pedregosos descampados da Munchkinlândia.

Enfim, ela aprova a própria lealdade, que seguia sua concepção, uma virtude ajustada sob medida para suas próprias necessidades. Ela não se priva de ficar com um homem aqui e ali quando tem sua curiosidade despertada. Ela é sempre o incômodo atraente mais atraente de qualquer comunidade.

Mas Ermos Frisos a fizeram criar uma casca grossa, mesmo antes da chegada da criaturinha verde. E, desde então, Melena segue firme e forte. Isso é algo que pode ser dito para vangloriar Melena Thropp. Outras mulheres teriam fugido para os antigos lares. Ou desaparecido na noite, deixando a criança maculada para trás, para ser cuidada por terceiros. Pelo pai, caso ele quisesse (Frex decididamente não iria querer). Mas não, Melena só mordeu o lábio inferior e fez cálculos de ordem moral, decidindo que já que não era capaz de acolher a venenosa criança em abraços e carinhos, poderia ao menos continuar em seu papel. O de esposa de um missionário.

Os primeiros anos com a bebê Elfaba foram um martírio. O balido das ovelhas, sua principal cantiga de ninar. Foi difícil convencer a ama a ficar por ali; ela visitava, mas acabava fugindo. Depois de ter sido ameaçada de demissão súbita sem cartas de recomendação, caso deixasse escapar qualquer palavra sobre a condição de Elfie quando voltasse a Jardim Colwen, ela aceitou. A ama sempre manteve a própria palavra, mesmo sendo inconstante em sua tutoria nos primeiros dois anos. Elfie era mais ou menos um segredo na casa da família de Melena, ao menos no que tangia às particularidades de sua tez.

Melena vai se lembrar de outras coisas sobre este dia às margens de um trecho sem nome de um riacho fugidio e verde-oleoso em algum ermo além de Qhoyre, capital da província. Mas ela encontrou uma pose boa, então vamos permitir que tenha mais um instante de silêncio. O braço esquerdo erguido, a esponja traçando água do cotovelo à lateral do seio exposto. A postura dessa mulher, a manteiga sedosa que era sua pele. Uma beleza perfeita, um alvo perfeito.

Talvez ela seja totalmente fútil, e isso seja o resumo dessa vaidade. Ou talvez seja assim que ela é vista e como se apresenta. De quem são essas memórias, afinal? Talvez, apenas do rio.

5

Alguém trouxe umas coisinhas para a ama. Um prato cheio de linhas para consertar um chapéu de passeio. Uma cumbuca de sopa quente e gordurosa, repleta de caracóis, para quebrar o jejum. Alguém trouxe umas coisinhas para a ama e colocou tudo sobre uma espécie de banquinho de acampamento. Esse alguém é Buzi, mas ela está fuçando na tenda da cozinha. Não está claro se começou a se dar conta de que há uma ameaça se aproximando. E Melena? E Frexpar? Talvez o bom homem já tenha partido. E, se a ama se alarmou, deixou a sensação para lá. Alvoroçada, ela saiu em busca de uma pinça para remover uma farpa do polegar. Todos os demais estão imersos em atividades de adulto.

Ou talvez a inquietação de Elfie seja apenas um dos humores do rio. À espreita na neblina, algum tipo de perigo se esconde, assinalado pelo grito sobressaltado, pela semivogal suspensa no ar.

Empurrando do banquinho o que quer que a ama tenha deixado lá, Elfie o reivindica para si. É leve o bastante para ser carregado de um lado para o outro. Ela vai até onde a bebê está pendurada na árvore. Talvez não seja muito preciso chamar a coisinha de bebê, mas ela sofre de algo que às vezes é chamado de "baixo ganho pôndero-estatural" e não é muito maior do que era um ano antes. A menina não se move muito por si mesma, então não é divertido brincar com ela. É um item quebrado, um fragmento de infância. Elfie usa uma concha para cutucá-la por baixo, com a parte côncava para não machucar, só para fazer a trouxinha rir ou chorar ou sei lá. A bebê murmura a mais baixinha das reações. Uma estoica nata. Que criatura mais chata... E todos ficam em cima dela o tempo todo, porque é incapaz de fazer qualquer coisa sozinha além de sujar as fraldas. E todos fazem um grande alarde. E todos a seguram o tempo todo porque ela não pode se segurar sozinha, de verdade. Tudo que a bebê faz é encarar, encarar com um olhar acusatório, e às vezes resmungar uns resmungos. Um cordão com um bico doce, que funcionava como uma espécie de chupeta, está amarrado ao seu tornozelo. Não há risco algum de ela se estrangular com ele, porque a criança é incapaz de o alcançar ou de ao menos se enrolar no fio. É uma bebê imóvel como uma rolha. Ali está, ali fica.

Elfie acha que a criatura está emitindo algum tipo de mensagem. Sílabas urgentes que todos acreditam serem erros. Mas não Elfie. A criança está tentando usar magia para se tornar completa. Consertada. Necessária. Digna de amor. Mas não vai funcionar. Que pena.

Todos falam sobre como a condição de Elfie vai passar. Vai mudar, vai mudar. Mais tarde, ela vai se dar conta de que a sentavam ao sol, dia após dia, na esperança de quarar a menina, como se faz com lençóis manchados. Mas com a bebê, não esperam um milagre. Ela não vai andar. Nunca vai ter equilíbrio. Não vai criar força, porque não tem para onde essa força ir.

Talvez estejam sendo gentis, tentando fazer com que a bebê não crie esperanças em vão. Talvez achem que ela não vai chegar nem ao próximo aniversário. Ou talvez as baixas expectativas façam com que a garota as supere, em algum momento. Que prove que estavam todos errados.

A irmã mais velha joga a concha no chão. Se o utensílio fosse um tiquinho mais comprido, Elfie poderia... ela iria... Não tem mais ninguém por perto. Severin e Pargo estão dentro do rio, sussurrando, com os joelhos um pouco dobrados. Depois Severin se ergue meio apressado, até ficar com a água na altura da coxa, e começa a arrulhar em sua própria língua secreta enquanto bota a mão em concha na orelha, como se estivesse tentando ouvir um eco. Ele está distraído. É fácil para Elfie entrar pé ante pé na tenda lateral, onde seu pai faz orações. Ela arrasta um dos estúpidos livros pesados do homem. De vez em quando, Buzi carrega Nessarose apoiada na cabeça, e é o que Elfie tenta fazer, equilibrando o livro sobre o couro cabeludo.

Ela avança pelo acampamento, cambaleante. Larga o tomo com tudo na superfície plana do banquinho. Sobe em cima dele. O conhecimento realmente eleva as pessoas. O livro é alto o bastante.

Elfie empurra a bebê por baixo. Como fez com a concha, só que agora com as duas mãos. Ela faz a criaturinha passar pela tela-mosquiteiro, depois cair da rede. A bebê escorrega até ser aninhada na curva dos braços unidos de Elfie, soltando barulhinhos de empolgação com a aventura. Nessarose quase nunca sorri para Elfie; então, se a irmã mais velha for capaz de demonstrar remorso, esta é a hora. Mas a garota é extremamente determinada, mesmo quando se propõe a fazer algo errado.

Ela prende Nessa sob os braços, apoiada na cintura, com o rosto virado para o chão e as perninhas apontando para o céu. Um peixe pendurado, desesperado ao notar que está nadando em pleno ar. A bebê se debate um pouquinho. Elfie desce o aclive como um macaco carregando um quitute gostoso. Onde colocar Nessarose?

6

Agora, Frex. Hora de falar sobre ele. Na melhor das hipóteses, é difícil saber em que homens estão pensando, ou mesmo se estão pensando. O devoto Frexspar, tão apaixonado pelo chamado divino quanto por sua ousada reivindicação de Melena Thropp, queridinha do avô ilustre, um inigualável Thropp da Munchkinlândia.

Reivindicação? Foi quase um sequestro. Delicadas rendas foram feitas com linhas mais tênues do que essa. Frexispar Togue, prole de uma ramificação dissidente do clã Togue que se instalou nas elevações da Serra de Pertia (um povo de vinagre de cidra, o que era evidente). Frexpar, parente de alguns primos Togue abastados que ainda perambulavam pelos arredores de Jardim Colwen. Quando visitava esses familiares mais ricos, o jovem e devoto Frex tinha a esperança de requerer a estes uma bolsa para financiar um ano de dedicação missionária em Ermos Frisos. Mas seus pedidos entravam por uma orelha e saíam pela outra, pois os Togues que viviam perto de Jardim Colwen nunca financiavam bobagens incapazes de elevar sua posição social.

Ainda assim, Frex estava reunido com esses parentes mãos de vaca no dia em que um convite chegou. Para o baile anual que arrecadava fundos para o asilo local. Será que Frex devia ir com os primos? Sim, devia. Que engraçado, pensou ele, mas arregaçou as mangas com um plano em mente.

Porque decerto haveria bem-nascidos frequentando a festa beneficente.

E, de fato, o ilustre, inigualável Thropp, com toda sua ilustre Throppicidade, presidia o evento. Afinal de contas, Jardim Colwen era sua propriedade. Ele era o ricaço simbólico, o fidalgo local: emperiquitado, empinado, emperucado e embasbacado. Lady Partra, sua perspicaz filha e acompanhante, o guiou pelo cotovelo por meio dos salões decorados com faixas de seda suspensas. Em seu ouvido, ela murmurava o nome de pessoas que o velho conhecia havia décadas, para que tivessem a impressão de que ele as reconhecia espontaneamente conforme apareciam na fila de recepção para fazer mesuras e demonstrar respeito. Alianças. Tributos. Hipocrisias. A mesma merda de sempre.

Quando Frex começou a se aproximar, lady Partra murmurou para o pai: "Não conheço este. É um tipinho lamentável, provavelmente um puxa-saco. Cuidado com ele". Depois franziu o nariz. "Vendedor, sem dúvida."

O próprio esposo dela, Roman, eclipsado por tanta formalidade e mais do que feliz por poder dar no pé, perambulava lá fora no pátio, dando cenouras aos cavalos que chegavam.

Do outro lado do inigualável Thropp, sua neta, a estonteante Melena, ajustava o corpete do vestido. Ela havia se enfeitado com uma rosa presa ao busto, e, como lágrimas de sangue, três pétalas caíram no chão aos seus pés. Frex percebeu. No futuro, ele acreditará serem representações dos três filhos de Melena. Todos eles motivo de sofrimento. Melena não vai pensar em nada disso, pois quando o terceiro filho nascer, ela não terá tempo de se lembrar das pétalas; a mulher morre no parto.

Lady Partra sorriu primeiro, um gesto encorajador. Não tinha nome para sussurrar no ouvido do pai. O ilustre Thropp disse: "E esse, é quem?", como se um cachorro vadio tivesse entrado na fila e estivesse esperando autorização para avançar.

Atrás de Frex, o mais velho dos primos Togue se pronunciou.

"Pois em verdade te apresento, primo Frexpar." O hipócrita ainda usava a segunda pessoa do singular, de forma afetada, para bancar o refinado.

"Ah!", exclamou lady Partra, e depois murmurou para o pai, "É o comerciante de açúcar de beterraba, Lotronius Togue, junto com o que sem dúvida é algum parente dele da zona rural. Pelo menos é isso que meu olfato me diz."

“Pode me chamar de Frexpar”, disse o jovem, os dentes brancos de tanta santidade, o cabelo um pouco longo demais para a estação abafada. Ele não perdeu tempo. “Senhor ilustre, se me permite, gostaria de requerer patrocínio.”

“Com qual intuito?”, questionou o idoso, esquecendo suas obrigações com as próximas trinta pessoas na fila.

Lady Partra sorriu com uma generosidade vazia; a voz, no entanto, assumiu um tom férreo.

“Agora não, meu jovem.”

“Não tenho outro agora”, replicou Frex, o que lhe pareceu algo grandioso e importante a se dizer. E totalmente improvisado.

“Por favor, deixem isso comigo. Eu gostaria de ouvir o seu caso”, disse Melena.

Ah, e que tolice da parte de lady Partra, que tolice da parte do velho pai permitir que Melena saísse por aí andando com aquele homem rústico, mas belo, com ombros largos, braços compridos e uma expressão ávida por uma doação.

Os Thropp mais velhos, o ilustre e sua devotada filha, lady Partra, não se deram conta de que tinham acabado de doar a herança da família a um caçador de recompensas.

O que Melena Thropp viu em Frex? Liberdade. O que ele viu nela? Ele, que apreciava sua visão espiritual acima de qualquer capacidade de observação terrena? Será que ele notou os olhos de Melena se agitando sob os cílios cultivados, sob o rubor incrementado? Mas como não a notar? Até um homem cego às vezes vê a verdade.

Giravam pela pequena câmara à qual se dirigiram. O jovem presbítero é intenso e imponente. Suas melhores roupas (não que ele tenha roupas boas de verdade) são incapazes de disfarçar o cheiro de açúcar de beterraba emanado por sua pele — no austero lar do primo Togue, não há pomadas ao alcance. Melena fica excitada por isso, e suas narinas se dilatam. Frex responde a narinas se dilatando (quem não?). Eles conversam sobre as necessidades dos ermos. Ambos falam com entusiasmo, e nenhum dos dois se dá conta de que estão se referindo a diferentes tipos de ermos.

Antes de o fim de semana terminar, Melena terá intermediado uma contribuição financeira para Frex, porque o ilustre Thropp decide que é melhor pagar o jovem na mesma hora para evitar que o penetra fique sassaricando pelo pátio de Jardim Colwen.

E lá vai o rapazote, sob o esconderijo da noite. Com algum dinheiro. E com ele vai também a neta do inigualável Thropp. Frexspar tem autoridade o bastante para celebrar o casamento de casais, então decreta o próprio matrimônio com Melena Thropp. Eles partem para um local lúgubre, rural e mirrado: Ermos Frisos. Um distrito a sudoeste de Jardim Colwen, onde as Colinas de Pano compartilham a fronteira com a Pátria Quadling. Frex e Melena passam a lua de mel em Ermos Frisos. Eles encaram cada qual seu despertar espiritual, seja ele qual for, em Ermos Frisos. Desjejuns pedregosos, crepúsculos plúmbeos. Enquanto Frex mergulha cada vez mais fundo em persuasões de natureza mais espiritual, Melena experimenta ser casual com sua abordagem em relação aos votos matrimoniais.

Um cara aqui, outro ali. Um caixeiro viajante. Um pastor de bodes dos aclives cobertos de mato. Um atraente soprador de vidro quadling, que está seguindo para o norte com a intenção de reclamar das irregularidades praticadas em seu lar ao sul, mas que se hipnotiza primeiro por Melena e, depois, talvez, pelo próprio Frex. Para os padrões modernos, seria algo que chamaríamos de caso extraconjugal. Bem, Frex *de fato* é bonito quando se deixa de lado a superioridade de sua vocação; ele usa o semblante taciturno para atrair tanto os penitentes quanto suas merrecas. Então, quando Coração Tartaruga — uma espécie de vidente dos campos rubi sob as águas da Pátria Quadling — relembra sua missão original, vai embora do chalé em Ermos Frisos, na vila de Barra do Arroio, e depois de um tempo chega a Jardim Colwen. Onde o pobre caipira é assassinado. Pelo jeito, não era um vidente muito bom. Não dá para inventar esse tipo de coisa.

Elfie já havia nascido. Dentro de um relógio, inclusive. Embaixo de um dragão mecânico equipado com incisores mecânicos. Mas ninguém fala sobre isso. A ama não está aqui, Coração Tartaruga ainda não havia chegado e ido embora, ninguém nem sequer sabia da existência de Buzi, Melena estava totalmente fora de si de tanto mascar folhas de pinhecrim para evitar a dor, e Frex estava fora, em peregrinação. Ninguém além de Elfie sabia sobre o pêndulo oscilante, a forma como ele fatia o tempo em faixas, e Elfie... Bom, ela pode ter nascido com todos aqueles dentes de tubarão na boca, mas, mesmo que tivesse também uma língua afiada no seu primeiro dia na terra, teria guardado tudo para si.

7

PAs três pessoas cujos nomes Elfie será capaz de lembrar estão vividamente presentes. Buzi, a cozinheira itinerante; Severin e Pargo, os guias. Os outros devem ter sumido vegetação adentro. Se os guias estão por ali, então o pai dela deve estar também. Frex não sai sozinho com a canoa. Sendo assim, onde ele está?

Pargo não passa de um apêndice de Severin; não vai entregar de bom grado seus segredos, isso se tiver algum. Ele tem uma penugenzinha sobre o lábio, sugerindo uma remota presença de sangue ocidental. Se Severin faz uma coisa, Pargo faz o contrário. Será que são parentes, ou amigos? Talvez sejam apenas colegas de trabalho durante a temporada, contratados do campo em Qhoyre, onde se apresentam funcionários dispostos a fechar contratos pontuais.

Pargo ri aqui e ali. Ele canta enquanto rema, afugentando as serpentes e encantando os passageiros. Canções por entre os dentes escuros como a meia-noite. Esse é mais ou menos o resumo do que Elfie vai se lembrar a respeito de Pargo.

Severin. O mais velho, o alfa dos dois. Cá está ele. Se move com mais graça sobre as árvores e dentro d'água do que em terra. Isso não é lá muito surpreendente; muitos clãs vivem em acampamentos suspensos nos galhos ramificados dos carvalhetes ou dos baobás-teca. Quase todos os adultos quadling sem deficiência se balançam, escalam, perambulam e saltam. A furtividade do jaguar, a elegância da cobra.

Ao ouvir o *poque-poquiti* que denuncia a aproximação de convidados indesejados, Severin se pendura em uma árvore pela curva de um dos braços, apoiando um dos pés descalços no tronco. Seu ouvido é treinado para a percussão de tambores, para vozes humanas imitando passarinhos fluviais. Ele sabe reconhecer tentativas de comunicação furtiva quando ouve uma. E tem certa noção de qual é o intuito deste grupo de missionários de pele clara. Ele é um empregado leal, não um vira-casacas, mas tampouco se converteu à causa dessas pessoas (espalhar o evangelho do unionismo entre aqueles que já têm suficiência espiritual). Severin encara o trabalho com honra, e não só pelo pagamento. É responsável pelas mulheres e crianças deste grupo vulnerável, sem contar o próprio presbítero assolado pela culpa, o irmão Frex. O quadling não vai permitir que o sofrimento que esses estrangeiros precisam encarar para expiar seus pecados sejam servidos a eles na forma de uma lança ou de uma escopeta.

Ah, sim, os quadlings às vezes usam escopetas. Tiveram o primeiro contato com armas de fogo através dos espeleólogos e mineralogistas que se abateram sobre eles cinco anos antes; em teoria, para descobrir uma forma de construir uma estrada de tijolos que conecte os pântanos provincianos a Qhoyre, suposta capital. Mas sinceramente? Na prática, foram até ali para fuçar e descobrir onde escavar as profundezas do pântano para alcançar os veios mais lucrativos de rubi (cuja exportação, sem dúvida, seria muito facilitada se houvesse uma estrada ali). Os quadlings são tão nobres quanto qualquer outra raça, e tão flexíveis quanto as outras quando o assunto é dinheiro. Alguns exploradores estrangeiros voltaram à Cidade de Esmeraldas com rascunhos de mapas e contratos para direitos de desenvolvimento. Os aventureiros deixaram para trás escopetas, uma tosse estranhamente fatal, e um novo apetite por apenas uma coisinha, um coisinha a *mais*, que nunca, jamais, nunquinha mesmo será saciado. Uma nova economia de... aglomeração.

O guia mais velho muda a posição dos pés, curva o pescoço em outra direção. Aqui, os sons das gotas de chuva espalhadas ditam coordenadas de forma mais precisa. Estão mais perto do que Severin tinha imaginado. E ele sabe que o grupo que se aproxima não traz consigo cestas de piquenique. É hora de soar o alarme mais amplamente.

Ele se dependura na árvore com o outro braço e arrulha baixinho para chamar a atenção de Buzi; mas a esta altura, ela mesma, que não é boba nem nada, já se deu conta de que há algo errado. Deixou de lado o cozido que preparava para o desjejum e está enrolando seus totens familiares num xale, caso precise abandonar os patrões.

As mensagens trocadas pela equipe de apoio são mais ou menos assim:

— Grupo de valentões vindo, dando a volta na curva do rio, sob a cobertura das copas das magnólias-badulaque. (Esse é Severin.)
— E o que querem com essa gente idiota? (Buzi.)
— Cadê o cara falante, cadê a esposa? (Severin.)
— Quem se importa, quem se importa, o que estão fazendo aqui, por que estão vindo pra cá?
— Vai chamar o homem sagrado, Buzi! (Pausa.) Ficaram quietos agora. Pargo, o que é isso?

Pargo não responde; está prestando atenção, apertando a palma espalmada contra o tronco da árvore. Depois, fala daquele jeito meio cantado.

— Severin! Tem outros vindo logo atrás, e estão esperando para se juntar com os outros antes do ataque.
— São quantos, quantos mais estão vindo?
— Não importa o número. São *mais*, só isso. Temos tempo.
— Será que querem que a gente escute e vá embora primeiro?
— Talvez, mas por que tantos? Dois idosos balançando machados e gritando já seriam o suficiente para afugentar esses devotos intrometidos.

Buzi já reuniu seus recursos mais importantes. O resto ela pode buscar depois, quando der. Ela corre os olhos pelo acampamento, procurando seus funcionários enquanto dá nós nos fardos de suprimentos.

— Por que eles têm tanta raiva desse povo idiota da Munchkinlândia? (Buzi.)

Severin desceu da árvore, gritando por Melena. Ela dispara da tenda quando ouve o tom de voz dele, assimilando a gravidade do momento, embora não entendesse a razão do alarme. Fechando as roupas, ela assovia para chamar a ama. Correm em círculos, essas pessoas. Pargo se esgueira até a vegetação rasteira próxima para ver se encontra Frexspar — ele provavelmente foi aliviar os intestinos. Buzi tenta de novo.

— O que fizeram de tão ruim, Severin?

— Esposa é de família de status. A casa dela matou o jovem profeta Coração Tartaruga. Ano passado. Alguém enfim descobriu, e esse grupo de guerra veio se vingar.

— Coração Tartaruga, quem é ele, uma vida insignificante, quem se importa tanto, por que a morte dele provoca mais morte? Há crianças aqui, Severin. Cadê as crianças com problema?

Com o estresse, a ama desmaiou e está caída na relva. Melena grita sem parar porque Elfie sumiu. A menina não corre o risco de se afogar, já que se nega a se aproximar da margem do rio, mas cadê ela? E Pargo subestimou quanto tempo eles têm antes do confronto. E o grupo de missionários está longe demais de onde as canoas estão atracadas para escapar agora.

O ataque se inicia com uma única ária em falsete, seguida por um coral de gritos agudos, enquanto o ar é perfurado por flechas assoviantes. O sol começa a se erguer acima da margem de neblina. As canoas que se aproximam ficam visíveis, emergindo contra a superfície vítrea da água, que testemunha tudo.

8

A delegação surge com as cabeças e ombros acima dos caniços; um aqui, outro ali, outros mais adiante. Lanças e diversas armas, uma faca ou outra desembainhada. Alarmes entoados em uma tríade; sons nasais e zumbidos. Parece que há cinco mil deles, mas não passam de uma dúzia. O dobro do número de membros do grupo de missionários, ainda assim, ou quem sabe o dobro do dobro.

Este não é um alarme de cortesia. Um ribeirinho quadling adolescente que vem servindo a família Thropp — e não, não é Severin ou Pargo, é outro — grita de susto. O azar dele é estar perto de onde os guerreiros surgem da bruma. O rapaz é derrubado com uma arma de lançamento, talvez com a pedra de um estilingue. Ele cai de costas com uma graça surpreendente, o vermelho desenhando um arco sobre o seu peito enquanto ele tomba, um arco-íris de sangue. O garoto morre de forma elegante, mas anônima.

O grupo de missionários não tem a menor chance de se defender. Frex está desaparecido. Até mesmo o famoso escudo ornamental sumiu. Melena se enrolou em um penhoar com um cordão amarrado na cintura. Ela chama as filhas enquanto passa correndo pela ama, que conseguiu se erguer de quatro. Os guias quadling levantam as mãos no ar, gritando alertas aos invasores, embora o tom de voz seja humilde. É ao mesmo tempo um "Parem, criminosos!" e um "Não temos intenção de machucar vocês", uma mensagem ambígua, do tipo que os quadlings toleram melhor do que a maioria.

Buzi ergue a ama. Severin segue em frente. Ele é corajoso, verdade seja dita, considerando que o rapazote atingido ainda está emitindo seus últimos sons gorgolejantes a pouco mais de vinte metros dele. Mas os atacantes continuam vindo. Não apressados, como se estivessem numa simples batalha dos velhos tempos, mas quase casualmente. Agora batucam um tambor apoiado no quadril de alguém para incitar os guerreiros adiante e aterrorizar ainda mais os estrangeiros.

Severin e Pargo agitam os braços logo atrás, pedindo para Melena, a ama, Buzi e quem mais faça parte do grupo recuarem, escapando em meio à vegetação rasteira. Mesmo os missionários não estando totalmente desprotegidos. Frex tem uma arma. Mas ela está trancada no baú do presbítero junto com outras ferramentas do ofício, unguentos, pedras e água bentas, e textos sagrados. A chave está com Frex. A chave de tudo está com Frex. E Frex não está aqui.

Depois, se desenrola algo assim:

— O que raios vocês querem? Esses estranhos forasteiros para os quais sirvo de guia já estão desfazendo acampamento, saindo daqui. (É Severin, cuja voz parece mais aguda do que o normal enquanto ele tenta projetar sobriedade e calma.)

— Recuem, a gente só vai pegar o que veio buscar, vocês podem se salvar. (O chefe dos vingadores, respondendo para Severin.)

— Não toquem neles, deixem eles em paz.

— Foi a família dessa mulher que matou o Coração Tartaruga, nosso embaixador. Sim, aquela mulher. A histérica. Podem fazer ela calar a boca? A gente não quer tirar a vida dela se puder evitar, mas socorro, que barulheira.

— Talvez a família dela tenha feito isso, mas ela não. A mulher não tem a ver com o que quer que tenha acontecido com o seu Coração Tartaruga.

— Essas pessoas são a ponta da lança, a extremidade afiada do cinzel que parte a pedra. Está mais do que claro. Esta é a nossa resposta aos empreendedores: não vamos nos entregar. Os soberanos estão vindo atrás de rubis, estão vindo para governar. Vão tomar as terras alagadas. Não estou falando com você, seu bajulador. Fora, homens, espalhem-se, até os juncos ali e o trigo aquático acolá, à esquerda e à direita.

Os homens correm, se separando dos outros como jogadores num campo, uma estratégia que consiste em encurralar o inimigo. Melena gira nos calcanhares, sem se preocupar, pela primeira vez na vida, se está rodopiando de forma atraente ou destrambelhada.

"A bebê! E Elfie!", grita a mulher. "Ama, vai pegar a Nessa!"

Os homens cercam Melena, chegando perto o bastante para capturá-la; as pernas da mulher colapsam sob seu corpo, mas ela consegue não cair no chão. Eles a circundam, encurralam, mas não tocam nela. A ama enfim conseguiu se levantar. Com a agilidade incrementada pela crise, sai correndo na direção dos invasores. Atinge os ombros de um deles com um par de pinças. Uma agulha de tricô tirada do bolso do seu avental se prova mais útil para ajudá-la a chegar até Melena. Buzi está torcendo e repuxando as mãos de uma forma um tanto teatral, verdade seja dita. Severin e Pargo saem para o combate corpo a corpo com os recém-chegados, embora os guias quadling estejam, até o momento, sendo tratados com tanta sutileza quanto possível.

Em pouco tempo, o resto do grupo formado por missionários, carregadores e ajudantes quadling desgarrados desaparece em meio à vegetação rasteira. Frex está desaparecido. Elfie está desaparecida. Nessa, em teoria, está cochilando, pendurada em seu cueiro. Enquanto isso, a ama, Melena, Pargo e Severin se aproximam, de costas uns para os outros, cercados por uma série de lanças afiadas.

Buzi volta a empacotar seus utensílios de cozinha. De repente, demonstra pouco interesse pelo que está acontecendo no meio do acampamento. Colheres agrupadas com colheres, duas facas envoltas em folhas de bananeira para que mantenham suas opiniões afiadas para si mesmas.

9

O nome de Buzi é Bouze'ezi. A palavra deriva do conceito conhecido como "poeira na sopa". Para um orgulhoso habitante da Munchkinlândia, a ideia soa como um desleixo criminoso. Mas para os quadlings, sugere uma atitude de sagrada serenidade em relação aos ancestrais. Poeira na sopa: até um caldo fervente vai se acalmar para encarar os místicos que já partiram deste plano. Um estado de prontidão, uma paciência para a revelação. Uma enumeração de prioridades, o divino acima do doméstico.

É uma noção poética, embora talvez não seja o nome certo para Buzi. No caso dela, poeira na sopa parece mais uma receita duvidosa para requentar restos.

Ou talvez o conceito confunda Buzi. Bouze'ezi. Cá está ela, neste momento quase cômico de pavor. Está seguindo em frente enquanto seus colegas quadling e dois dos patrões estrangeiros são encurralados a poucos metros da tenda onde funciona sua cozinha. Frex está por aí, o que não é costumeiro. Melena e a ama ainda não perceberam que a rede da bebê está vazia, mas se deram conta de que a manta da Elfie está desprovida de Elfie.

Ninguém volta a chamar a menina pelo nome, torcendo para que ela permaneça escondida onde está.

O grupo ameaçador chega mais perto, brandindo as lanças, embora não as usem para espetar ninguém. A bravata de Severin não surte efeito algum. Resta a Buzi resolver as coisas.

— Por que estão perturbando essa gente? Eles não querem fazer o mal a ninguém; como poderiam, não passam de grandes besouros rola-bosta! (A frase mais longa que Buzi falou desde que todos neste grupo a conheceram.)
— O que a Buzi está dizendo, está nos entregando? (A ama.)
— Vão conversar com quem realmente matou seu compatriota Coração Tartaruga, não com essa gente idiota!
— Por que ela está chamando a gente de idiota? (A ama de novo, que absorveu mais palavras do qua'ati do que imaginava.)
— Precisamos resolver a equação. (O líder dos atacantes). Esses cupins vão devorar nossos lares e nossas vidas de dentro para fora, a menos que a gente mostre a eles que tudo tem um custo. Uma vida por uma vida. É uma pena, mas não temos escolha. Pode poupar a gente da gritaria, cozinheira. Não vamos fazer nada com você. Precisamos de um deles. O menos importante, na verdade. É só um gesto simbólico.
— Mas vocês já abateram aquele menino na margem. (Buzi.)
— Foi um acidente.
— Não parece.
— Precisa ser um dos munchkins. Podemos ser misericordiosos. Qual deles tem menor valor?

Não cabe a Buzi dizer.
É Severin quem fala.

— Buzi, cadê o escudo do Frex? Estava bem ali, perto do declive. Ele carrega aquela coisa aonde quer que vá? Será que sabia que algo assim ia acontecer? O homem abandonou a própria família?

Buzi morde o lábio franzido. Ela acha que esconder a leve deformidade melhora sua aparência, mas, na verdade, parece enlouquecida, como se estivesse comendo a si mesma. Mas poeira na sopa; algo se ajeita; em sua coragem e seu constrangimento, ela pousa a mão sobre o ombro de Melena e começa a falar com o líder por cima das tentativas de negociação de Severin.

— Já deu tudo certo. (Buzi, preparada para argumentar, se solta.) Vocês vieram aterrorizar esta família e seus partidários. Já fizeram seu trabalho. Ninguém precisa saber que vocês não mataram nenhum *deles*. Vocês mataram um dos seus. Deixem que a morte daquele menino conte como sacrifício. Isso vai colocar essa gente numa dívida ainda maior com vocês. Vai acabar sendo o seu maior ponto forte: vocês poderiam ter matado a filha nobre ou o marido de língua solta, mas não mataram. Eles fedem a desgosto e humilhação. Vocês florescem em superioridade e honra. Já alcançaram o que vieram buscar, mostraram a eles a quem esta terra pertence. Usem como parâmetro seus próprios pesos e medidas, não os deles. Podem partir triunfantes.

Buzi avança um passo. Ela abre as mãos e derruba uma colher de pau na grama; depois ergue o queixo e entoa uma trenodia. Ela nunca conheceu Coração Tartaruga, tampouco sabe sobre sua malsucedida missão original, mas canta por ele; uma canção para garantir seu descanso, embora o corpo do homem tenha sido jogado em alguma vala escavada na terra estercada de Jardim Colwen.

Quando termina, ela empurra os agressores para o lado e segue na direção do grupo ameaçado. Se posiciona para mostrar que é uma deles. Severin lhe dá a mão, como se tivessem acabado de passar por uma cerimônia de matrimônio.

— Vocês orgulham nosso irmão Coração Tartaruga. (O líder.) Não vamos matar. Tudo certo. Vamos recuar. Mas não sem provas do nosso embate aqui. Vamos levar uma das crianças. Pelo que entendemos, são duas. Tragam ambas até aqui e vamos ficar com uma. Vocês podem permanecer com a outra, e está tudo certo.

— Do que raios vocês estão falando? (Melena.)

— Vamos levar uma das crianças.

— Essa é a palavra para "crianças"? Ele disse "crianças"?

10

Melena considera deixar o robe cair um pouco, mostrando mais do decote, mas se detém. Profere palavras que não imaginava ouvir saírem da sua boca.

"Severin", grasna ela, "pode falar que as crianças não. Diz para me levarem no lugar delas."

"Você só quer uma noite de sossego, e já quase nunca cuida das meninas", diz a ama. Está transtornada pelo medo. Ninguém responde.

Melena sempre gostou de ser o centro das atenções, mas pouquíssimos viram esta versão dela. É quando, por um momento, ela encontra o prumo. É uma pena saber que aqueles capazes de notar isso nunca irão dizer nada a respeito. As palavras de Melena não têm tanto impacto para Severin e Pargo, porque, no mundo deles, que mãe não faria algo similar? A ama, por outro lado, nunca vai falar nada porque surgiria a questão: *Por que* a senhora *não se ofereceu no lugar dela?*

Quando Elfaba nasceu, Melena mandou uma mensagem para a família em Jardim Colwen, enviada do pobre vilarejo que ficava nos Ermos Frisos. Ela dizia: "Não venham atrás de mim. Eu parti por vontade própria e como uma mulher livre. Mas mandem a ama, preciso de ajuda". A contragosto, o avô havia atendido ao pedido. Melena era sua única neta, afinal. Assim, a ama havia se preparado para as arduidades daquele lixão repleto de moitas de carqueja e encostas calcárias conhecido como Barra do Arroio. Chegara resmungando, fazendo chilique e inventando moda. Qualquer contato diplomático entre as gerações da linhagem dos Thropp era comandada pela ama — ou Cattery Spunge, como era conhecida fora do papel de ama, de volta aos seus trajes civis.

Mas a ama é uma empregada doméstica, e nunca se esqueceu disso. Elfie e Nessa são sua responsabilidade, mas não suas filhas. Não cabe *a ela* se oferecer para ser levada no lugar de Melena. Seria até prepotente sugerir algo assim. Acima da sua posição social. Mesmo a ideia. Ela mantém o bico bem calado.

Já no caso de Melena, este é o seu ponto alto. Pelo mais breve dos instantes, ela é sincera. Permitam que vivam, aqueles insetinhos, pensa ela; até insetos têm o direito de viver suas vidinhas.

"Podem me levar", ela repete, como se de repente se desse conta de como as próprias ações contribuíram para que este exato momento esteja se desenrolando nesta margem do rio, nesta manhã cálida de inverno na Pátria Quadling, a sudoeste de Qhoyre. Mas isso é apenas especulação: Melena raramente se importa com a relação de causa e efeito.

Quando Coração Tartaruga deixou o chalé de pedra em Barra do Arroio, na Munchkinlândia, às margens do Água Vil, abandonando Melena e Frex — que estavam ambos, de certa maneira, apaixonados por ele —, o simplório profeta quadling retomou sua missão. Sim, depois de ir embora de Barra do Arroio, demorou alguns meses para que Coração Tartaruga acabasse em Jardim Colwen, mas ele viveu aquela peregrinação como parte do ensinamento. Perambulou e entrelaçou o corpo ao de outras pessoas, como fez com Melena. Poeira na sopa. Enquanto a barriga de Melena crescia e seus dias de confinamento se aproximavam do fim.

O soprador de vidro quadling tinha continuado para o norte, ao longo da Munchkinlândia, cambaleando pela odiosa via de tijolos amarelos. Tinham lhe dito que Masco Central era a capital da província, mas que o mais antigo dos ilustres locais, o ilustre Thropp, morava em um lugar mais remoto (o isolamento dos privilegiados). Um reduto chamado Jardim Colwen. Que, por coincidência, ficava bem naquela direção. Era cruzar três campos, atravessar uma área repleta de veados e pular por cima da pequena cerca e lá estava: o casarão cerimonioso com fachada de pedra e pátios, arcos e anexos simétricos. Finalmente.

Deve ter sido difícil para o soprador de vidro e autoproclamado emissário quadling conceber que sua amante de outrora, Melena, havia sido cultivada ali, como um repolho digno de prêmios.

O desafortunado peregrino esperava obter conselhos de algum mandachuva sobre como os quadlings poderiam registrar apropriadamente uma reclamação contra a Cidade de Esmeraldas. Porém, havia batido à porta errada. O ilustre Thropp não tinha influência alguma sobre o arrivista Mágico de Oz, cafajeste que depusera Pastorius, o Regente Ozma. O ilustre Thropp não tinha controle do que acontecia aos pantanosos quadlings. Apesar de a Munchkinlândia e a Pátria Quadling compartilharem uma fronteira. Não era da sua alçada.

Coração Tartaruga, no lugar errado, na hora errada. Um azarado enviado de seu povo, antecipando uma invasão e ainda assim tolo o bastante para confiar na diplomacia.

Ele chegara todo empolgado, trazendo saudações de Melena e seu esposo presbítero. Ela disse para contar ao senhor que eles planejam se mudar de Barra do Arroio. Eu reclamei do nosso infortúnio, então eles querem se instalar por lá, ser uma presença permanente entre meu povo. Estão assumindo a posição de missionários entre os quadlings. O senhor devia ficar orgulhoso.

O ilustre Thropp acreditou nas declarações do quadling. A segunda filha, Sophelia, tinha morrido de gripe sem deixar descendentes, e a continuidade da linhagem dos ilustres dependia da filha única de lady Partra, Melena. A neta herdeira já havia escapado do cabresto uma vez; e lá por Ermos Frisos perambulava uma garotinha chamada Elfaba Thropp, que estava na linha de sucessão para se tornar ilustre. Crescendo descalça e sem educação alguma, provavelmente. Se Melena e a família decidisse desaparecer ainda mais para dentro do Lamaçal, o ancestral título do inigualável Thropp, assim como suas terras, seriam perdidos. Seu legado seria reduzido a pó. E em favor de quem? Daquele hesitante e pacato estrangeiro responsável por dar as más notícias? E de todos os seus parentes e descendentes desafortunados?

Colérico, o ilustre Thropp tinha dado um fim no inocente. Quando questionado mais tarde pela força policial distrital sobre o infeliz evento que se seguira (averiguações meramente formais), o inigualável Thropp murmurou que o soprador de vidro quadling tinha se oferecido para vingar os espíritos da seca que se abatia sobre a terra. Uma espécie de multidão reunida de improviso surgiu para fazer o trabalho sujo, algo que não era muito raro. "Sacrifício humano", foi a anotação feita, entre aspas irônicas, apenas para registro; mas o fato de que a seca realmente chegou ao fim pouco tempo depois deu ao assassinato uma espécie de repercussão de legitimidade. Uma pena, mas enfim. E as notícias se espalharam, pouco a pouco. Chegando inclusive ao lar do profeta nos charcos.

O que o homem morto nunca soube é que a neta do ilustre Thropp estava em casa, em Jardim Colwen, no exato momento em que ele se apresentava — e pela última vez na vida.

Conforme o segundo parto de Melena se aproximava, suas memórias incertas sobre o nascimento de Elfie a fizeram sentir um mau agouro. Ela queria a segurança da expertise médica, não o olhar de soslaio e o sorriso banguela de uma parteira dos Ermos Frisos. Então, persuadira a ama a levá-la de novo até os pais e o avô, pela primeira vez desde a fuga. Deixou Elfie com Frex, é claro; Melena ainda não estava pronta para expor sua menina verde nos salões do ilustre. Ainda acalentava esperanças de que, ao crescer, a criaturinha assumisse uma tez mais apropriada. (De volta a Jardim Colwen, a ama continuara guardando segredo sobre o assunto, como pedido.)

Para completar o resguardo em seu lar de infância, Melena fora instalada em um quarto dos fundos, virado para os estábulos. Com um médico e duas enfermeiras a auxiliando, ela deu à luz a filha de Coração Tartaruga no mesmo instante em que ele era morto no pátio. Não ficou sabendo disso na época. Estar em trabalho de parto é algo que faz a mente se concentrar. Os rugidos nos seus ouvidos e os bramidos saídos da sua garganta encobriam os sons da multidão do outro lado da mansão.

Portanto, foi para vingar a morte de Coração Tartaruga que o grupo de guerra chegou, enfim, naquela manhã brumosa, no mesmo dia, um ano depois, e agora está em busca de uma das filhinhas dos missionários munchkins para levar como refém, ou talvez como vítima de vingança.

Mas enfim. Melena. Por que é tão difícil olhar para ela? Será que é porque é tão linda, e é difícil se concentrar em face à beleza? Será que é porque, até agora, ela só teve uma má reputação, sendo uma mãe fria e inata, diferente de qualquer outra, e este momento de dignidade — e até mesmo coragem — não é coerente com o que sabemos sobre ela?

Melena nunca mais será tão corajosa quanto agora. Enquanto espera o líder responder à proposta gaguejada por Severin em nome dela, a mulher está quase arrependida de ter se pronunciado. Mas fica com os braços imóveis, o queixo erguido. Ela tem mais do colérico avô do que imagina.

Elfaba vai herdar parte disso. Mas a garotinha verde não terá como saber; vai achar que inventou o próprio caráter devido à falta de orientação adequada. Mas não importa se vai ou não conhecer a verdade. Talvez não importe como somos feitos, no fim das contas; importa apenas quem somos.

11

O nome do líder dos atacantes ainda não foi mencionado. O que não é a afronta que parece. Um líder do tipo pode ter sido escolhido nesta mesma manhã, dentre um grupo de voluntários qualificados. Ele vai deixar a posição ao cair da noite (caso sobreviva ao encontro). Na anonimidade reside a segurança. No caso, o nome do sujeito é Oyi'iathi, mas não precisa se dar ao trabalho de gravar, ele não será mencionado de novo.

Pense no sujeito como um homem mais alto do que Melena e Severin, mas, de resto, tão similar a eles quanto possível. O suor escorre da sua testa e dos músculos peitorais numa espécie de alívio envernizado. Os outros do grupo são variações da mesma imagem. Nenhum dos vingadores quadlings parece incerto sobre a incursão, ou irritado por ter sido detido por uma mãe.

Mas aparências raramente sugerem as ambiguidades que provam que o comportamento humano é de fato humano.

Melena é mesmo linda o bastante para ser uma mártir. Melena, nascida numa linhagem próxima o bastante à real para viver conforme bem entende, e rica demais para compreender que outras famílias não têm o mesmo privilégio.

A história se arrasta. É inevitável. Se tal momento fosse registrado em uma tábua de mármore ou um mural municipal, seu significado evoluiria ao longo das décadas. Melena talvez passasse a ser vista como arrogante e solipsista. A ama, como oprimida. Severin e Pargo, como oportunistas e vendidos. O líder inimigo e seus companheiros, como nobres defensores de sua terra. O último reduto de um fadado animismo, de independência quadling. Já Buzi... bom, ninguém entenderia como Buzi se encaixa na cena. Ela é um exemplar único que faz o momento, estático como é, continuar a fervilhar.

Memória e história codificam a percepção, mas na vida real ninguém sabe realmente em que as outras pessoas estão pensando. Nada fica imóvel. Lá vem a traça na tapeçaria, o martelo contra a tablatura de mármore. O aborrecimento.

Saindo dos juncos aos tropeços, sobre os próprios pezinhos verdes, menos de um metro de verde.

Gregory Maguire

12

O líder agita a mão esquerda. Significa: quem estiver no perímetro pode se espalhar, passar um pente-fino na vegetação e abater qualquer um que esteja à espreita. Metade dos homens se separa, as adagas agora embainhadas. Os outros se aproximam. Com um chiado da língua, o líder instrui que mantenham o grupo de missionários encurralado. Ele avança alguns passos na direção de Elfie. Chega perto o bastante para sugerir que não tem medo dela.

Elfie... ora, nem Melena nem a ama conseguem contemplar o que se desenrola na cabeça da criança, isso se há algo ali; talvez ela seja apenas uma esponja encarando este momento imprevisível. Elfie não sabe nada sobre unionismo ou animismo, hegemonia ou marginalidade, tensão sexual ou necessidade espiritual. É uma criatura dos caniços silvestres e da margem barrenta, embora evite imersões na água (ela não se arrisca nem nas áreas mais rasas). Qualquer que seja sua percepção, fica não dita; essa habilidade só vai se desenvolver daqui a alguns anos. A aquisição de linguagem é lenta em uma criança desta idade.

Mas ela é repleta de todas as coisas para as quais não há palavras, as grandes e incipientes paixões que, conforme crescemos, são reduzidas às menores coisas que a linguagem nos permite dizer.

— Essa pertence a eles. (Uma pergunta. Do líder.)

— Vocês não vão tocar nela. (Severin, com coragem; ele poderia morrer por isso. Mas...)

— Não vamos tocar nela. A gente não quer essa.

Um momento se passa conforme o sol se ergue outro grau acima da neblina. O líder coça o quadril e continua.

— A gente não quer essa.

— O que ele está dizendo? (Melena.)

— São duas, ficamos sabendo que são duas. Onde está a outra?

Severin não responde, então o líder estala a língua de novo. Dois homens sacam punhais. Pargo se encolhe; ele é o mais dispensável do grupo, caso chegue a esse ponto. Ele sabe.

"Cadê a Nessarose?", sussurra Severin para os companheiros.

Melena gira a cabeça. De onde estão agrupados, não dá para ver a rede além da borda de uma das tendas.

"Ama? Cadê ela?"

"Na rede, como sempre. Eu não tinha pegado a menina ainda. Ela estava em segurança ali", murmura a ama, "enquanto você contaminava o ar com seu pânico e a gente levantava acampamento."

Melena começa a gritar, uma única sílaba ascendente. Os atacantes quadling não se impressionam, permanecendo no lugar.

Elfie se aproxima mais um pouco. A mãe nunca soltou um som desses, o que a deixa curiosa. Um som orgânico. Talvez faça a menina se lembrar do vento assoviando entre penhascos de Ermos Frisos, aquela desolação de pedra quebrada e árvores retorcidas. Mesmo que já tenham se passado dois anos desde a partida deles.

Mas o líder não vai tocar em Elfie. Por medo da criança, por respeito à sua inquestionável integridade. Quem sabe? Talvez por sua esplêndida bizarrice. Que criança não corre para as pernas da mãe durante um ataque? Mas Elfie fica parada, observando, prestando atenção, o menos assoberbado dos seres humanos presentes.

"Vem até a ama, meu bem. Vem, Elfiezinha querida", diz a ama, enfim, talvez um tanto insincera. Ela não sabe se quer Elfie por perto no momento. Mas já proferiu as palavras, e merece crédito por isso.

Não pela primeira vez na vida, Elfie se comporta como se não tivesse ouvido a instrução da ama. Se isso não é desobediência direta e reta, é algo muito próximo.

O líder agora está sendo encarado por uma menina de 4 anos, o que não vai fazer muito bem para a sua reputação diante da comunidade. Ele começa a se perguntar se seus guerreiros relutantes vão ser obrigados a acabar com ele na tentativa de salvar sua honra, então chega mais perto. Sua atitude não é necessariamente de repulsa. Ele está apenas curioso. Certa vez, o homem viu uma cabra-pantaneira nascer com duas caudas; em outra ocasião, um porco feral que surgiu na clareira tinha outro grudado às costas. Essas bizarrices precisam ser abatidas na hora para evitar que sua peculiaridade contamine o mundo.

Ele não vai matar a menina, mas talvez a solte na natureza, para que a própria natureza faça o seu trabalho. O sujeito já notou que a natureza não gosta de competição.

O líder murmura alguns comentários. Elfie, por sua vez, permanece imóvel. Está intrigada. Como se estivesse fazendo seu primeiro estudo do outro. A garotinha gosta da postura do líder. Ao contrário de Melena e Frex, que evitam a filha mais velha, e da ama, que a subjuga com mimos, o líder está dando a Elfie a maior recompensa que ela já recebeu: a atenção intensa de um ser humano.

A menina ouve o barulho atrás de si antes que os outros consigam. Não são os assovios baixinhos ou as passadas abafadas dos guerreiros à procura de Nessarose. Não são mais tambores na água. O ruído é uma espécie de varrição seca. Uma suavidade com um toque de aspereza.

Então os outros também ouvem, e o líder enfim vê. Elfie não se vira para olhar o que está atrás dela. Portanto, ninguém sabe quais são suas percepções no momento.

Melena grita uma pausa no meio da sua vogal sem fim — — —. A ama solta um palavrão caipira que caiu em desuso há tanto tempo que nem vale repetir (mas é grosseiro de cabo a rabo, pode acreditar). Buzi derruba a concha. Pargo respira, pelo que parece a primeira vez na última hora, e quase desmaia de alívio. E Severin, audacioso, estende a mão para segurar o antebraço do líder. Ele simula o lançamento de uma lança. *Ali, sua presa.*

A criatura horrenda rasteja rente ao chão, familiar e deformada ao mesmo tempo. O termo quadling para se referir a ela é perqu'unti, ou algo similar. O animal é mais conhecido como crocodrilos, ou da família dos crocodrilos. Crocodilo, em alguns vernáculos. Mas este é um espécime defeituoso. Há uma série de protuberâncias irrompendo das suas costas, diferente de tudo que já foi visto em qualquer outro crocodrilos. Uma bravata biológica. Objeção editorial ao mundo, mesmo antes de suas pálpebras nictitantes se erguerem e de os globos oculares de poxite conseguirem focar. O couro espinhoso é verde-lama e marrom-lama, marcado por pústulas e cicatrizes de batalha.

O líder encara o bicho com expectativa. Seus companheiros apertam as lanças com mais força. O tipo de criatura capaz de comer várias das canoas quadlings no jantar. Uma ameaça mortal, e a pior da espécie que já fora avistada.

O animal também está imóvel. Cerca de três metros atrás da menina. Como se estivesse servindo a Elfie, aguardando sua ordem. O bicho resmunga, um ronronar gutural, como caco de vidro sendo esmigalhado. E ele fede, o cheiro do pântano seco ressecado entre suas placas.

Não é o tipo de bichinho que segue uma criança até em casa e implora para ser adotado. A criatura parece estar esperando um comando para matar.

Mas Elfie parece não se dar conta de que o crocodrilos espreita atrás dela.

O bicho bufa. Não é possível que Elfie não tenha ouvido. Talvez ela presuma que o ruído é o som do universo rugindo. Não seria este um comentário insensato? O que ela sabe do universo, afinal, em especial sobre como ele pode expressar suas opiniões? Ainda assim, Elfie é uma criança atenta. Talvez meio atrasada no que tange à fala, mas atenta como um cachorrinho tombando a cabeça para ouvir algo que ouvidos humanos são incapazes de capturar. Então por que ela não se vira? Talvez esteja distraída pelo mistério da irmãzinha bebê. Vai saber.

O líder dá o sinal. Os homens que cercam o grupo de missionários se afastam. Se movem ao redor de Elfie para cercar o perqu'unti deformado.

A velha criatura continua olhando para a frente. Ela já lutou antes do desjejum mais de uma vez. É capaz de se deslocar mais rápido do que os homens imaginam, mas geralmente uma demonstração de poderio já basta. O crocodrilos faz a crista dorsal se entumecer, estalando e oscilando os espinhos. As lanças atiradas pelos quadlings penetram o couro repleto de apêndices, mas a pele do perqu'unti é dura como uma armadura. As pontas apenas ricocheteiam enquanto os cabos se prendem no couro. O líder grita para que o bando pare de desperdiçar lanças.

Este velho porco-espinho encharcado está seguindo Elfie de forma plácida demais. Não estala as mandíbulas nem avança quando a menina para. Ele também parou. Talvez seja seu jeitinho. Sim, ele fede e parece feroz. Sim, é um espécime bizarro da própria espécie. Isso justifica considerarem-no uma ameaça mortal?

Mas talvez o momento esteja tão tenso que não haja opção a não ser atacar. O pânico do comportamento de manada volta a entrar em ação. Um guerreiro quadling atarracado, o menos fisicamente apto do bando, passa correndo pelo grupo de missionários e se aproxima da fogueira da cozinha, que Buzi ainda não apagou. Ele bota fogo na extremidade seca do remo da sua canoa. Sem muita pressa, aproxima a tocha da proteção espinhuda da fera, mantendo a chama entre os dois de forma que o remo não possa ser derrubado.

É nesse momento que Elfie parece se dar conta do que está acontecendo. Ela gira nos calcanhares e contempla o ataque. Vê a criatura reptiliana. Solta um berro, um grito de menininha, conhecido desde que o mundo é mundo. Talvez não um grito de medo pela própria segurança, e sim uma mensagem de alerta.

O barulho chama a atenção da criatura. Ela torce o pescoço flexível e abre a boca repleta de dentes de junco em ultraje ou surpresa. Depois, o perqu'unti manobra com uma velocidade assustadora. Alguns mercenários quadling saltam para longe do caminho dele enquanto o animal se esgueira na direção do limiar arenoso para extinguir as chamas no rio.

Não dá tempo. A pele oleosa, quando úmida, é altamente inflamável. O crocodrilos se contorce, como a metade inferior de uma roda, as pontas dos espinhos se unindo em um centro fulgurante. Devido ao movimento de flexão, ele exibe a barriga sensível, e duas lanças aproveitam a brecha. Coração sangra, crista dorsal queima. Garganta protesta, um rasgo no tecido da manhã. Patas tremem; ele tenta alcançar a água a poucos centímetros de distância.

O crocodrilos com o peso de farpas incandescentes no flanco. A meros centímetros da água que teria apagado as chamas e preservado seu quinhão de momentos. Ele tem seu próprio jeitinho, sua mente de raciocínio lento, seus infortúnios. Qualquer que seja sua percepção, não vai mudar o que acontece a seguir. Ainda assim. Ele merece crédito por se dar conta.

13

Quando as costas do bicho se curvam, unindo os espinhos chamuscados, ele ergue um dos olhos de soslaio. Talvez esteja contemplando o paraíso pela primeira vez; a atenção de um perqu'unti geralmente repousa na superfície do rio, e não na do céu. Mas vamos supor que ele não tenha mais interesse no firmamento do que uma ostra ou um polvo qualquer. Elfie está arrebatada. Por susto, compaixão ou fria observação clínica? Não temos como saber. De uma forma ou de outra, ela avança devagarzinho com aquele claudicar de marionete que lhe é particular. Como se as pernas e braços estivessem sendo propelidos e detidos ao mesmo tempo por impulsos contraditórios.

Criança e criatura se encaram durante os derradeiros momentos da vida do crocodrilos. Seus membros pararam de se debater. As lanças fincadas na garganta e no coração atingiram o alvo planejado. Sangue jorra e escorre dos ferimentos abdominais e das fundas narinas dilatadas. Ele não faz barulho.

O perqu'unti sabe pouco sobre os humanos, exceto como manter distância deles — até agora. Mas ele avistou Elfie em sua missão matinal. Algo o incitou a seguir a garotinha mesmo que, como foi o caso, aquilo o levasse à morte.

Sobre a natureza de tal compulsão, nenhuma teoria lógica pode ser postulada. Por que somos atraídos uns pelos outros, de quem quer que estejamos falando? A abelha pelas flores em maço, o enamorado pelo colo do amante, o cometa em sua órbita ao redor do sol e as estações em sua sucessão imortal, sempre se aproximando da eternidade? Uma criatura vai inevitavelmente encontrar outra. Um intelecto, um coração, uma forma divina, uma capacidade de caridade, uma aparência, um buquê atraente de odores orgânicos. O perqu'unti, tendo se deparado com Elfie, talvez tenha visto algo correto em um mundo que não havia oferecido evidência de corretude antes.

Ou talvez Elfie seja tão quebrada, tão malvada, que o perqu'unti foi tomado pela sensação de identificação, um renegado identificando outro.

Que a garota seja verde pode ser apenas coincidência. Quem sabe se o crocodrilos não é daltônico?

Ou pode ser que a única cor que ele identifique seja o verde, e Elfie seja o primeiro ser humano que o bicho viu com clareza.

Ele já morreu. Os quadlings que o mataram se aproximam da criatura com carinho e pesar, ainda alertas, caso seja um ardil. Mas o crocodrilos jaz ali, sangrando e fumegando. Os homens arrastam a carcaça até a água para extinguir as chamas, depois se viram para o líder para descobrir o que fazer em seguida.

14

PO líder, esse sujeito incerto, está muito abalado pela execução da criatura, por mais monstruosa que ela parecesse. Ele tem um coração mole embaixo da musculatura e da expressão de matador. Enviado com relutância para assassinar um missionário munchkin, ele agora se dá conta de que é incapaz de fazer isso. Decidiu sequestrar uma criança no lugar.

Mas o líder não antecipava um encontro com um perqu'unti, uma fera que figura em alguns dos mitos fundamentais da Nação Quadling. Não há animosidade entre os perqu'unti e outros nativos que compartilham o mesmo habitat. Um crocodrilo pode arrancar a perna e o traseiro de um cidadão que perambule por aí antes que o humano possa pigarrear. E a feiura desse espécime em particular, seguindo uma aterrorizante garotinha! Por quê? Reverência, fome, mera ameaça? Nada parece certo. Ele tampouco pode revelar suas intenções agora; os homens do líder já estão se preparando para arrancar as protuberâncias dorsais e partir o couro para coletar a carne.

— Guardem a primeira porção para a mãe das nações. (O líder, autoritário, referindo-se à matriarca do clã.)
— O que ele está falando, por que está proferindo disparates? Eles fazem isso para irritar. (A ama.)
— Se calar a boca, talvez a gente se safe do perigo. (Severin, sensato.)

— Olha essa boca suja, jovenzinho.

— Se a senhora continuar falando, vai acabar é sem boca nessa sua cabeça.

A ama pressiona os lábios, e é isso.

O líder analisa mais uma vez a menina verde. À luz da transação, a vida de um perqu'unti em troca de um soprador de vidro quadling, ele talvez repense a decisão de levar uma criança. Uma concessão em nome da misericórdia. Se fizer isso, será que vai perder prestígio aos olhos dos companheiros? Na missão do dia seguinte, outra pessoa talvez esteja na liderança, e ele será uma parte do bando. Quem vai se lembrar do que ele disse ou deixou de dizer?

Em todo caso, se levar a criança, o que será feito dela não será uma decisão sua. Talvez algum conselho seja formado e decidam mudar o nome da menina para *Coração Tartaruga* e criá-la no lugar do profeta morto. Ou quem sabe resolvam tirar a vida dela em compensação. Ou pode ser que seu povo devolva a criança dez anos depois, com um par de sandálias feitas de couro de crocodrilos como presente e uma coroa de lírios-d'água na fronte. E uma língua estrangeira na sua boca e sua mente, um vírus impossível de aniquilar.

Ou talvez o líder fique preso a ela. Caso seja forçado a abrigar a menina na sua casa, seus garotos e sua bebezinha linda talvez sejam contaminados e comecem a brilhar em verde. Ou uma doença fatal aflija e mate a menina antes de ela completar 10 anos, levando também os seus próprios filhos.

Não vale a pena assumir o risco.

Ele nem olha para a garota. Tem a peculiar sensação de que ela talvez encare como desfeita a decisão dele de não a sequestrar. Ela já conhece muito bem a rejeição. O homem diz:

— Deixem a carcaça. Que os pássaros, os insetos e os peixes fiquem com ela. Uma oferta ao mundo do rio. Que os ossos flutuem. Deixem essa coisa para lá, só deixem. Vamos embora agora. Espalhem-se; encontrem a outra criança, se puderem. De qualquer forma, não vamos ficar com esta. É hora de ir.

Os homens recuam, disfarçando o alívio. Não querem tocar na carcaça. Abandonam o cadáver ali, alguns metros água adentro, rodando na correnteza até a cabeça ter dado uma volta completa, como a agulha de uma bússola procurando o norte verdadeiro.

A ama desperta do estupor e enfim abre os braços, chamando Elfaba. A criança não dá a mínima, os olhos fixos no crocodrilos. O olho dele que capturou o de Elfaba agora se volta na direção dela, encarando cegamente da órbita da qual começara a escapar. Elfie tem vontade de tocar sua pata, seu focinho. Porém, lá está a água: ela não pode.

15

Os vigilantes quadlings perdem o interesse em cercar o grupo de missionários. Começam a revirar a vegetação rasteira com as lanças, procurando a outra criança. Melena, tão atordoada que mal está pensando direito, avança correndo. Ela cai de joelhos no chão enlameado. Ergue o carregador quadling abatido; ele morreu há tão pouco tempo — tudo deve ter se desenrolado em poucos instantes — que ainda está mole e morno. A cabeça dele tomba para trás; parece bêbado, e por um momento Melena sente o ímpeto de beijá-lo, como num conto de fadas, para que despertasse. Mas há o odor do ferimento, atraindo moscas que já estão se alimentando do sangue. Ela pousa o rapaz no chão, os olhos lacrimejando por ele. E o choro limpa sua mente, de alguma forma, de modo que ela volta a si.

A ama agarrou a mão de Elfie e a puxou para longe da água, não que houvesse qualquer risco de a menina entrar no rio por vontade própria. A ação da ama é mais uma prova de sua competência profissional do que qualquer outra coisa.

Buzi voltou a empacotar os objetos da cozinha; como se o evento tivesse sido uma diversão interessante, mas o almoço precisasse ser servido em trânsito mesmo assim. Severin e Pargo disparam até as fronteiras do acampamento. Melena se dá conta de que estão tentando encontrar a bebê antes, para protegê-la. Ao dar a volta na tenda, Melena enfim vê que a rede está vazia e que a filha mais nova sumiu. Enquanto isso, os invasores se mesclam ao verde ao redor, alguns revirando o mato, alguns indo até as canoas e organizando uma partida barulhenta. Incluindo o líder.

"A gente precisa deter essa gente! Eles pegaram a bebê!", berra Melena, disparando na direção da margem.

É só então que Frex finalmente ressurge, caminhando devagar ao longo da curva do rio, com as roupas encharcadas e o cabelo pingando. Atrás dele, vêm três búfalos-d'água, dois com chifres curvados e um com lanças laterais, retas dos dois lados. Não estão seguindo ele, como o perqu'unti fazia com Elfaba, e sim guiando-o.

"O que *raios* está acontecendo aqui", solta o presbítero, como se aquilo fosse culpa de todo mundo, menos dele. Ele sai para a margem do rio, as sandálias molhadas nas mãos.

"Eles levaram a Nessa, vão matar a bebê, alguém precisa parar aquela canoa..."

Não tem como parar uma canoa que já se encontra a quase dez metros além da margem, especialmente estando encurralado por búfalos-d'água de cabeça baixa e opinião firme. Frex agita as mãos, como se espantasse mosquitos, mas as feras pesadas só grunhem em resposta. Não vão se mover. Eles empurram Frex para longe da água e ficam ali, montando guarda. Quase passando por cima do cadáver do rapazote quadling escondido na vegetação rasteira, Frex cai de joelho e contorce o rosto, murmurando uma oração antes de vomitar.

Com Elfie debaixo do braço, a ama pendura sobre os ombros um saco com seus próprios suprimentos: unguentos, amuletos, um baralho, um livro de romance, cordões, fios e a boneca de Elfie, há muito ignorada.

Severin e Pargo voltam ao acampamento, avisando que Nessa não está em lugar algum. Reviraram a rede vazia e vasculharam a grama logo abaixo, procurando a garota no meio do mato. Ela é incapaz de ter se arrastado para longe, todos eles sabem disso! Mas tampouco viram os atacantes levando a menina em uma das canoas.

Quando Frex consegue falar de novo, repreende a todos por não terem defendido melhor o grupo, por terem falhado em proteger o pobre carregador quadling.

"Cadê o escudo da Sagrada Fé, emprestado para mim pelo bispo unionista de Invernada Velha?", exige saber. "Por que não pegaram a escopeta e atiraram neles?"

"Armas não são feitas para disparar, são feitas para brandir na cara das pessoas", dispara a ama. "E para *você* brandir, de qualquer forma, não a ama. Onde *você* estava enquanto a confusão se desenrolava por aqui?"

A história não sai inteira logo de cara, mas vão acabar entendendo, depois de um tempo, que Frex foi a uma área reservada mais além do rio para se lavar e se limpar, logo pela manhã. Em um momento de vulnerabilidade nua, ele se assustou com os búfalos-d'água que espreitavam da margem; cercaram o presbítero na água, com os chifres quase se tocando. Ou seja, ele ficou tão encurralado no rio quanto sua família e o grupo em terra. Tentou se livrar da emboscada, mas a criatura com os cornos mais afiados virou a cabeça de lado como se tivesse a intenção de empalar o homem. Até então, ele nunca ouvira falar de búfalos-d'água que não fossem dóceis, muito menos que agissem com uma hostilidade descarada daquela forma. Eles o cercaram por meia hora enquanto os mosquitos da manhã se alimentavam das suas orelhas, do seu traseiro e das suas partes baixas. Ah, as indignidades a que se submetem os homens persuadidos a prestar serviço missionário! Aqueles imensos sentinelas sem dúvida foram enviados até lá pelos atacantes quadling. Enfeitiçados para trabalhar para eles. Em determinado momento, porém, as feras baixaram a guarda, permitindo que ele recolhesse suas roupas. Depois ainda o perseguiram pelas águas rasas enquanto ele fugia na direção do acampamento.

E ainda estão aqui enquanto o presbítero tenta entender o que está acontecendo. Frex conta os membros do grupo: estão todos presentes, menos a pobre e arruinada Nessarose e o carregador morto, cujo nome ele agora lembra ser algo parecido com Sicapari. Scapari?

"Vamos atrás deles e vamos recuperar a menina", promete o presbítero, embora saiba que pode estar mentindo. É o que deve ser dito. Talvez seja esse o propósito de Nessarose na vida, afinal de contas. Frex não é um profeta, é só um agente do mistério em sua fé, e eis o mistério em sua melhor forma: o futuro de uma criança.

"Eles não levaram a bebê", insiste Severin. "A gente saberia. Ela estaria chorando que nem louca." Depois, acrescenta, suave: "Além disso, não podemos ir todos atrás deles; acabariam matando todo mundo. Vou até o vilarejo deles hoje à noite para dar uma vasculhada, tentando descobrir se, de alguma forma, eles pegaram a menina sem que a gente percebesse. E o que pretendem fazer com ela. Enquanto isso, os senhores vão seguir rio acima. Buzi, desmonta a tenda, a gente precisa se apressar. Pargo, as canoas... elas foram afundadas ou roubadas?". Como estavam amarradas numa enseada cheia de taboas um pouco mais para cima do rio, os invasores talvez não tenham notado. Pargo vai conferir.

É justamente Pargo, com seus dentes pretos, que encontra o corpo da bebê. Ele não o ergue de seu local de descanso final; em vez disso, volta correndo para avisar a família. Eles deixam a bagagem onde está e seguem Pargo pela margem do rio. Os búfalos-d'água vêm atrás, andando devagar como carpideiras em um funeral público. Poderiam ter incensórios pendurados nos chifres, tamanha a pompa e a circunstância.

Lá vêm eles, humanos e animais, pela vegetação pantaneira alta e coceirenta, cor de arenito e lilás-claro, pintalgada de borboletas e libélulas. O sol enfim conquistou a bruma, então a verdade do mundo está pronta para encará-los olho no olho.

Seguem todos chapinhando na água, exceto a ama e Elfie, que vão pelos caminhos mais secos. A menina está relutante, arrastando os pés, contrariada como de costume. Mas ainda é uma criança, então a ama a arrasta consigo. A mulher não pode perder o momento mais triste da vida de uma família. Vai ser ela a responsável por reportar toda a tragédia ao ilustre Thropp e a lady Partra. Que catástrofe horrenda, a morte da segunda filha de Melena; a ama precisa testemunhar as evidências. E não foi culpa dela. Será que vai parar no olho da rua por causa disso? Ela poderia pedir um emprego aos Beckenham, no Masco Central, se preciso fosse. Aqueles lá estão sempre botando crianças no mundo. Contudo, a posição dos Beckenham na sociedade não é tão alta quanto a dos Thropp, e ir trabalhar para eles seria visto como um retrocesso. A ama endireita os ombros e se prepara para... bem, para o que quer que seja.

Enfim chegam à bebê, que nem morta está. Que bizarro! Melena sai correndo, espalhando água para todos os lados, e ergue a menininha dos panos rasgados nos quais tinha sido enrolada. A chupeta presa à sua boca foi o que atrasou o inevitável choro. Nessa agora resmunga, olha ao redor com os olhos arregalados, e tenta, sem sucesso, chutar os pezinhos envoltos pelo cueiro.

Quem a aninhou sobre o escudo e a colocou para flutuar em meio às taboas? Deve ter sido algum quadling de coração mole, incapaz de ver seus companheiros fazendo mal a uma criancinha. Mas onde ele tinha conseguido o escudo? Será que o ataque ao acampamento havia sido tão avassalador que ninguém notara o item sendo subtraído de onde tinha sido colocado ao sol naquela manhã, com o intuito de secar seu verniz? Antes que qualquer um deles soubesse que aquele se tornaria o Dia do Encontro?

É quando alguém se lembra de ter ouvido o item cair no chão, fazendo barulho, e de ver Elfie tentando erguer o escudo para fazê-lo rolar por aí.

"Que bobagem", diz Frex. "Ela não teria consciência de que Nessarose pudesse estar em perigo, colocando a menina no rio para escondê-la dos sequestradores. A Elfie mal consegue colocar os braços nas mangas da roupa." Todos olham para a garota, que os encara de volta sem pestanejar, imperturbável.

"Mas quem foi, então?", pergunta Melena. "Se bem que isso lá importa? Estamos seguros. Todos aqui. A Nessa está com a gente. Podemos ir embora."

Eles voltam para o acampamento com a bebê no colo e o escudo pendurado nas costas de Pargo. A ama vem por último, segurando estoicamente a mão de Elfie, quer ela queira, quer não.

Os búfalos-d'água provavelmente espantaram o grupo de guerra, pois aqueles que ainda restam fogem com pressa. Os imensos bovinos empurram o corpo do garoto quadling para dentro do rio, permitindo que ele flutue para seu descanso. Como se seguindo instruções, as criaturas vão até onde o perqu'unti derivou e, devagar, puxam os seus restos mortais de volta à margem. Elfie pega a concha de sopa de Buzi de onde ela caiu. Cutuca o focinho do perqu'unti, ajudando a puxar a criatura.

"Ela quer ficar com ele", diz Pargo.

"Ela não quer bonecas ou irmãzinhas caçula", comenta a ama, que conhece Elfie melhor do que os pais. "Não, ela prefere o *cadáver de um crocodrilos*. Eu me preocupo com essa menina. Como me preocupo."

"A gente vai deixar essa criatura aqui, onde os bichos vão limpar o corpo, e se os ossos ainda estiverem por aqui quando a gente voltar", começa a dizer Frex para sua corajosa e desinteressada filha, "podemos recolher eles para você." Nada do gênero vai acontecer, é claro, ou é o que ele acha, mas uma mentirinha para acalmar uma criança rebelde é aceitável; e, no fim das contas, é assim que crianças aprendem o que é mentir.

A manhã avança em direção ao meio-dia, e o acampamento já ficou para trás. Os búfalos-d'água se dispersam e nunca mais são vistos. O garoto quadling, parecendo inchado e relaxado, flutua rio abaixo até logo sumir. As canoas foram bem escondidas, e os guias e carregadores locais, seguindo rio acima, impulsionam o grupo com os remos com uma precisão quase silenciosa. Conforme a temperatura sobe, o suor escorre pelo colo exposto de Melena. Frex franze a testa, incomodado com outra tentativa frustrada de estabelecer uma missão mais permanente. Nessa resmunga, aliviada por ter sido resgatada do exílio. Elfie está de cara fechada.

Alguém no grupo sabe o que aconteceu aqui, mas há perguntas demais. Quem, se é que houve alguém envolvido nisso, falou com os búfalos-d'água e lhes deu ordens? Por que Elfie voltou ao acampamento, de onde quer que estivesse perambulando, com um crocodrilos em seu encalço? A intensidade do interesse de Elfie na criatura, seu extermínio expiatório compensando algum desequilíbrio e salvando a menina e sua família... Será que há como tudo isso ter sido planejado de alguma forma? Afinal, ela tem apenas 4 anos.

Não passa de uma conjectura ridícula. Talvez apenas Elfie considere a soma e a subtração da troca desintencional, mas não menos precisa: uma vida por uma vida. Como ela era capaz de ver aquilo, a vida de um crocodrilos em troca da sua própria, ou da irmã? Sendo que ainda mal é capaz de falar o próprio nome? O coração de um perqu'unti não é um coração tartaruga. Ainda assim...

É claro que ela não consegue colocar tudo isso em palavras. É claro que não pode pensar desse jeito. Ninguém consegue ao menos garantir que ela pensa. E nenhuma criança de 4 anos é capaz de resolver uma equação moral sobre certo e errado. Certo? Certo?

Passim

A verdade é que ela não irá se lembrar muito daquele dia, mas o crocodrilos seco precisa ter vindo de algum lugar. Está com ela desde então, e vai estar pendurado nas vigas de seu ninho da bruxa em Kiamo Ko no dia em que ela evaporar da própria história. Elfie achará que sempre adorou Nessarose e se preocupou com a irmã. Sofrerá por sua morte sem saber que a culpa faz parte da composição química do luto.

Agora, está chovendo na água escura e nos nenúfares verdes e marrons. A superfície da água se crispa, o som se espalha ao redor, ruidoso como o rio sobre as suculentas que pendem das duas margens. Alguém que cresce na parte úmida do mundo, aos 8 ou 9 anos de idade, vai ter ouvido este mesmo barulho três mil vezes. Chove todos os dias nesta parte do mundo, pelo menos um pouco. Às vezes, mais.

Elfie se encolhe quando algumas gotinhas são lançadas de um remo manejado sem muito cuidado, mas a família busca atender às suas necessidades. Elfie é a única do grupo que usa botas em vez de sandálias. A ama vasculhou o baú de roupas sem uso de Melena e aproveitou o tecido para fazer peças que cubram os quatro membros magrelos e verdes de Elfie, criando luvas sem dedos ao cortar buracos na ponta dos meiões. Elfie vive com seu chapéu de vime, raso e de abas largas o bastante para permitir que a água da chuva escorra ao seu redor. Tem também sua famosa sombrinha da selva, que dá à jovem Elfie o ar de uma botânica iniciante numa atividade em campo.

Ela vai levando. Adaptar suas necessidades em função do clima se torna um costume. Isso não precisa ser mencionado de novo, mas é uma condição tão real quanto sua pele sobrenaturalmente verde.

Os nenúfares giram e flutuam sob a chuva. Algumas memórias desaparecem na curva e morrem, enquanto outras dão as mãos e transformam momentos em episódios tão firmes que parece possível caminhar sobre a água, caminhar sobre o próprio tempo.

O Feitiço

PARTE 2

Elfie

16

As irmãs sobreviveram; ficaram mais velhas; ficaram mais distantes.

"Todas as irmãs se odeiam antes de se darem bem", diz a ama, sem muita convicção, uma vez que não tem irmãs e é grata por isso.

A carência de Nessa rouba a atenção que antes era dedicada a Elfie. Depois de um tempo, esta vai se dar conta da dívida de gratidão que tem, uma gratidão que se ressente por ter que observar. Mas ela a observa, conforme Nessa se transforma mais em uma pessoa e menos no resultado de um acidente.

A irmã não consegue ficar de pé porque seu equilíbrio é imperfeito. Ao menos, é isso que se conclui. Ela veio ao mundo como uma bebezinha sem defesas — sem braços, na verdade. (A ama até tentou fazer cócegas nas omoplatas da bebê, esperando que isso fosse estimular o nascimento tardio dos membros.)

Alguns moradores da Munchkinlândia, graças às fofocas das parteiras presentes, consideraram a deformidade de Nessa um fatalismo, um efeito colateral do alívio dos sete anos de seca. Um custo somado ao do desonroso assassinato no pátio, um adicional, uma cartada decisiva. Afinal de contas, a seca chegou ao fim.

A segunda neta do ilustre, Nessarose Thropp, nasceu em Jardim Colwen. Não há como esconder sua deficiência, isso se a palavra não for cruel demais para se referir à sua aflição específica. E como Frex é um presbítero cheio de si, com supostas conexões ao Deus Inominado, a punição infligida sobre sua segunda filha parece mais incisiva. Mais melancólica. (Mais deliciosa, mas coitadinha da menina!)

Nessa pode acabar assumindo o cargo de ilustre Thropp, caso a irmã, Elfaba, morra primeiro ou abdique do título. Se esse for o caso, as limitações de Nessa estarão em exposição permanente. *Duas* crianças nascidas com irregularidades! (Sim, os rumores sobre Elfie enfim se espalharam.) Será que Melena Thropp é *incapaz* de fazer algo certo na tenda de parto? Se Melena, como Segunda Descendente Thropp, tentar mais uma vez e acabar parindo uma criança sem máculas, talvez as outras duas possam desaparecer em silêncio da linha de sucessão (e da história), e o terceiro e mais perfeito candidato será então apontado para assumir o cargo. Tal quebra de protocolo não tem precedentes, mas convenhamos: uma ilustre verde? Ou uma ilustre desprovida de alguns dos membros? É preciso pensar um pouquinho fora da caixa aqui. Na terceira tentativa, as coisas vão. Se ao menos Melena ainda fosse fértil, capaz de levar uma terceira gravidez até o fim...

Então Melena assume isso como missão, mas seu corpo não quer nem saber.

Elfie é poupada da informação das gestações frustradas da mãe e do desfile de abortos. Por mais que seja como uma boneca estranha, Elfie é tão míope quanto qualquer outra criança. Não se dá conta de como os pais se embrenham cada vez mais na Pátria Quadling à medida em que ela cresce. A criança sabe pouco da vida além do que tange a tendas e estacas, colchonetes e sacos de dormir, panelas e sacas de arroz, baús de couro desgastado nos quais a família carrega fragmentos do seu passado e as roupas com as quais se vestem. A vida é vitalidade, instabilidade, curiosidade. O lar é algo portátil. Pessoas chegam e vão embora. Elfie não se lembra de como, quando e por que Pargo desaparece, ou Severin. Buzi, justo ela, se prova a mais confiável; e quando a cozinheira desaparece, não é por mais do que algumas semanas. Ela sempre volta antes de a estadia temporária da família chegar ao fim. Certo ano, a própria mulher aparece grávida, mas perde o bebê. Diz que tossiu no meio da noite o feto que não vingou.

"A menina ali é enfeitiçada", diz ela, apontando para Elfie. "A culpa é dela."

A esta altura, Buzi aprendeu o suficiente da língua comum para ser ofensiva. A ama afirma que a outra está apontando dedos para onde não devem ser apontados, e que vai pagar por isso.

"O que é enfeitiçada?", pergunta Elfaba, depois que Buzi se afasta.

"Tocada por um pouquinho de magia", responde a ama, sem emoção.

"Não coloca ideia na cabeça dela", diz Melena.

"Você também achou isso quando ela nasceu", lembra a ama.

"A Nessarose é enfeitiçada?", pergunta Elfie. Porém, como o assunto é considerado impróprio, ninguém responde.

Então Elfie decide que Nessa também deve ser enfeitiçada. Naquela noite, ou pouco depois, que seja (ela deve ter uns 7 anos, e Nessa uns 5), quando estavam na tenda, Elfie toca no assunto com solenidade.

"Vou apagar a lamparina de óleo de lesma e contar um segredo", diz a irmã mais velha.

"Um segredo bom?"

"Você que me diz. É sobre feitiços."

"Eu não gosto de feitiços."

"Você nem sabe o que é isso."

"Eles espetam."

Elfie pensa: "Talvez Nessa esteja certa". Mas diz: "Não, você está confundindo com ouriços. Feitiços são tipo umas mágicas pequenas, acho".

"Truques de mágica?"

"São truques para alguns. Para outros, feitiços são *de verdade*, não truques."

"Feitiço feitiço feitiço." Nessa testa a palavra. "Tipo, quais truques de verdade?" Ela parece cética.

"Tipo..." Elfie também não sabe muito bem o que é um feitiço. Ela olha ao redor. No pequeno lavatório há uma pedra preta e lisa, que Buzi diz que absorve o cheiro sulfúrico da água, de modo que as meninas consigam beber dali caso tenham sede. (Outro tipo de magia?) Usando uma colher, Elfie cutuca aquela coisa; depois que seca, rola na palma da garota, oval e opaca. "Vou usar um feitiço para transformar isto daqui em uma ameixa-do-charco para você comer no desjejum." Elfie sabe que Nessa adora ameixa-do-charco.

"Você não consegue fazer isso. Consegue? Então mostra. Depois me ensina a fazer também."

"Não posso fazer feitiços assim no *claro*." Elfie sopra a chaminé de vidro da lamparina de óleo, extinguindo a chama. A noite no pântano é brumosa, e a escuridão é quase completa. Com um baque surdo, ela pousa a pedra sobre o baú de roupas entre elas. "Abracanexus, abracahexus", entoa a menina em voz baixa. A irmã geme, tomada por um terror teatral.

"Funcionou?", pergunta Nessa.

"Não acontece na hora. Demora um tempo. É tipo fazer um bebê."

"Quanto tempo demora para fazer um bebê?"

"Sei lá, mas é mais do que um minuto."

"Então quando você vai acender a lamparina e me mostrar a ameixa-do-charco?"

"A gente precisa esperar até amanhã de manhã. Vai dormir."

"Ela vai ser verde?"

"Isso", afirma Elfie. "E também não vai ter bracinhos", completa ela.

Nessa junta dois com dois e conclui, feliz: "Então vai ser igual nós duas".

"Agora cala a boca e fecha os olhos." Elfie se deita no próprio colchonete.

Geralmente, Nessa cai rápido no sono. Esta noite, quando ela adormecer, Elfie planeja se levantar, assaltar o baú da despensa e roubar uma ameixa-do-charco dos suprimentos de Buzi. Vai substituir a pedra pela ameixa. Nessa vai achar que a irmã mais velha consegue fazer magia. Elfie não sabe muito bem como pode se beneficiar desse engodo, mas algo vai lhe vir à mente. Essa vantagem com certeza vai ser útil em algum momento.

Inquieta, Nessa murmura várias vezes: "Já é de manhã?". Enquanto Elfie espera a irmã adormecer, ela mesma cai no sono.

"Elfie, Elfie", chama Nessa, que hoje acorda mais cedo. "Já é de manhã! Olha!"

"Mas que cocô", pragueja Elfie, único palavrão que os adultos toleram.

Ela esfrega os olhos e começa a vasculhar a mente atrás de uma mentira plausível para explicar o porquê de a pedra ainda ser uma pedra.

Só que ela não precisa de tal álibi. Sobre o baú há uma pequena ameixa-do-charco empelotada, com uma folha ainda presa ao cabinho. Quase perfeita demais para ser verdade, como se fosse a pintura de uma ameixa. Como a mais perfeita ideia de uma ameixa que qualquer pessoa que jamais pensou nisso poderia conjurar. Todas as outras ameixas na história vieram como preparação para este espécime ideal, e todas as do futuro irão se afastar dele.

"Você é muito boa em fazer feitiço", sussurra Nessa.

"Eu sei", afirma Elfie, com medo de chegar perto demais, com medo de tocar na fruta. Mas ela permanece ali, emanando um leve cheiro de vida ameixosa. Contudo, depois de um tempo, a menina se levanta do colchonete, inclina para a frente e toca na fruta. Não sabe muito bem o que esperar. Talvez aquilo a queime, ou exploda. Ou desapareça. Mas a ameixa não faz nada; só balança um pouco sob sua sombra e depois se acomoda de novo. Não há nenhuma pedra preta debaixo da fruta. A pedra tampouco foi transportada magicamente de volta para o lavatório de onde foi retirada. Apenas sumiu.

"O que isso significa?", pergunta Nessa. "Digo, você conseguir fazer essas coisas?"

"Significa que sou mais velha do que você."

"Você pode me ensinar?"

"Ensinar você a fazer feitiços? Não. É uma coisa que você simplesmente *faz* quando pode fazer. É tipo assoviar. Ou andar." Foi cruel acrescentar a última parte, e ela sabe.

"Eu sei assoviar", diz Nessa, uma mentirinha de nada. Ainda não sabe assoviar, embora talvez consiga quando for maior. Será que algum dia vai desenvolver força o suficiente nas costas para andar sozinha? "Me coloca no carrinho e vamos contar para a mamãe, a ama e o papai."

O carrinho é uma carriola de vime que alguns quadlings fizeram para Nessarose há um ou dois anos. Em breve, a menina não vai caber mais nele, mas por enquanto ainda é pequena o bastante para que Elfie consiga pegar a irmã do colchonete e a acomodar no carrinho em uma posição mais ou menos sentada. Ela acomoda almofadas dos dois lados da garota para que ela não caia. Elfie não tem força o bastante para carregar a irmã por inclinações, sejam aclives ou declives. Às vezes, imagina o que aconteceria se perdesse o controle da carriola no topo de um barranco. Visualiza ela acelerando. Mas, depois de um tempo, as pernas de trás bateriam no chão e a rodinha da frente pararia de girar; assim o veículo se deteria. Talvez de forma súbita demais. Enfim, haveria um tombo formidável. Mas nada além disso.

"Traz a ameixa-do-charco mágica", diz Nessa. "A gente precisa mostrar para todo mundo."

"Eles não vão gostar", afirma Elfie. "Não gostam nem um pouco dos feitiços. Dizem que são mentiras e truques."

"Então segura para eu dar uma mordida nela."

Sem saber muito bem que tipo de magia pode estar ministrando à irmã, mas curiosa com os efeitos, Elfie obedece. E se a ameixa-do--charco enfeitiçada fizer os braços de Nessarose crescerem? Seria uma coisa boa ou ruim?

O sumo escorre pelo queixo da mais nova, que Elfie limpa com a ponta da manta.

"Está gostosa?"

"Experimenta também."

Mas Elfie não ousa provar.

"Não conta para ninguém."

"Por que não?"

Elfie faz um biquinho, mas está segurando o carrinho atrás de Nessa, então se dá conta de que a irmã não consegue ver seu rosto.

"O papai é um presbítero. Isso significa que ele acha que magia é ruim."

Nessa franze o rosto, concentrada.

"É uma *ameixa* gostosa. Você é uma boa cozinheira."

"Valeu. Mas cala a boca."

Elfie ainda precisa entender os momentos em que ser mandona com Nessa é contraprodutivo. A irmã pode ficar irritada e virar a casaca. Mas a garotinha promete fechar a boca sobre o assunto, pelo menos na frente de Melena e Frex. E lá estão eles, diante da tenda do casal. Melena está parada, com as duas mãos pousadas na cintura. O barrigão protuberante se estende à sua frente. Em seu banquinho de acampamento, Frex se debruça com o cachimbo sobre os tratados acadêmicos, fazendo anotações nas margens. Buzi mistura com gentileza a panela no fogo, cheia de mingau para o desjejum.

"Ah, olha essa irmã mais velha sendo uma ótima irmã mais velha", diz a ama com um tom ameaçador, pois consegue ver nos olhos de Elfie a tentação de tombar Nessa do carrinho.

"A gente foi enfeitiçada", diz a garotinha, vivaz, ignorando os conselhos de Elfie — o que não era a primeira vez. "Eu fui enfeitiçada."

"Você e eu também", diz Melena.

"Ah, Meleninha Barriguinha", diz Frex. "Você sabe que não gosto desse tipo de conversa."

"E você sabe que não gosto desse apelido, ainda mais nesta condição. Então olha como fala comigo ou vou encomendar um feitiço sob medida para você."

Nessa tenta de novo.

"A Elfie transformou uma pedra em ameixa."

"Chega de bobajada, menina." A ama corre para tentar salvar a situação, mas Frex ergue o queixo primeiro e gira a cabeça.

"Que conversa é essa, Nessa?"

Após começar, ela não consegue mais parar. É difícil para a menina conseguir qualquer atenção que não seja relacionada a comida, remédios ou higiene. Ela aproveita o momento.

"A Elfie disse que feitiços são reais e que sabe enfeitiçar as coisas, e foi lá e fez isso. Transformou a pedra da água numa ameixa-do-charco."

"É impossível." A voz de Frex sai com menos certeza do que ele planejava. "Vocês estão brincando, ou ela está tirando sarro de você. Elfaba, pode admitir para a sua irmã que é mentira. Pede desculpas. A verdade é difícil de ser cultivada nesta vida, e é por isso que precisamos de presbíteros. Se engraçar por aí inventando coisas não é nada gentil. É trapaça. E pode ser, bem... meio perigoso."

"Eu não me engraço por aí", grunhe Elfie, fitando o chão.

"Ela me deu um pouco da ameixa mágica. Uma mordida. Estava uma delícia."

Frex olha para a filha mais velha.

"Está ensinando sua irmã a ser ardilosa? Ela vai precisar de sobriedade e clareza nesta vida, Elfaba, não engodos."

"Foi ela", diz Elfie. "Eu tive a ideia, mas acho que a Nessa queria tanto que desse certo que acabou fazendo o feitiço funcionar."

"Mentira!", berra Nessa, mas um toque de alegria se entremeia à sua indignação. E se tiver sido ela? Aqueles sem poder não têm nada além de sua esperança.

"Por favor, ama, resolve isso. Faz valer o seu salário", diz Melena. "Mas, antes, desamarra meus cadarços? Não consigo mais me curvar, e os sapatos estão estrangulando meus pés. Pareço um balão. Até o meu cabelo parece apertado na minha cabeça."

Acaba sobrando para a Buzi empurrar a carriola de Nessa para longe, com Elfie arrastando os pés pela clareira arenosa atrás delas. Se afastam o bastante para que suas vozes não sejam mais ouvidas. Falam no dialeto que mistura qua'ati e ozês, particular ao acampamento da família.

Foi Buzi quem mencionou feitiços pela primeira vez, então ela é a pessoa adequada para interrogar. Elfie lembra à cozinheira que foi ela quem disse que Elfie estava enfeitiçada. O que ela queria dizer? O que transformar uma pedra numa ameixa-do-charco tem a ver com isso?

De início, Buzi reluta em discutir o assunto. Murmura, resmunga e solta que a forma como a família fala sobre as coisas — como se cada coisa ficasse dentro de uma caixinha com seu próprio significado, sem tocar em nada e sem nunca mudar, de um jeito esquisito e bizarro — não serve para ela. Se Buzi diz algo pela manhã e depois repete ao pôr--do-sol, não *precisa* significar a mesma coisa, e ela não pode *fazer* com que signifique a mesma coisa, e, às vezes, nem ela sabe o que significa.

"O que a senhora está dizendo", fala Elfie, que ainda pensa de forma concreta em objetos, e não em noções, "é que nada é...", ela vasculha a mente por uma palavra que signifique *estável*, mas nada lhe ocorre de imediato. "Que nada é fixo?"

"A água se transforma em gelo, em ar, some da panela em uma manhã quente e volta a ela numa tarde chuvosa. Está sempre se movendo, mesmo quando parece imóvel e estagnada. É isso que um feitiço é."

"Então por que a senhora disse que eu estava enfeitiçada?", pergunta Elfie.

"O porquê de eu ter dito isso ontem e o porquê de ter dito isso hoje podem ser diferentes", explica Buzi. "Essa é a ideia. As coisas mudam. Você muda."

"Eu também", diz Nessa. "E a senhora. Às vezes, a senhora usa aquela saia preta. Às vezes, aquela feia listrada."

"Você não muda como sua irmã. Ela é a ardilosa. Menininha verde do lado de fora, sabe-se lá o que do lado de dentro. Talvez um pedaço de lua verde que caiu na terra. Você...", Buzi aponta para Nessa, "você tem os braços roubados que ninguém consegue ver. Ela tem algo a mais que é impossível de ver. Não sei o que é, porque também não consigo enxergar. Mas existe. Ela é enfeitiçada. É crua. Não é uma coisa boa nem uma coisa ruim. Não precisa surtar. Amanhã você vai me perguntar de novo e vou dizer outra coisa, e vai ser tão verdade quanto o que estou dizendo agora. Ou tão mentira quanto. Mas de uma coisa eu sei: não estou enfeitiçada. Eu sou eu, tão Buzi quanto a Buzi pode ser, e ponto final. Nunca vou ser mais do que isso."

Ela enfia a mão no bolso do avental.

"Enquanto a gente espera eles se ajeitarem para tomar o desjejum, quer uma ameixa-do-charco para acalmar o estômago?" E saca do bolso uma fruta com cara de azeda, muito diferente do espécime magnífico que apareceu no baú da tenda das meninas.

Elfie pensa: Talvez Buzi estivesse passando do lado de fora da tenda e me ouviu falando aquilo, então trocou a pedra pela ameixa só para tirar sarro da gente. Para se divertir um pouco.

Quando volta à tenda das meninas, a perfeita e enfeitiçada ameixa-do-charco sumiu. Ela não se lembra do que fez com ela depois de Nessa ter dado uma mordida. Será que jogou a fruta no chão, ou para fora da tenda? Elfie confere a bacia cheia de água da noite. A pedra preta voltou para lá. Está imóvel e acusatória sob a superfície, como se nunca tivesse saído dali para desfilar como uma ameixa-do-charco, em uma manhã qualquer na nação dos pântanos.

17

A ama tem uma visão completamente turva da situação. “Tem brisas demais soprando para saber por que a semente de uma árvore cai e se enraíza em um lugar e não no outro”, disse ela para Elfie. “Seu pai insiste que o Deus Inominado sabe cada coordenada de cada morro conhecido pela geografia, e escolheu o ponto exato para cada germinação. Eu não sou tão fiel assim. Se alguém sorrateiro recorre a um truque, talvez um feitiço tenha feito magicamente com que essa pessoa tivesse esse impulso.” Ela faz uma careta para Elfie. “Eu tomo cuidado com os pontos que coloco nos meus is e não faço afirmações generalistas como seu pai. Agradeço Lurline pela sensibilidade e sensatez.”

A ideia é abstrusa demais para Elfie. A menina é inteligente, sim, e a esta altura, mais verbal do que outras crianças da sua idade, se houvesse alguma por perto; ainda assim, tem só 7 ou 8 anos. Ainda faz pedidos quando vê estrelas cadentes, tamanha sua confiança no mundo.

18

Em relação ao que Nessarose pensa e como se sente, não é tão fácil como com qualquer outra pessoa na missão. Sim, Nessa não está presa ao silêncio como uma pessoa surda ou muda. Mas algo inescrutável a envolve de um jeito que não envolve a irmã. Elfie é introspectiva, sem dúvida, e isso vai crescer dentro dela a ponto de fazer com que seja quase elegível a um manicômio, mas ela jamais será qualquer coisa que não completamente fácil de ler. A garota mais velha tem pouco controle sobre como suas opiniões não ditas lampejam em sua expressão, e até mesmo em sua linguagem corporal — como ela anda, marcha, empurra, dispara. Nessa, cujas deformidades são bastante aparentes, habita sua Nessarozice com a aparência de uma boneca de porcelana. Suave e inexpressiva.

Cá está ela em seu banho semanal. A ama e Buzi a colocam na banheira de latão, que também serve de pia para deixar as roupas de molho. Quando apoiada, Nessa consegue ficar com o corpo na vertical. Ela fecha os olhos enquanto Buzi derrama água morna sobre seu cabelo e ombros. Não liga de ser tocada, talvez por ser incapaz de se tocar; ao menos, não com as mãos. A ama usa uma esponja velha. A água rescende a baunilha, pois baunilha é algo abundante aqui. Elfie está parada, pensando...

... mas este é o momento particular de Nessa. Ela fecha os olhos. Onde será que ela está dentro de si?

Podemos ao menos imaginar o que ela está ouvindo. Cantos de pássaros, se esse tipo de som puder ser considerado canto. Nem todo barulho emitido por uma ave é melódico, ou alegre. Há berros de alarme, gritos de varredura, tossidas que falham e terminam em um tom decrescente, plangências evocando lamento ou desespero. Os caniços escondem bandos de aves que se engalfinham, acasalam, disputam território e tentam espantar predadores. É barulhento viver à margem da água, tanto para animais quanto para humanos. Nessa deve ter notado a comoção aural. Será que já se sentiu tentada a gritar como os pássaros, ansiando pelo decolar? Ela, que não tem braços com os quais nadar, talvez deseje asas. Para fugir, para chegar a algum lugar. Os pássaros voam em círculos, fofocam e se acomodam. Nessa está no meio deles, mas será que é um deles...?

Não, este é um experimento que não levaria a nada. Nessa está imperturbadamente confinada em si mesma.

Elfie a observa, imagina a água cascateando sobre seus ombros. Para Elfie, isso é um pesadelo. Contudo, ela não consegue desviar os olhos. Os banhos de Elfie também são dados pela ama. Para a menina mais velha, a cuidadosa mulher usa um unguento feito com algumas gotas de óleo de palma e uma espuma branca que extrai do interior das babosas. Usa como estrígil uma vagem dura e amarronzada para remover o excesso de óleo e sujeira da pele de Elfie. A garota fica com a sensação de ter sido esfregada, mas num bom sentido. Seus cabelos são massageados com óleo e clara de ovo. Terminam brilhantes e com cheiro de comida, mas limpos. Sebosos, mas limpos. O cabelo de Nessa, no entanto, é enxaguado com água. Com repugnância, Elfie estremece, seguida por Nessa, que o faz por outra razão: ela aprecia a sensualidade.

"Chega", diz Nessa, quando se sente incapaz de sentir outro calafrio. Então a ama tira o mais macio dos panos do famoso baú com o qual Melena fugiu e enxuga Nessa da cabeça aos pés.

Agora, Elfie desvia os olhos. Como não gosta que as pessoas a toquem, não tem o prazer fraternal de ver Nessa se entregar com tanto abandono à carícia da flanela.

19

Já é hora de Elfie ter contato com uma assombração. Quantos anos ela tem, exatamente? Contar aniversários em Oz não é uma ciência exata, mas a garota alcançou a idade na qual a cronologia começa a fincar seus dentes. Memórias indisciplinadas passam a se enfileirar. Elfie está adquirindo a noção de causa e efeito, a relatividade dos eventos. A infante Ozma, por exemplo, só desaparece depois da chegada do autointitulado Mágico de Oz; caso contrário, ele não teria tido ninguém para derrubar. Primeiro isso, depois aquilo. O encontro na margem do rio aconteceu quando Nessa era pequena o bastante para caber dentro do escudo de um guerreiro, não quando já era grande o suficiente para ser empurrada por Elfie na carriola de vime.

Se houve de fato uma assombração, é algo a ser discutido. A ama insiste que nunca viu sinal algum de um invasor no acampamento, e que ela e Buzi são as únicas que prestavam atenção.

Há um guarda noturno também, um nativo de cabelo raspado chamado Ti'imit. Ele patrulha o acampamento e reaviva o fogo; é a época do ano em que felinos silvestres passam em furtividade migratória de uma área para a outra. A presença deles silencia a selva. Até as folhas e teias de aranha ficam em alerta, ou é o que parece a Elfie. As coisas estão começando a *parecer* para ela. Não sabe muito bem quão reais são as impressões. No entanto, ela as absorve com uma espécie de prazer, pois isso ajuda a garota a se sentir diferente dos outros.

“Inventar esse tipo de coisa? Justo *você,* Elfie?”, diz a ama. “Ver entidades brumosas onde obviamente não há nada? Ora, eu agradeço a Lurline por não ter gosto ou talento para esse tipo de bobajeira.”

Por outro lado, Buzi assente, afável, a qualquer afirmação extravagante de Elfie, sem contradizê-la; não vale o esforço. Os pais de Elfie, porém, continuam distraídos.

Seja assombração ou não, há alguém se esgueirando pelas beiradas dos longos dias de labuta da família, e apenas Elfie parece estar notando.

Para começo de conversa, coisas começam a sumir. As agulhas e linhas da ama. Quem poderia querer aquela cestinha de vime? Ninguém desconfia de Nessa, é claro, porque ela não é capaz de afanar nada. E Buzi é uma mulher de poucos itens pessoais; quanto menos, melhor (menos coisa para embalar quando invasores voltarem a atacar o acampamento). Não pode ser Melena, pois ela não sabe distinguir entre a ponta afiada de uma agulha e os Sete Ditos Excelsos do bispo de Ermos Frisos (que ela também não sabe quais são). E Frex, abençoados sejam seus dedos desajeitados, consegue cerzir as próprias meias e prender botões; no que tange a roubos, porém, ele é culpado apenas de roubar a noiva da propriedade da família, como alguns diriam. Quanto menor a infração, mais publicamente Frex a detesta. Ele não surrupiaria nem uma porção de arroz empelotado do jantar de alguém.

Então quando os pegadores de bambu de Buzi somem da noite para o dia, é natural que a desconfiança recaia sobre Elfie.

“Ela fez um feitiço para mandar elas para a *lua*”, diz Nessa de imediato, com uma convicção curiosa. A pronúncia levemente balbuciada parece fingida.

“O que já te falei sobre feitiços?”, bronqueia a ama.

“Foi *a Nessa* que fez o feitiço”, rebate Elfie, irritada, apontando para a irmã. “Afinal de contas, não é isso que ela quer? Um jeito de conseguir pegar as coisas? Ela está em grande precisão de mãos firmes.”

Grande precisão: uma expressão que não poderia ser mais típica da ama, e a mulher percebe.

“Nem venha tentar falar como a ama. Você é de estirpe e estranha demais para isso”, diz ela. “Nunca vi uma acusação falsa mais com cara de acusação falsa do que essa, Elfie. Você deveria se envergonhar.”

“Talvez devesse, mas não estou envergonhada.” Na verdade, Elfie está perplexa.

Os pegadores são necessários para virar os brotos de feijão-tutano chiando na frigideira. Buzi ameaça pedir demissão a menos que o apetrecho seja desenvolvido.

"Já que estamos acusando uns aos outros, ama, talvez *a senhora* seja a culpada", falou Elfie.

"Eu não me presto a frequentar a cozinha", diz a ama. "Cogitei a despensa, chiei para a lavanderia e corri da cozinha. Meu objetivo era trabalhar nos salões. Só consegui chegar ao quarto das crianças, uma pena, mas ainda me alimento com a família."

"Pois não vai comer brotinho de feijão-tutano frito se meus pegadores não aparecerem", dispara Buzi. "Ou me demito. Eu me demito aqui e de vez, e, quando chegar a hora, eu me demito de vez. E aqui."

"Duvide-o-dó", diz a ama para a cozinheira. "Você não deixaria a patroa, não agora, não no estado em que ela está. Não tem peito pra isso. E também é gentil demais, eu admito." Ela força um sorriso gélido.

"Quando encontrar meus pegadores, vou prender esses seus lábios ardilosos com eles", fala Buzi. "Depois, vou costurar os dois com sua agulha e linha, caso elas calhem de reaparecer também. Chega dos seus siricuticos! Trabalhar na cozinha não era meu *objetivo*, como dizem as meninas idiotas com as quais você foi criada. Cozinhar está no meu sangue, e para mim vem fácil que só. Assim como enfeitiçar vem para ela", termina a mulher, apontando com a concha de sopa para Elfie.

"Por que sempre tem que sobrar para mim?" Elfie está irritada, mas também um pouco orgulhosa por ter sido considerada tão capaz.

Mas não é ela a responsável por afanar coisas. Ou será que é? Será que ela poderia estar roubando itens... enquanto dorme? Onde colocaria os objetos? Por que se daria ao trabalho? Para ser notada? Sim, Nessarose ganha toda a atenção disponível, e sempre vai ganhar (e sempre vai *precisar* ganhar), mas, em geral, isso é bom para Elfie. Ela não anseia por protagonismo, prefere só se esgueirar e se esconder. Elfie está se dando conta de que o único lugar no mundo em que ela poderia ficar invisível seria no meio da selva, nua, assim sua cor natural a protegeria. Uma utilidade para o seu verde, enfim.

Mas independência dá quase na mesma. Ela tenta abotoar no pescoço uma capa invisível de furtividade. Ainda não sabe que tem o tipo de rosto que escancara suas emoções, os sentimentos legíveis a um quilômetro de distância. Não sabe nem se realmente tem emoções. Quase nunca chora, por exemplo. Ela é um segredo em si mesma. Isso é desconcertante, mas é também um alívio. Se ela não entende quem é, não pode ser culpada por ultrapassar os próprios limites.

Isso serve para qualquer criança, ela vai pensar, mais tarde na vida, quando conhecer algumas em Kiamo Ko e detestar todas. O fato de se lembrar de sua confusão interna durante a própria infância não a faz mais simpática com aqueles ainda absortos na própria inocência. Por que não crescem e lidam logo com as coisas?

Os pegadores; o cestinho de costura. A questão da ameixa-do-charco enfeitiçada. Certa manhã, o grupo de missionários acorda e encontra, caído na grama, o escudo cerimonial sobre o qual Elfie certa vez botou a irmã antes de tentar mandá-la flutuando para o além-mundo. A base ligeiramente convexa está cheia de bananas tomadas por vermes.

"Por que eu iria querer fazer frutas apodrecerem?", grita Elfie, tanto para si mesma quanto para os outros, antes que tenham a oportunidade de botar a culpa nela.

A passos largos, a menina vai até Ti'imit, que encerrou a patrulha noturna e está descansando de um jeito despreocupado sobre a manta que Buzi dispôs para ele. "Você deve ter visto alguma coisa, uma vez que passou a noite acordado montando guarda. Ou caiu no sono assim que nós fomos para a cama?"

"O sono é uma senhora da noite bastante exigente. Quando ela chama, eu atendo. Eu me deito com ela", responde ele. "Ela é meu vício. Mas o fogo amanhece vivo, assim como todos vocês. Esse é meu trabalho de todas as noites: garantir que estejam seguros quando amanhece. Então me deixa em paz. E joga fora aquelas bananas, que vão atrair todos os bichos da região. Se quiser respostas, pergunta para que serve uma banana para o próximo macaco que encontrar."

E, pela primeira vez na vida, Elfie obedeceu, descartando as frutas podres, mas não porque mandaram. As bananas eram, de alguma forma, uma afronta a ela; um desafio. Primeiro, uma ameixa-do-charco perfeita; depois, uma pilha de bananas velhas. O que viria a seguir? O cadáver deliquescente de um melão-almiscarado gigante?

Elfie decide se tornar uma detetive. Ensina os olhos a dançarem de um lado para o outro enquanto a cabeça está voltada para o centro.

Assim, vai vislumbrar o par de mãos prestes a afanar o próximo item inútil. Fica parada como uma estátua, analisando o acampamento. Um pássaro pousa no ombro dela, que, de forma magnífica, consegue não se encolher. A ave a vê como parte da natureza, nada mais, nada menos. Elfie não sabe que tipo de pássaro é, mas se dá conta de que é mais do que o resto deles será. Jamais será.

Isso é devastador e, ao mesmo tempo, empolgante para a garota.

Ela tenta fazer um experimento. Pega a boneca de onde a ama a guarda, na cama da Nessa, cujas extremidades são configuradas para impedir que a menina role para longe enquanto se debate no sono. A boneca era um brinquedo velho e abandonado de Elfie, que sempre a odiou, aquela coisa amaldiçoada. Um presente da ama, de Jardim Colwen. Talvez tenha pertencido a Melena. Já ostentou tolos cachos amarelos feitos de raspas de madeira, mas Elfie arrancou o cabelo da boneca há muito tempo. A criatura agora é careca e quase sem feições, o sorriso presunçoso desgastado de uso. Foi passada para Nessa, e é o único brinquedo da menina; mas é claro que a garotinha não consegue brincar com ela, a menos que chutar a boneca de um lado para o outro conte como brincadeira. Ela é imóvel como a própria Nessa. Merecem uma à outra, pensou Elfie, no dia em que terminou de odiar tudo que tinha para odiar da boneca e a passou para a irmã.

"Para onde você está levando a Ninnakins?", pergunta Nessa, quase adormecida.

"Vou colocar ela do lado de fora da tenda para ficar de guarda. Você ouviu sobre as bananas, não ouviu? É alguma piada, algum insulto, não sei muito bem. A Ninnakins vai montar guarda para a gente."

"Não vai funcionar. Ela não fala", disse Nessa.

"Ainda", rebate Elfie. Depois, com mais malícia, acrescenta: "Talvez uma de nós possa fazer um feitiço para que ela confesse tudo. Tem alguma coisa acontecendo aqui. Talvez a Ninnakins abra aquele sorrisinho travado e diga algo útil. Algo como 'A Nessa é quem está por trás desses roubos', por exemplo".

"Eu preciso dela aqui comigo", diz Nessa, mas de forma piegas. A menina também não liga muito para Ninnakins. É só o ritual que importa.

"Ela daria uma ótima vigia noturna. *Alguém* precisa prestar atenção; o Ti'imit só sabe roncar a noite toda. Os grandes felinos provavelmente vêm [illegible]ançam ao redor da fogueira para tirar sarro dele. Se o Ti'imit est[illegible]empre sonolento demais para notar quem está pregando essas pe[illegible], talvez a Ninnakins possa fazer isso no lugar dele."

Elfie torce para que Ninnakins seja a próxima coisa a sumir. Nessa não ficaria *tão* chateada, mas talvez chorasse um pouco, o que já faria tudo valer a pena.

Ninnakins está apoiada numa almofada feita de folhas de serenoa. Seu rosto de madeira clara brilha sob a luz da fogueira. Cansada, sem graça, prontinha para ser sequestrada. Pela manhã, no entanto, continua tão sozinha e imperturbada quanto antes. A expressão é a mesma, como se isso fosse o que ela esperasse desde sempre. A vida de uma boneca é exaustiva.

"E aí?", pergunta Nessa.

Elfie atira a boneca no catre de Nessa, acertando o rosto da irmã, que dá um grito.

"Ops", diz Elfie.

Ninnakins e Nessa beijam os dodóis uma da outra enquanto a ama vem bamboleando da tenda ao lado para forçar um arremedo de paz entre as irmãs, pela milionésima vez desde que os pântanos se alagaram pela primeira vez com as lágrimas de Lurline.

20

Conforme Elfie começa a dar ordens ao mundo ao seu redor (mesmo que o mundo não obedeça, nem agora, nem nunca), as vidas privadas de seus familiares ficam cada vez mais obscuras. Antes, o que a mãe ou o pai pensava ou sentia talvez parecesse uma extensão do estado interior da própria Elfie. Mas, agora, quase todas as condições de mutualidade estão rompidas. Geralmente nos tornamos menos porosos e mais fungíveis conforme reivindicamos a nossa própria capacidade de agir.

A menina não articula esse tipo de ideia ainda, nem mesmo para si. Mas está começando a consolidar um pouco de Elfiezice em uma eventual Elfaba. Quando crescer o bastante para refletir sobre esta época, encontrará pais distantes e inescrutáveis.

Tal independência, de certa forma, é um conforto, mas é também um selo de solidão imposto sobre si.

Com o tempo, Elfie vai se munir de pistas da memória para construir seus pais teóricos; como eles deviam ser nessa época, dadas as evidências disponíveis.

Sobre Frex, então: nesta idade, Elfie não é capaz de identificar as noções de negligência benigna ou de afeição amorosa. A existência do pai dela está além de qualquer comentário: é a argamassa invisível, o oxigênio ignorado de sua vida. Ainda assim, fica admirada com a determinação do homem. Seguindo sua própria intuição, Frex leva a família de posto a posto, de charcos a pântanos a ocasionais entrepostos comerciais em calombos de terra mais alta. (Neste momento, ele ainda não teve sorte como doutrinador.)

No futuro, Elfie se perguntará como o pai recebia ordens sobre o que fazer. Ele nunca explica nada para a garota, e ela só vai considerar perguntar depois que o homem partir. Depois que ele se vai para encontrar com o Deus Inominado, ou para algum destino até então não mencionado.

O pai de Elfie não tem mais uma barriguinha. Anos de dieta quadling (e sim, de privação de alimentos) o emagreceram. Sua barba não passa de um ninho de cachos bagunçados. Nenhum é igual ao outro, como se esculpidos. O rosto dele parece retorcido. Não é um homem feio, embora pouquíssimas crianças sejam capazes de questionar a aparência dos próprios pais. Ele ainda não está no auge da sua confiança, pelo que Elfie desconfia, e ela está certa. Se algum dia, há muito tempo, olhando por sobre o ombro da esposa, ele sentiu um toque de carinho por Coração Tartaruga, foi algo sem recorrência. Frex talvez tenha decidido que tal aflição inconveniente era parte da sutil estratégia de sua divindade para voltar a atenção do ministro aos charcos. Para empurrar Frex na direção da conversão e do consolo dos desafortunados, daquele lamentável povo do pântano. Os pantaneiros. De cujo risco o pobre Coração Tartaruga foi primeiro o arauto e, enfim, o mártir.

Ano após ano, os quadlings fracassam em compreender o racional por trás da missão de Frex. Nunca pediram que ele os convertesse, para início de conversa. Mas, de qualquer forma, são um povo educado por natureza.

Parece imutável, o exercício do seu chamado. O presbítero lê e relê os textos dos patronos unionistas. Faz sermões e dá conselhos, requisitados ou não. Emana o cheiro de casca de cítricos e cera de abelha. Perambula por aí com presença, sendo um daqueles munchkins mais imponentes do que pinheiros-anões. Ele não é exibicionista como a esposa, então a Elfie não aprende com ele como é o equipamento dos exemplares masculinos da espécie humana quando eles expõem a piada de membro com que são paramentados. Pelo contrário, Frex é reticente. Usa uma camisa branca e desgastada abotoada até o pescoço, exceto quando se retira para sua tenda. (Ele e Melena têm tendas gêmeas que costumam ficar conectadas, a menos que Melena esteja naqueles dias do mês, quando seu abrigo é realocado para longe.)

Ele é uma boa pessoa, ou tão boa quanto possível. Entretanto, talvez não seja muito talentoso em evangelizar. Talvez seus fiéis se convertam depressa só para tranquilizar o presbítero, ou para convencê-lo de que o trabalho com eles foi tão eficiente que agora é melhor avançar para alvos mais frescos, para ímpios mais disponíveis. Quer que a gente ajude a embalar suas coisas?

Segue um exemplo do seu ministério, só para ficar claro. Alguns quadlings se aproximam de uma curva de ressaca do sistema fluvial. Em uma manta, eles carregam um jovem garoto, com talvez 15 anos, cujos membros são afligidos pelo raquitismo ou coisa parecida. Tudo indica que alguém se sentou em cima dele quando recém-nascido. Tem uma testa protuberante e um queixo estreito repuxado na direção do peito. Ele grunhe. O que Frexispar Togue Thropp — Frex, o Devoto — pode fazer pela infeliz criatura? Elfie se lembra do caso, pois, desde o início, fica incomodada por não saber quanto de mudança é possível no mundo. Se Frex for capaz de endireitar esse menino, por que não pode fazer uma requisição ao patrão, o Deus Inominado, para que ele cure a própria filha de Frex, Nessa? Elfie se aproxima. O grupo familiar está tão focado no sofrimento de seu jovem parente que nem sequer dá atenção à garota verde. "Ajude a gente", pedem eles para Frex. "A gente implora, a gente reza, a gente confia no senhor. Fala o que a gente precisa fazer."

Frex canta seus cânticos e discursa seus discursos. A família se afasta, cautelosa e esperançosa. O garoto lamenta e ergue o queixo retorcido. As mãos são tortas para dentro, como a pata de um cão ensinado a dar a patinha. Os olhos dele não focam nos membros da missão.

A língua é o qua'ati. Elfie é fluente o bastante para reconhecer boa parte do vocabulário, embora nem sempre pegue as inferências. Frex alterna momentos em que é lisonjeiro com outros em que é autoritário. Porém, não está dedicando a atenção às necessidades urgentes do menino, e sim às pessoas que carregam o inválido por aí. Se Elfie pudesse colocar a situação em palavras, talvez tivesse dito que o pai nem tentou curar o inválido, como um médico mágico faria, mas repreendeu a família por fracassar em ver a beleza da sua criança quebrada. Um cisne na água... Ela lembra dessa parte, talvez a afirmação mais memorável que o pai já tenha proferido em sua presença. Um cisne quebrado na água talvez seja incapaz de nadar por aí com seus irmãos. Mas não é menos belo, e é duplicado por seu reflexo na água de uma forma que jamais seria no ar.

O pequeno grupo chora e se inquieta, e provavelmente paga pelo privilégio de ser dispensado. Eles pegam o familiar afligido pela doença e o levam para longe. Mas eis a questão: eles parecem gratos de verdade. Consolados. Uma mudança foi empreendida sobre o grupo.

Isso é um tipo de magia, pensa Elfie.

E se for o caso, do que ela vale? Para o garoto inválido, no caso?

Mas talvez seja bom que essas pessoas amem Frex de forma tão entregue.

Ah, mas há essa coisinha, o amor, o feitiço mais secreto de todos.

Os presentes no acampamento da missão assistiram a tudo. Quando a família vai embora, levando a liteira, Ti'imit e Buzi estão chorando de soluçar. A ama entoa baixinho um hino antigo a Lurline, a deusa ancestral cuja influência foi eclipsada pela ascensão do unionismo — exceto, como coloca a própria mulher, para os *verdadeiramente* fiéis. Sempre que Frex mergulha de cabeça no modo presbítero, a ama apela em público a uma divindade mais maternal. Para irritá-lo, ou talvez sugerir aos suplicantes que na missão há espaço para uma série de credos diferentes. Na maior parte do tempo, Frex tolera isso. Não tem como viver sem a ama. Ela está sempre prestes a embalar suas coisas e voltar para a civilização, onde é possível tomar uma boa xícara de chá com leite de vaca e trocar um dedo de prosa. A ama tolera Frex, que a tolera de volta. Mas é um contrato frágil.

A ama vai passar a vida com Elfaba, exceto durante pequenos intervalos. Nenhuma das duas sabe disso, é claro. A governanta se tornará uma constante no caminho da garota, uma sacolinha-surpresa puída, cheia de conhecimentos tácitos, ditados antigos e um talento para a observação mais aguçado do que o da maioria das pessoas. De origens humildes (Cattery Spunge nasceu em uma cocheira, filha de uma ordenhadora e um pastor), ela vai desafiar a demografia da pobreza usando suas artimanhas naturais e uma paciência sobrenatural. A ama avança no seu próprio ritmo. Se chegou a viver algum romance em sua juventude, ninguém nunca soube. O trabalho de uma ama é manter a vida pessoal longe do escrutínio de seus patrões. Cattery Spunge era bela na adolescência e será respeitável na velhice, mas, agora, no pântano do meio da vida e no pântano da Nação Quadling, é afligida por algum tipo de fungo nos ossos. Seus movimentos são lentos. Ela reclama. Um reumatismo nascido do clima. Vai passar quando este período da sua vida chegar ao fim. Ela ainda não sabe disso. A mulher acha que é velha. Mal sabe ela. Elfie acha que a ama é velha. Mal sabe ela também.

Mas e Melena? Não. Melena vem se expondo desde a primeira página, e a hora do parto se aproxima. Não há mais nada a dizer sobre a mãe de Elfaba.

21

E cá está Elfie, sozinha, no centro do acampamento, do lado de fora das tendas. O sol está a pino, embora as copas da selva não permitam a passagem de muita luz para que se prove a hora do dia. Todos estão ocupados. Ela não sabe o porquê. Nessa está com um chiado no peito, descansando na tenda das meninas. Ti'imit e Buzi estão recolhidos na tenda de Buzi, cuja porta está fechada, como se dissesse vá embora e não nos pentelhe. A ama está distraída nos aposentos de Melena, que não se levanta há vários dias. Frex pegou uma canoa por conta própria, o que é raro, e subiu um pouco o rio para fazer algumas compras e futricar no mercado de cereais em busca de uma fonte de potenciais convertidos. Pela primeira vez, Elfie sente... o que ela sente?

É solidão ou medo? Ela não tem certeza. Todos falam sobre a migração dos felinos silvestres. Eles se esgueiram em meio à vegetação rasteira, ela sabe. Hoje, os adultos deixaram Elfie sozinha. Provavelmente na esperança de que ela seja comida viva. Não é justo. Nessa está segura no seu colchonete. Apenas Elfie está parada no meio do círculo de tendas. Que os felinos venham me pegar. Se me devorarem, vocês vão ver só.

Ela começa a entoar um cântico. Quando ela era mais nova, a ama cantava canções de ninar e musiquinhas de criança para a menina, mas faz um tempo que melodias não marcam mais os silêncios da vida no acampamento. Elfie retorce os dedos e solta algumas palavras sem sentido. *Sepada sepada eupada eu, alguém alguém, tururureu. Ele-guém, quem-guém, eu-guém, tu-guém. Tururueu.* Ela mal se dá conta do que está cantando. As palavras saem repletas de uma intenção melódica, então sua voz só acompanha.

É quando ela conhece o Macaco-assombração.

Ela não o chama por esse nome no começo. É só uma criatura às margens, sempre à espreita. Parece estar mordiscando os nós dos próprios dedos. Tem mais ou menos o tamanho de Nessa; na verdade, na sombra, Elfie acha primeiro que *é* Nessa, que alguém fez um feitiço para que ela tenha mais mobilidade — embora, é claro, Nessa não tenha nós dos dedos para mordiscar.

O bicho se vira, como se fosse tímido, mas não recua quando Elfie avança um passo.

"Você é um macaquinho muito do feio", diz a menina.

O símio gira a cabeça e expõe sua considerável coleção de dentes. Não é um sorriso, e Elfie tampouco desejava um.

Mas qualquer macaco sabe se manter escondido quando quer. Portanto, esse inquieto bolo de sombras etéreas apareceu porque quis. Ele existe de fato ou Elfie está só inventando a criatura, tamanho o seu tédio? Em qualquer caso, a companhia é bem-vinda.

"O quê? O que você quer?"

A criatura não vai ajudar Elfie a compreender, mas não foge. Abre a boca de novo, com um maxilar assustadoramente móvel. No início, Elfie acha que o animal está bocejando. Então ela entende, talvez, e responde com algumas frases fragmentadas.

"Pedra de broa, bebida de garoa", ela canta.

Em reação, a criatura apoia as mãos curvadas no chão. Está carregando algo em uma delas. O bicho fecha a boca e baixa as pálpebras, como se estivesse antecipando o sono. Elfie o revelou com a canção, foi isso que aconteceu.

Melhor a companhia de um fantasma do que companhia nenhuma. O macaco cambaleia um pouco e ergue os ombros, um gesto estranhamente parecido com os da ama. Do mais verde nada da selva, Elfie cria uma ária para atrair o animal. Ter uma audiência incita a criatividade. Está forjando um crescendo, e o Macaco-assombração entra em transe. E depois...

"Elfie, pelo amor de Lurline, para de choramingar", bronqueia a ama. Ela e Buzi saíram voando de suas respectivas tendas porque Melena está tendo um pesadelo ou algo assim, berrando sem parar. Talvez para abafar a voz de Elfie? Em todo caso, antes que a garota possa entender como ou onde, o Macaco-assombração desaparece.

A menina fica furiosa. Eles a deixaram sozinha a manhã toda, e justo quando algo decente estava acontecendo, estragaram tudo.

"Buzi, traga um pouco de óleo de coco ou de manteiga de tartaruga. Preciso tirar os anéis dela; ela está reclamando da pressão. Elfie, cuida da sua irmã!"

A garota vai testar o novo truque da cantoria com Nessa, que acordou com os berros da ama e agora está choramingando por atenção e serviço. Mas, antes, Elfie vasculha a relva onde viu a tal criatura. No chão, está o pequeno pegador de bambu que tinha sumido.

22

À luz do fim de tarde, a ama diz para Elfie que ela deve trazer a irmã para que possam visitar a mãe, que não está se sentindo nada bem.

"Ela nunca está", rebate Elfie, que não entende a diferença entre não estar se sentindo "bem" e "nada bem". Aliás, nem entre "bem" e "mal".

Melena está toda desleixada, mas isso é normal para ela. No entanto, as garotas talvez não tenham notado, uma vez que seu barrigão está todo exposto.

"Parece que *alguém* comeu demais no almoço", fala Nessa.

"Vem aqui com a mamãe", pede Melena.

Seu cabelo está esparramado sobre o travesseiro. Ela vomitou um pouco. Nessa franze o nariz quando Elfie empurra seu carrinho mais para perto. Melena estende os braços.

"O que aconteceu com os seus anéis? Fugiram?", fala Nessa, encarando os dedos da mãe. Como não tem dedos próprios, ela sempre cuida dos de Melena.

"Eles escapuliram, não é mesmo?", fala a ama. A mulher está preparando uma bacia de água quente e sabão enquanto dobra uma pilha de trapinhos de flanela.

"A dor nos dedos estava insuportável." Melena contorce o rosto. A ama murmura alguma instrução em código; Melena cerra os dentes quando vem a contração, mas logo volta a si. "Elfie, você anda afanando coisas? A Buzi e os outros me contaram que objetos estão criando vida e voando por aí."

"Não."

"Você negaria de qualquer jeito. Mas para com isso, Elfie." Melena faz um aceno fraco na direção da filha mais velha enquanto a ama coloca Nessa na beira do colchão; ali, a garota fica deitada, inerte, contorcendo o rosto por estar próxima demais do túmulo fétido que Melena se tornou. "Nessa, conta pra mim", pede a mãe, "a Elfie está sendo uma boa irmã mais velha?"

Nessa dá de ombros. Um dos gestos corporais mais expressivos que é capaz de fazer.

"Eu quero que você seja boa, Elfaba Thropp", diz Melena. Repete a afirmação outras duas vezes até Elfie erguer o queixo e olhar a mãe nos olhos. "Nunca disse isso antes, mas estou dizendo agora. Quero que você me diga que ouviu."

"Eu ouviiii...", responde Elfie, jovem demais para usar com perfeição o tom de tédio adolescente, mas chegando quase lá.

"Então me ouça bem e se lembre do que eu falei."

"Eu achei o pegador sumido jogado na grama." Elfie tira o apetrecho do bolso.

"Sabia que tinha sido você", fala Buzi, que chega trazendo algum tipo de chá fedido. "Devolve isso aqui, sua ladrazinha."

"Eu não roubei nada, não roubei este pegador, não fiz feitiços nem nada do gênero." Elfie incandesce, defendendo sua própria justiça. "Acho que tem um macaco solitário perambulando pelo acampamento. É ele que está pegando as coisas."

"Todos os macacos fugiram, saíram gingando pelas árvores. Não gostam dos felinos silvestres mais do que a gente", diz Buzi. "São inteligentes e andam em bando. Não tem nenhum macaco rebelde por aqui, Elfie."

"Elfie, chega de falar bobagem, você só está piorando tudo", diz a ama. "Para de roubar as coisas, ponto final. Agora, dá um beijo na sua mãe. Ela está meio fora de si."

"Se está fora de si, está dentro de quem, então?", pergunta Elfie.

Melena faz uma careta.

"Sinto que estou no corpo de um rato-almiscarado, dando à luz um bebê hipopótamo. Agora é melhor irem embora." A dor que percorre todo o seu corpo a faz se contorcer por um momento. Quando consegue respirar fundo, acrescenta: "Logo vamos ver o irmãozinho ou a irmãzinha de vocês. E Elfie, *não quero* que você roube mais."

"Eu não roubei nada ainda, então não posso roubar nem mais nem menos."

"Misericórdia, que língua mais afiada. Você deveria estudar para ser advogada, caso aceitem uma garota como você. Caso aceitem garotas. Tchau, minhas queridas."

Essa é a única despedida: casual, largada como um lenço úmido. Tchau.

Elas vão embora no instante em que Frex chega em casa em sua chalana. Ti'imit diz que o presbítero não é mais bem-vindo na tenda porque chegou a hora. Ele ignora a proibição do campesino e vai falar com sua esposa, orar por ela. Mais tarde, todos concordarão que esse foi um grande erro. Homens visitando esposas em trabalho de parto é algo que nunca presta.

23

Às vezes, Elfie e Nessa choram de rir juntas. Às vezes, só choram.

São irmãs improváveis, certo. Mas será que há duas garotas mais consistentes do que elas? Mesmo gêmeas idênticas, sob os semblantes iguais, com frequência entram em embate. E ninguém no acampamento missionário tem padrões com os quais comparar o relacionamento entre as irmãs. Melena Thropp é filha única; Cattery Spunge tinha uma meia-irmã e uma cabra de estimação, e não ligava muito para nenhuma das duas. Frexispar Togue Thropp, o Devoto, é o sétimo filho de um sétimo filho, mas a relação entre irmãos homens não está em discussão aqui. Enfim, comparações são infrutíferas. Como diz o ditado, garotas são humanas monstras enquanto meninos são monstros humanos. Já Buzi é tão Poeira na Sopa das ideias que não parece lembrar se tem irmãs ou não. Para os quadlings, a definição dos parentescos não é tão delineada quanto entre os munchkins.

Elas se odeiam com afeição, Nessa e Elfie; se toleram com impaciência; se amam com desdém. Quando jogam cartas, Elfie cuida das mãos de ambas, sem trapacear. Se a ama ou Buzi estão ocupadas, é ela quem dá a comida na boca de Nessa às vezes. (Às vezes.) Ocorrerá àqueles que conviverem com nossas famosas garotas que enquanto elas compartilhavam a mesma mãe, os pais provavelmente eram diferentes. Então a diferença entre ambas pode ter origem na linhagem. Mas é mais do que isso: é sempre mais do que isso.

Alguém planta duas sementes de girassol numa floreira cheia de terra fértil. Rega as plantas com o mesmo regador, na mesma hora e em mesma quantidade. Gira a floreira para que ambas tenham acesso igual à luz do sol. Ainda assim, em um dia qualquer, talvez haja uma nuvem no céu, e a planta da esquerda não vai receber luz na mesma intensidade que a da direita. Ou talvez haja uma minhoca em um quadrante da floreira que come mais as raízes daqui do que as dali. Quem sabe.

Irmãs não são flores. E pais não são capazes de, desde o primeiríssimo dia, dar a mesma quantidade de água, sol e solo para as duas. Irmãs crescem, se é que crescem juntas, compartilhando sofrimento.

Então, às vezes, Nessa chora e Elfie chora, só por desencargo. Elas não têm nome para esses surtos espontâneos. É um tipo mútuo de entonação melismática que diz algo como: *estamos fodidas*. Elas se entreolham e balançam a cabeça, mal acreditando na sorte de terem nascido adjacentes — a *isso*! — e dessa forma!

Mas o chorar pode se transformar em chorar de rir no momento seguinte. Isso se chama saúde espiritual, e ninguém nunca descobriu de onde essa coisa vem, ou por quê.

24

Elfie provoca Nessa, perguntando o que enfeitiçar em seguida.

“Talvez eu mexa com o alfineteiro da ama”, diz ela. “Ou com aquele saco de pastilhas medicinais que ela guarda num saquinho pendurado no pescoço.”

“Não tem como chegar perto o bastante para enfeitiçar as pastilhas da ama”, fala Nessa, confundindo feitiço com pequeno furto.

“Então tenta, vamos ver se você vai conseguir.”

Um barulho lá fora. Frex vindo dar um beijo de boa noite nelas.

“Vai ser uma noite longa, e não quero que vocês se assustem se ouvirem a mamãe... Ééé... fazendo uns barulhos”, diz ele. “Ela está tendo o bebê, sabiam?”

“Claro, né”, responde Elfie, embora tenha acabado de somar dois mais dois.

“Conto tudo para vocês amanhã cedo. Ter bebês é um trabalho duro, mas vale a pena. Olha só vocês duas.”

Nessa e Elfie se entreolham; a verde e a com deficiência. Não cabe a elas dizer se vale ou não a pena. Não estão em posição de julgar.

Depois que Nessa adormece, balançando na rede, Elfie escapole. As coisas da janta já foram guardadas, todos estão nas tendas, e Ti’imit já acendeu a fogueira contra os felinos silvestres. O fulgor faz o ar tremular. Mais uma vez, Elfie canta um pouquinho, para atenuar as forças que se opõem a ela. Das sombras, chega o Macaco-assombração. É azul sob o luar azul, mas dourado nas bordas quando se aproxima das chamas. Parece um sonho, então a garota vai falar com ele. Por que não?

"Você vai fazer um feitiço para mim?"

"Você é quem canta para eu vir. É quem está fazendo feitiços."

Em sua vida rural e isolada, Elfie nunca tinha se deparado com um Animal, nem ouvido falar de um verdadeiro, só os conhecia das histórias infantis. Na natureza, Animais não se misturam. Então isso *é* um sonho; ela está sonhando com esta noite. Depois, a jovem criança se pergunta se não foi ela mesma quem fez um feitiço e deu à criatura o dom, ou a maldição, de falar uma língua que ela pode entender.

A menina encara a criatura. Parece mais sólida do que da outra vez, ou das outras vezes, que encontrou com ela. A linguagem tem esse poder.

"Como assim, canto para você vir? Eu não faço nada disso." Já opositora, nossa Elfie.

"Eu gosto da sua voz; ela se eleva acima da balbúrdia da sua família. Eu estou sozinho. Meu clã foi dispersado pelos felinos. Ando me escondendo perto do acampamento de vocês em busca de segurança e companhia. Meu nome é..."

"Não tem como você ter um nome! Você não é um bichinho de estimação!"

"Não sou um bichinho de estimação e tenho um nome. E é Oporos. Você é... Sim, eu sei, você é a Elfaba. Os outros eu não conheço, e não estou nem aí."

"Você veio me sequestrar? Preciso de um tempinho para empacotar minhas coisas, é bem rápido."

Oporos faz um biquinho que Elfie registra, corretamente, como sorriso.

"Não vou te levar para perto dos felinos. Você está mais segura aqui. Assim como eu."

"Por que está roubando as coisas e depois devolvendo?"

A criatura vira a cabeça de lado e coloca um dedo sobre os lábios, como se estivesse pensando, ou tirando sarro da pose que os humanos fazem quando estão pensando. Enfim, diz: "Estava tentando fazer você me notar".

"Podia ter só me chamado pelo nome."

"E correr o risco de tomar um tiro do seu pai? Ele não gosta de Macacos que falam."

"E ele lá conhece algum? Não conhece, não! Você tem certeza?" O pai dela não teria escondido da filha uma maravilha daquelas por tantos anos. Não podia, não mesmo.

"Não estamos abertos a... a persuasão. Sobre a coisa de deus. Ele bem que tentou."

"Meu pai abordou o seu povo e pregou para vocês?"

"Se for esse o nome... Gostamos das histórias daqueles de asas. Os tais dos anjos. Nós perguntamos se poderíamos ganhar asas caso entrássemos para a igreja dele. Seu pai respondeu que não."

"Por que vocês iam querer asas?"

"Ah, você não sabe?" Fitando Elfie, a criatura parece cansada. A garota não sabe se Oporos é macho ou fêmea, ou talvez essas distinções não existam na Macacolândia. O bicho parece jovem e velho ao mesmo tempo: velho por experiência, mas com aspirações de jovem. Ela não será capaz de pensar coisas assim até ser muito mais velha, mas sua prática da análise, da observação, já começou. No momento, só escuta quando a criatura continua: "Se nós tivéssemos asas, ora, essa coisa dos felinos, de perder membros da nossa família para os bichos espreitando na mata... Poderíamos escapar. Se tivéssemos asas, seríamos anjos. Poderíamos ver mais, saber mais. Mas principalmente, só... poderíamos sobreviver. Só isso".

"Se acha que vou fazer um feitiço para te dar um par de asas...", começa Elfie, usando a entonação da ama.

"Não pensei em nada disso", fala Oporos. "Não mesmo. Mas se você cantar, duas coisas vão acontecer. Vai ajudar o fogo a manter os felinos afastados e vai me fazer flutuar."

"Fazer você flutuar?"

A criatura sorri e entrega uma ameixa-do-charco para a menina. "Tem mais de um jeito de fazer um feitiço."

Decifrar uma afirmação que pode significar várias coisas não é um dos pontos fortes de Elfie. Ela encara o Macaco-assombração, talvez de forma meio fria, depois baixa o olhar para a fruta na palma da mão. O vento sopra as serenoas, fazendo as folhagens secas estalarem. O ar fede um pouco. Seu vigia permanece ali, esperando que ela diga alguma coisa ou reaja. Resposta alguma lhe ocorre. Mas ela é boa em ficar imóvel.

Um grunhido vem da tenda da mãe, um grunhido que abre caminho para um palavrão cortante.

Quando Elfie se vira de novo, após ter olhado na direção da tenda, a criatura da noite sumiu. Arredio, o Macaco-assombração.

Ela segue na direção do próprio colchonete. No solo levemente úmido, seus pés descalços ardem. Elfie deveria ter colocado as botas. A menina nunca se deu conta de que o orvalho começa a se acumular à meia-noite.

25

Gritos, silêncio, choro. Outro tipo de silêncio. Enfim, outro tipo de choro. Um som mais complexo, que estabelece o próprio ritmo. Depois, a voz fina de um bebê indignado. A ausência — Elfie só agora nota isso, já que está prestando atenção — dos berros noturnos dos macacos. Se há outra ausência audível, ela não tem certeza.

A menina fica na própria cama, com a mão estendida para firmar o catre de Nessa, como se estabilizar a irmã pudesse, de alguma forma, impedir que o mundo se abale. A mais nova dorme, apesar da comoção que toma o acampamento. Se felinos silvestres forem atraídos pelo som de atividade humana, não estão sendo esta noite.

Já perto do alvorecer, Elfie solta a beira do cesto de Nessa. Caminha até a entrada da tenda delas e desfaz as amarras da porta. Com suas botas de couro, sai antes da aurora. O céu de cobalto líquido acima, a sombra do musgo preto abaixo. Os mosquitos ainda não acordaram. O fogo sucumbiu às brasas. Ela já sabe, de alguma forma, que o novo bebê vai precisar de café da manhã. Assim como todos os outros, exceto Melena. Sem muitas outras certezas, Elfie remexe as brasas, conjurando faíscas brancas e vermelhas cintilantes. Ti'imit abandonou seu posto, como ela sempre achou que acontecesse.

Ela vira as costas para tudo isso, para todo o pesar e o sofrimento sem nome. Talvez esse seja o som do pai chorando muito, muito baixo, como se tentasse esconder o pranto de todo mundo. Com passinhos curtos, Elfie dá a volta nas tendas e nas cadeiras, nas canoas, na fogueira e na clava com espinhos, mantida à mão caso animais ataquem. Segue por entre os caniços — não tolera água, mas de botas é capaz de seguir pela lama — até se aproximar tanto da margem do rio quanto possível.

A vegetação do outro lado é uma única muralha de folhagem. A perplexidade emaranhada da vida verde-escura. Mal seria possível diferenciar as plantas da superfície preta do rio se não fosse uma linha de luz, refletida sabe-se lá de onde, que marca a orla. Como o sublinhado de um trecho de texto importante, ela pode pensar mais tarde, dizendo: *Aqui, esta é a parte importante. Você precisa se lembrar disto.*

A linha é de um branco baço e, por percorrer a beira d'água, oscila bem de leve, delimitando a divisão entre aqui e ali.

Conforme o amanhecer se aproxima, Elfie vê na água o reflexo de cabeça para baixo de dois vultos se destacando da paisagem. Estão se movendo da direita para a esquerda, no outro lado da água que ela é incapaz de cruzar, ou também morreria. Ela não consegue ver quem vem, pois as sombras se misturam com a vegetação, mas, de alguma forma, é capaz de discernir o reflexo. O Macaco-assombração com a mãe de Elfie. O Macaco está puxando Melena pela mão.

"Oporos", chia a menina, porque não suporta a ideia de chamar a mãe. Seria terrível demais se ela não respondesse; não vale arriscar.

O reflexo do Macaco-assombração para e ergue o antebraço. Elfie não consegue ver seus olhos ou qualquer expressão facial. Só uma silhueta de cabeça para baixo na água, que é apenas um tom mais claro. O gesto é a resposta ao grito. Mas o Macaco continua seu trabalho de acompanhar Melena passado adentro.

A garota desvia os olhos da mãe, que se afasta. Anos mais tarde, quando recuperar a memória deste momento, depois de ela ter sido banida da mente da menina, é sobre isto que Elfie vai refletir: talvez a menina desvie o olhar para evitar a possibilidade de a mãe já ter escolhido desviar o *seu*. Quem brande o porrete primeiro tem uma vantagem momentânea.

Os dois, ali e não ali ao mesmo tempo. O céu assume um tom de rosa suave e resistente, manchas de sangue na água da lavagem da roupa. Elfie volta para a tenda, onde a irmã se agita no catre elevado. Na escuridão cáqui, Elfie para no trecho de grama pisoteada entre as duas camas. Nessa está inquieta, quase acordando. Na voz mais suave que a irmã mais velha já conseguiu modular até hoje, começa a cantar para Nessa; uma música para confortá-la, antes que ambas possam ter ideia de como um consolo em voz alta será necessário.

Ela começa com balbucios infantis, *terri-vê pi-da-di*, *terri-vê pi-da--di*, mas, no ar estagnado da tenda, soa mais como *terrível piedade, terrível piedade*.

Gregory Maguire

26

PBuzi é a única que acredita que Elfie falou com um Macaco fantasma.

"São só os fantasmas que sabem falar?", pergunta Elfie a ela.

"Em geral, fantasmas nem se dão ao trabalho, estão de saco cheio de falar", diz Buzi. "Mas é claro que alguns *Macacos* sabem falar. Seu pai nunca te contou sobre isso?"

A menina verde jamais admite que viu Melena indo embora antes do alvorecer. Os outros apenas reclamariam, alegando que Elfie deveria ter detido a mulher sabe-se lá como, mas o rio precisaria secar por completo antes que Elfie ao menos cogitasse a possibilidade de atravessá-lo.

Eles enterram o corpo em um cemitério usado pelos locais e, assim, consagraram-no de uma forma distinta. Chorando lágrimas feias, grandes e viscosas como cera, a ama amarra algumas joias, badulaques e parte dos anéis de Melena a cordões. Pendura tudo num galho que pende sobre o túmulo. A selva cresce muito rápido, revira e acomoda a si mesma em um ciclo infinito; portanto, sem demarcação, será impossível voltar a encontrar o local exato.

Há poucas coisas das quais se desfazer. A ama já afanou alguns itens, como o broche de marfim e uma garrafa de remédio verde. Falta mais o quê? Alguns vestidos lindos da infância de Melena, que provavelmente já saíram de moda há muito tempo. E um espelho ornamentado com uma moldura oval. A ama deposita os vestidos amarrotados dentro do baú, protegendo o espelho, para lidar com ele outro dia. Talvez Frex possa colocar o item a leilão para arrecadar dinheiro e construir um santuário para Melena.

Mas o presbítero não vai ficar por aqui para estabelecer uma igreja missionária. Ninguém sabe dizer o porquê. Do ponto de vista racional, há tantas razões para celebrar o local quanto para abandoná-lo. Mas as visões dos pretensos místicos nunca devem ser questionadas: são impossíveis de captar. O esclarecimento parece ser seletivo. Raramente ocorre para mais de uma alma merecedora ao mesmo tempo.

Assim, eles empacotam a comida e desmontam as tendas. Envolvem o recém-nascido em cueiros. Ele é uma petalazinha de rosa, uma lesma raivosa e gritona enrolada em um pacotinho de algodão. A ama o carrega, brincando com o bebê até ele gritar por paz. Frex lhe deu o nome de Cascata Divina, talvez com a esperança de que o garotinho possa ser um lar para o Deus Inominado naquele lugar infeliz, ou de que o Deus Inominado derrame sobre o bebê todo o acolhimento que ele não terá na figura de uma mãe. Todos vão chamar o menino de Casco.

Passim

Dias de tempestade, dias e mais dias. O arroz quase sempre fica enxarcado porque chove dentro da panela sem tampa. Ratazanas se aninham na margem do rio, tremendo. Em uma caverna no recuo da ressaca, logo abaixo da superfície, enguias deslizam umas sobre as outras com um fervor orgástico. Elfie está usando um casaco feito de lona à prova d'água, retirada de uma tenda velha e sem uso. Ela observa os bichos; observa tudo.

Dias de luz intensa também, de um sol ofuscante que mal é visível através dos múltiplos véus de vegetação. Meras fissuras de céu, como os muitos pedaços de um prato de argila azul, partido e irreparável.

E noites de miados longos e arrastados: os felinos silvestres. Um desfile de lêmures de cauda listrada invade o acampamento, corajosos como só eles, tentando roubar os utensílios de Buzi para lambê-los. Corujas do mato, com seus hinos agudos e assombrados. Muriçocas na aurora, moscas ao meio-dia, mosquitos no crepúsculo e, à meia-noite, um inseto de picada persistente que parece um escorpião microscópico. A esta altura, os missionários foram dormir em redes brancas penduradas em ganchos nos postes de cada tenda. Estou num casulo, pensa Elfie, ouvindo a peça da vida e da morte que consegue escutar enquanto fica deitada na escuridão, de olhos fechados.

Estou num casulo, mas não vai durar para sempre.

À noite, todos os gatos são pardos, diz o ditado. À noite, nenhuma criança é verde.

Dormindo, todas as crianças parecem inocentes. Mas Elfie passa muito tempo acordada.

Em alguma noite anônima em que não consegue dormir, úmida de tanto suar e dentro de um cone branco de gaze, ela remexe as memórias e as reorganiza.

Ou seja, ela começa a ter uma história, e está sempre no passado. Narrar os acontecimentos no presente é apenas um conceito. Elfie vai se lembrar de pouco do que aconteceu na sua vida até o momento, apenas impressões borradas: um encontro à beira do rio, a noite enfeitiçada onde sua mãe evaporou da vida. Suas lembranças a partir daqui se acomodam de forma mais ou menos cronológica na biblioteca de sua vida. No era uma vez, primeiro aconteceu isso, depois aquilo. Melena a ensinou aquilo: nascimento e morte. Elfie não é mais imortal.

É difícil saber se isso dá algum tipo de alívio ou não.

L

A Pérola Vegetal

PARTE 3

Elfie

27

PElfie começa a traçar a mudança em si mesma. Não manualmente: não é uma escritora de diários que está desabrochando, e mal tem acesso a papel.

Além disso, seus pensamentos não vêm em frases e parágrafos, e sim em jorros de momentos em que ela nota, presume e esquece. Sempre que houver alguma novidade arrebatadora, como o dia em que a eternidade da selva dá lugar a uma pequena cidade, por exemplo, ela irá se lembrar.

E assim, em uma manhã memorável, a menina e a família se aproximam pela margem do rio da municipalidade elevada de Ovvels, no coração da Nação Quadling. A cidade mais ao sul de toda Oz.

Embora, algumas vezes, tenham desfeito acampamento e viajado pelo país à pé, o deslocamento pela água foi mais frequente. Uma experiência que prende Elfie em um silêncio de lábios cerrados enquanto ela permanece sentada bem na meiuca do meio da embarcação, enquanto os garotos condutores do barco tentam não respingar água nela com seus remos ou varas. Quando a família deixa o bote, Elfie se recolhe em si mesma, sentindo uma enxurrada fresca de alívio.

Com a bagagem desorganizada dividida entre carregadores contratados nas docas, o grupo deixa o ancoradouro a passos cambaleantes. Acima deles se assoma um vilarejo de tamanho substancial, talvez até uma vila, indistinta no clima úmido. A bruma paira sobre as ruas sujas e entre arvoredos e palafitas. Os missionários sentem o cheiro de pão de milho. Peixes grelhados com cebolinha. Um toque da cozinha local. O desjejum nunca pareceu uma necessidade tão urgente.

Os sons de comércio e crianças pequenas. Cabras amarradas, cabras soltas com sinos no pescoço. Um instrumento desconhecido à distância, algo que lembra uma cítara, tocando uma harmonia exótica.

Em comparação às montanhas onde Elfaba irá terminar seus dias, este afloramento mal passa de um morrinho. Ainda assim, aqui é o ponto de maior altitude em que ela já botou os pés até o momento. Embora não seja grande, o vilarejo se espalha por aclives e declives. Boa parte das construções são sustentadas sobre as próprias árvores, ou em postes.

Casco ainda tem 5 anos. Nessa, 11. Elfie, portanto, tem 13 anos. Está à beira da metamorfose que pode quase sentir, mas não exatamente. Ah, a adolescência, alguém nos acuda. Ela tenta absorver tudo.

É um mundo de clima mais temperado, para começo de conversa. Ovvels, aninhada numa lateral do afloramento, é poupada da natureza pantanosa de boa parte da Nação Quadling. "São sapos que vivem em árvores, mas continuam sendo sapos", murmura a ama, ansiando pela oportunidade de tirar as meias e arejar os dedos dos pés.

Em comparação com a capital, Qhoyre — onde passaram um ano quando Elfie estava com 10, e local que ela ainda consegue vislumbrar, mesmo depois de dois ou três anos (embora a imaginação seja um artifício da memória) —, Ovvels é mais humilde e mais bonita. É formada por construções amontoadas de forma caótica, uma metástase de arquitetura vernacular única. Ovvels nunca foi embelezada ou Ozidificada. Não tem nada a ver com Qhoyre, que na tentativa de se colocar como irmã mais nova da grandiosa Cidade de Esmeraldas, se tornou quadrada, com colunas, pórticos e entalhes cerimoniais. (Foi coberta pelo musgo depois de meses, e reduzida a ruína décadas depois.) Não, a humilde Ovvels é quase toda construída de toras quadradas, reunidas em ângulos tão retos quanto possível para ancorar as junções. As linhas dos telhados se abrem em mansardas e águas-furtadas. Chaminés de cozinhas construídas em pedra ou latão. Inúmeras janelas com espigões voltadas para todas as direções, permitindo que centenas de viúvas espiem quem está passando de seus sótãos.

Frex comenta que esta parte da Nação Quadling, por ser mais alta e menos úmida, é lar de colônias de pinheiros-do-pântano. Quando são lenhados, os troncos permanecem rígidos; não ficam esponjosos como seus primos das áreas mais baixas. Um suprimento inesgotável de toras quadradas, impermeáveis às chuvas, que precisam de pouco em termos de betume ou tratamento.

Assim, o vilarejo de Ovvels parece um dique de castores aritmeticamente preciso, construído com uma linha de prumo e um esquadro. Olha, as construções não são apenas de um marrom cru, mas pintadas de tons sutis de lilás, cereja, bege e chocolate. Ovvels parece coerente, até mesmo serena. Ninguém nesta família dá a mínima para a palavra *encantadora*, mas deveria.

Estão aqui para continuar, e talvez completar, a expiação que Frex iniciou anos atrás. Antes, ele considerava aquela missão tanto de Melena quanto sua; afinal, não tinha sido ela a responsável por receber Coração Tartaruga e colocar o soprador de vidro quadling em tanto risco? Mas o presbítero aceita que, como viúvo, a missão agora cabe a ele. E Frex não sabe quanto tempo de vida ainda tem. Não quer passar aos seus três filhos uma dívida moral impagável como herança.

"Então, cá estamos", diz Frex às crianças, estejam elas ouvindo ou não. "Para fazer as pazes. Prestem atenção."

Casco está jogando pedras nas ratazanas arborícolas, tentando derrubar os bichos dos galhos. Elfie agarra seu braço direito.

"Vou quebrar seu pulso se continuar fazendo isso, seu monstrinho," diz ela. Para o pai, dispara: "Eu *estou* prestando atenção".

"Eu também", afirma Nessa, batendo os cílios. Aos 11 anos, aprendeu o poder de pontuação dos cílios. "Olha só as criaturas entalhadas na ponta das vigas dos telhados e dos apoios dos alpendres. Caramba, Elfie, é você ali... um macaquinho bicudo."

"Rá", solta Elfie, que mencionou o seu sonho com um Macaco-assombração apenas uma ou duas vezes, mas a noção fica associada a ela pelo resto da vida. "E é você ali, uma cobra."

"Por que uma cobra?", questiona Nessa. Depois lambe os lábios. Astuta.

"Porque cobras são criaturas venenosas. E, como você, não têm braços."

"Sem comentários sobre a aparência dos outros", diz a ama, com uma prontidão de chumbo. "Havia uma cobra no jardim mágico de Lurline, sem dúvida, e ela fazia o que cobras costumam fazer, então cuidado com a língua, Elfie." Elfie está tomando cuidado com a língua, tanto que a mostra para Nessa, imitando, colaborando, superando, tudo ao mesmo tempo. A garota quase lamenta pelo fato de não ter mais seus dentinhos de víbora. Uma boca repleta de adagas afiadas teria reforçado a piada.

Agora, eles formam um grupo pequeno. Buzi partiu, assim como Ti'imit. O irmão Frex não tem como arcar com substitutos. Com a pressão sendo aplicada sobre os bispados da Munchkinlândia pelas autoridades fiscais da Cidade de Esmeraldas, nenhum presbítero tem condições de pagar todos os custos de uma incursão missionária às profundezas da Nação Pantanosa. Tentaram reconvocar Frex, mas ele se rebelou. Escolheu seguir em frente, ir ainda mais para o sul. A expiação é uma merda. Mesmo que você faça o que é preciso fazer, ela nunca fica satisfeita.

Elfie anda se virando para cozinhar para a família. O resultado não é lá grandes coisas, mas a ama se recusa a fazer qualquer outra tarefa além de coordenar a menina.

"Eu fui contratada para criar crianças, não cozinhar para elas", diz. "Meu plano era ver o bebê novo sair das fraldas e depois me aposentar na Munchkinlândia. Mas a Melena resolveu passar o carro na frente dos bois e se aposentou primeiro, então agora estou presa a esta família até seus filhos serem maiores de idade, ou até eu morrer. Mas cozinhar não está na minha lista de talentos. Se preferir comer, pode despedir a ama e contratar uma cozinheira."

"Já chega", resmunga Frex ao ouvir o surto. Arroz quente e pouco cozido, com um toque de sabor de nozes, temperado com ervas e areia. "Está uma delícia. Obrigado, Elfie. O Deus Inominado provém."

"O Deus Inominado devia escolher de um cardápio de opções melhores", diz a ama, fungando. "Na privacidade da minha tenda, rogo que a deusa ancestral Lurline apareça com um belo porco assado e um monte de torresmos, além de um pudim de damasco com calda de melaço, mas ela não parece muito disposta a atender minhas preces. Isso só intensifica minha fé, e oro com mais fervor. Ainda vou conseguir, pode esperar."

"Vamos encontrar um lugar para morar, quem sabe um lugar com chão", diz Frex. "Tenho algum dinheiro que arrecadei com encontros nos acampamentos. Dependendo dos custos, talvez a gente consiga se estabelecer por algumas semanas, sem extravagâncias, e analisar a situação antes de eu começar a espalhar entre os devotos de Ovvels a disposição de gastar dinheiro com a fé."

Eles vagam por uma trilha inclinada. Agulhas de pinheiros tornam o chão escorregadio. Nessa agora consegue andar sozinha, embora fique mais confiante quando alguém a acompanha, equilibrando seu corpo com a mão. Degraus e escadas ainda são uma tortura para ela, mas os músculos que sustentam sua coluna estão fazendo a sua parte. Frex é o apoio mais frequente da filha, porque a Elfie às vezes se distrai e vira de repente, derrubando Nessa de joelhos, de lado ou de cara no chão.

A família perambula barranco acima, à procura de uma oportunidade. Se a população local está curiosa, é educada demais para demonstrar interesse no estranho grupo: o prelado magrelo e barbado; a mulher robusta e acolchoada, como uma poltrona usando chapéu; a menina verde, já quase na adolescência; outra mais nova, com a pele perfeita, mas sem cotovelos, punhos ou dedos; e o garotinho de 5 anos chutando pedras e parecendo entediado. Os quadling de Ovvels, orgulhosos por serem cosmopolitas, estão acostumados com visitantes do norte.

Embora não haja muita diferença física entre os nativos de Ovvels e seus primos mais corados dos ermos pantanosos, o comportamento no vilarejo é, de alguma forma, mais afiado. O olhar é mais confiante. Elfie vê isso com mais intensidade no rosto de uma mulher empoleirada numa espécie de sacada pendurada entre as árvores, que responde às perguntas deles sobre hospedagem sem cerimônias.

"*Eu* sou uma viúva com aposentos para alugar", admite ela, olhando de cima a baixo para o grupo de cinco estrangeiros. "Não aceito homens solteiros por questão de decência. Mas uma família? Por que não?"

"Eu não sou casado com a srta. Spunge", diz Frex, direto e reto.

"Ninguém precisa dos detalhes. Para mim, o senhor é casado."

"Bom, eu jamais aceitaria", diz a ama, imaginando.

"Vamos precisar de três quartos", insiste Frex. "Um maior para as crianças, um para mim e um terceiro para a criada. O maior também vai ser usado para as orações, para ensinamentos e para o convívio em família."

"Meu nome é Leili Leila'ani", responde a dona da pensão. "Mas pode me chamar de Lei. Meu marido morreu, e meus meninos estão coletando pérolas vegetais no norte. São bons meninos, e mandam parte do salário para mim, mas não é o bastante. Então não posso ficar escolhendo muito. Para manter minha reputação nesta vizinhança, os senhores são casados, estão entendendo? Não há outra alternativa. Como vão se distribuir nos três quartos é problema dos senhores. Vai, podem fazer uma oferta." Ela observa enquanto Frex e Elfie carregam Nessa escada acima. "Pelo jeito, não vai ser ela que vai correr até o mercado para comprar geleia de alcaparra ou leite de peixe-boi fresco para mim."

"Posso ser um conforto para a senhora aqui na casa", propõe Nessa, sorrindo como uma santa.

"Vamos ver", responde Lei. "Por aqui, por favor."

Os quartos são pequenos, mas arejados; equipados com cortinas de lâminas que projetam réstias de sol no assoalho. Mal há mobília. A família tem só alguns sacos de dormir e uma cadeira com laterais altas feita de um cesto de vime reaproveitado, para que Nessa consiga se sentar sem cair. Vai servir. Não há um guarda-roupas, mas a escassa quantidade de peças ainda cabe nos baús do enxoval que Melena trouxe de Jardim Colwen, e ainda há espaço o bastante para guardar os vestidos de festa fora de moda da mãe. Um toque de luxo perdido.

O quarto da ama tem uma prateleira perfeita para acomodar uma imagem emoldurada de Lurline, uma rotogravura desbotada rasgada de uma revista religiosa que ela afanou certa vez dos fundos de uma capela.

Elfie, Nessa e Cascata Divina se acomodam no quarto mais amplo. Há só um mosquiteiro para proteger os três.

"Se a Elfie fizer feijão para a janta, eu vou morrer aqui", diz Casco.

O espaço de Frex, estreito e estagnado, tem uma janela tão alta que é necessário usar um banquinho para alcançá-la. Ele gosta de desconforto, então fica satisfeito com a perspectiva. Ele barganha até conseguir um aluguel reduzido. Contudo, Lei Leila'ani parece orgulhosa, como se tivesse vencido o embate. Se oferece para preparar para eles um desjejum de boas-vindas.

Gregory Maguire

28

Antes de prospectar uma possível congregação, Frex e Elfie se aventuram no mercado. Frex quer ver se consegue encontrar alguém aqui que conheça o mártir quadling, que já está morto há dez ou onze anos.

“Talvez a gente não consiga prestar condolências para algum familiar”, diz ele, “mas temos mais chances de esbarrar em alguém que já ouviu falar do Coração Tartaruga nesta cidade movimentada, mais do que na maior parte dos ermos. Vale a pena tentar.”

“Eu não entendo o propósito”, responde Elfie, que adora ser do contra. “Não foram os *senhores* que mataram ele. Nem o mandaram para a casa do ilustre Thropp para ser assassinado. É igual ter que expiar a culpa do fato de que gatos de vilarejo matam ratos todos os dias. Não tem nada a ver com os senhores. Assumir toda a responsabilidade pela forma como *o mundo funciona*... Não é muita soberba?”

“Eu ainda não te ensinei o significado da palavra ‘soberba’”, dispara ele para a filha.

“Eu sou quase adolescente, já sei o que significa. Sou esperta para a minha idade. Além do mais, o senhor fala sobre soberba. O tempo todo. Acha que não escuto seus sermões? Tento não escutar, mas esqueço, então, às vezes, seus ditos entram na minha cabeça.”

“Escuta, Elfie. Presta atenção. Os quadlings deste vilarejo parecem displicentes, mas eles levantam a guarda para mim, diferente do que acontece com clãs fluviais mais inocentes. Eles talvez fiquem mais confortáveis na sua presença. Você é só uma garota. Mesmo com sua tez amadurecida, você é menos ameaçadora. Preciso da sua ajuda. Você pode ser a espiã." Mas eles estão passando por estabelecimentos nos quais não é inteligente mandar uma garota às portas da adolescência. Uma ferraria, uma espécie de taverna, um apotecário com um proprietário suado que parece meio chapado e felizinho demais. Na extremidade de um bairro mais residencial, chegam a um conjunto de degraus largos de madeira, dotados de uma rusticidade artificial, que leva a um alpendre elevado e uma espécie de loja com cara de casa na árvore. Pendurado entre os galhos há um cordão cheio de produtos, exibindo cores e modelos.

"Ah, uma loja de produtos para damas. Ali é seguro o bastante. Corre até lá e dá uma bisbilhotada. Parece um empório de tecidos e materiais de costura. Pode mexer nas coisas, fingindo estar interessada. Não compra nada, é claro. Mas as mulheres adoram tagarelar nas lojas, lembro disso de Qhoyre. Vê se consegue falar com a atendente sobre o Coração Tartaruga, perguntar se ela o conhece."

"O Coração Tartaruga provavelmente tinha um nome em qua'ati."

"Provavelmente, mas 'Coração Tartaruga' é o que a gente tem no momento. Talvez alguém possa traduzir da língua de Oz."

Ela obedece, feliz de ter sido solta da coleira, mesmo que por dez minutos. Casco e Nessa ficaram em casa com a ama. A mulher provavelmente está fazendo uma lavagem cerebral nas duas crianças mais novas enquanto Elfie e o pai estão fora, perambulando em busca de absolvição. Não vão permanecer na pensão por muito tempo; Casco deve estar se revirando de vontade de explorar o lugar, e como Nessa não pode ficar sozinha por muito tempo, a ama vai acabar tendo que se virar para manter Casco distraído.

Elfie espera no amplo alpendre suspenso, aguardando a decana da loja de costura sair. Em vez disso, quem aparece é um homem franzino, com a barriga avantajada escondida por uma peça de vestuário brocada. Ele gesticula com um dedo. Elfie o acompanha por uma porta adornada com cordões cheios de botões, contas e feijões secos, do caixilho à parede. Os olhos dela se ajustam à penumbra intensa. Um amplo salão com cadeiras e louças de chá organizadas de forma social. Para os clientes. Uau. Ao longo de todo o outro lado do cômodo, um amplo balcão envernizado se estende, onde, provavelmente, rolos de tecidos são estendidos. Os panos estão enrolados em varas de bambu, que ficam mais ou menos de pé. Há uma espécie de incenso em pó que cheira a tomate caramelizado dentro de um pote de cobre sobre o balcão. Ao lado, um pequeno lagarto aguarda, sem reagir à aproximação de Elfie.

O homem — talvez marido da dona da loja, que não está à vista — se aproxima com passadas incertas. Seu queixo é frágil, e a testa, avantajada, com cabelo já rareando. Tem a expressão astuta e aguçada, embora isso talvez seja comum entre donos de negócios. Elfie só frequentou algumas lojas na vida, em Qhoyre, à beira da saia da ama, e nunca se aventurou numa delas sozinha. Muito menos fingindo ser uma cliente. Isso é risco, isso é aventura. Ela está prestes a desmaiar de nervoso.

O cavalheiro fala em um ozês elegante. Ela responde em um qua'ati funcional. O sobressalto dele é um gesto de respeito, imagina ela, embora seja lenta para entender alguns sinais dados por sobrancelhas e lábios superiores. As pessoas são muito diferentes entre si, assim como os momentos. Como um relógio (ela viu um, certa vez) com um ponteiro de horas, um ponteiro de segundos, outro para marcar o dia e um pedestal que gira para acompanhar o sol. Quem conseguia fazer tudo aquilo ao mesmo tempo? Decifrar o que as pessoas querem dizer, e não apenas o que elas dizem? Bom, Elfie ao menos está tentando. Pessoas são quebra-cabeças orgânicos todas as horas do dia, todos os dias do ano.

O sujeito avança na direção dela, pousando os antebraços no balcão e cruzando os pulsos enquanto tomba a cabeça de lado, uma mantícora logo antes do bote. Dócil e perigosa. Talvez o homem cogite a possibilidade de ela pertencer a alguma tribo de estrangeiros de pele verde, até então desconhecida, que está só de passagem. Já ela fica intrigada.

"Então a jovem dama está à procura de uma lembrança rural, quem sabe? Um souvenir de suas férias visitando os casebres de Ovvels?", pergunta ele em qua'ati. "Sem dúvidas, irá embora muito em breve."

Não há nada a perder aqui, e ajuda o fato de Elfie não ter tato nem malícia.

"O senhor conhece um homem chamado Coração Tartaruga?"

Ele repete o nome em ozês, depois o traduz para qua'ati.

"Coração Tartaruga. Chelo'ona", diz, revirando a palavra na boca. "Talvez. A senhorita quer comprar tecido?" Ele espalma as mãos em meio às mercadorias.

"As pessoas andam por aqui em roupas tão chiques assim? Não vi ninguém com todas essas flores silvestres e esse tom do anoitecer."

"E nem vai ver. Estes tecidos não são para vestir."

Elfie tenta, em vão, erguer uma sobrancelha para indicar um "Sério?". Tudo que consegue é parecer alguém que acabou de ter o ouvido invadido por um inseto.

"No lar daqueles que ligam para isso", começa ele, "e que podem arcar com o valor", admite, "este tipo de pano é cortado em faixas que são expostas sobre telas móveis. Ou presas a hastes polidas de mogno, preenchendo salas caiadas com padrões de cor. A gente vive com simplicidade em Ovvels. É um lugar de lama, arroz e peixe, e somos geralmente modestos nas nossas vestimentas do dia a dia. Esperto da sua parte notar isso. E ainda mais gentil mencionar." (Ele está sendo passivo-agressivo? Ela não consegue decifrar o sujeito.) "Mas, dentro das paredes de nossas casas, gostamos de latão, que brilha quando polido, e amamos tecidos refinados, que se comportam de formas diferentes conforme o ângulo em que a luz bate. É nossa estética, uma estética muito refinada. Mas sou um mercador, não um antropólogo cultural, e se a senhorita não veio comprar..."

"Sou uma garota pobre de uma família pobre. O que é óbvio." Elfie espalma a mão verde sobre o vestido de juta disforme. "Não temos uma casa para embelezar com faixas de cores chamativas. Estou procurando o Chelo'ona, não foi assim que o senhor o chamou? O Coração Tartaruga."

"Talvez eu tenha ouvido falar dessa pessoa", fala o vendedor. "Ou de alguma outra. Talvez seja a mesma pessoa, só que em circunstâncias diferentes. Porém, não posso ajudar a senhorita. Tenho um negócio para coordenar, e não sou o fofoqueiro do bairro. E estou muito atrasado com meus pedidos. Tenha uma boa tarde."

Elfie não é muito boa nisso, e está sem cartas na manga. Ela não quer voltar para o pai tendo conseguido tão pouco. Enquanto tenta pensar em uma abordagem diferente, ouve um som alto de algo se estilhaçando no recinto. A iguana desaparece mais rápido do que os olhos de Elfie são capazes de acompanhar. O comerciante gira a cabeça. Uma das janelas na lateral do espaço foi quebrada por um pássaro que se chocou contra ela, ou — a menina vê antes do homem — por uma pedra densa e alisada pela água. Elfie se abaixa.

"Deixa eu ver isso", fala o sujeito.

"As janelas do senhor são de vidro", diz Elfie. "São tão limpas que nem notei. Não vi muito vidro na vida."

"Mostre essa arma para mim, sua malvadinha."

"Eu não sou malvada. Não tenho nada a ver com isso." Mas ela estende a pedra na direção do comerciante para que ele a olhe, sem encostar nela. É roxa, sem detalhes.

"Ele era um soprador de vidro", diz a garota. "O Coração Tartaruga. Acabei de lembrar, eles costumavam falar isso. Que ele soprava vidro. Fez uma espécie de espelho que a gente ainda guarda no baú da mamãe. Talvez a versão assombração dele tenha jogado esta pedra para chamar sua atenção."

"Que traquinagens você está planejando, menina? Tem um cúmplice esperando lá fora? Se estiver tentando me distrair, veio ao lugar errado. Eu não guardo dinheiro aqui na loja." O comerciante está calmo e irado ao mesmo tempo, combinação que Elfie não achava ser possível.

"Não sou ladra ou ajudante de ladrão. Olha, acho que posso pagar para o senhor encontrar algum parente do Coração Tartaruga, se você conseguir."

O homem vai atrás de uma vassoura.

"Não se mexe, tem vidro em volta dos seus pés. A senhorita está procurando por parentes dele, não pelo Coração Tartaruga em si?"

"Ele morreu, não cheguei a comentar? Nós viemos prestar nossas condolências."

"Nós? Quem são esses 'nós'?"

"Minha família", explica Elfie. "Meu pai e eu. E minha irmã, meu irmão e nossa ama. Olha, já que o senhor é tão interessado em panos, nós temos umas saias e túnicas da Munchkinlândia. Em um baú. Posso trazer alguma coisa para trocar. Se o senhor conseguir encontrar um rastro que nos leve ao pessoal do Coração Tartaruga. Chelo'ona."

O comerciante aperta os lábios, como se tivesse mordido um torresmo estragado.

"Tem gente por aqui que iria olhar torto para estrangeiros caçando um nativo quadling ou sua família. Se eu fosse a senhorita, restringiria seus questionamentos àqueles que não são tão paroquianos. Quero dizer, *eu* não vejo problema nisso, sou viajado e conheci pessoas diferentes.

Mas somos bem bairristas aqui, e meus concidadãos não têm a mente tão cabeça aberta quanto a minha." O comentário dele celebra, sobretudo, a própria urbanidade, pensa Elfie. Ainda assim, ela leva o alerta em consideração e decide que vai repassar as palavras para o pai.

Outro cliente entra pela porta, fazendo cara feia para o vidro quebrado no chão. Com um gesto de mãos, o vendedor conduz Elfie de volta até a varanda, elevada acima da rua de paralelepípedo lá embaixo. Não aceita a oferta, mas tampouco a rejeita. A garota encara isso como um pequeno sucesso. Lá embaixo, seu pai aguarda um relatório.

Elfie não acena, ainda não. Se vira para ver Ovvels daquele ponto de vista. Quase sua primeira experiência de um horizonte. Neste caso, não são só telhados e galhos de árvores, e sim os distantes terraços de arrozais de Ovvels. A lagoa com seus jardins flutuantes. As diferentes partes do mundo são compostas de forma astuta, o perto e o longe, o imenso e o particular.

O comerciante a seguiu, passando pelas contas penduradas atrás dela. Ele vê Frex parado lá embaixo, gesticulando para a filha de pele verde.

"O senhor mandou uma garota para me distrair enquanto quebra minha janela para roubar meus produtos?", grita ele.

De repente, este é o quadling mais irritante com o qual Elfie se lembra de ter esbarrado em sua curta vida; mais barulhento e feroz do que os guerreiros da bruma, que ela mal consegue conjurar na memória a esta altura. O proprietário agita o punho na direção de Frex.

"Ele é um presbítero, não quebraria sua janela", afirma Elfie, perguntando a si mesma se uma mentira só é uma mentira se você tiver certeza de que é uma mentira. Talvez Frex tenha, sim, jogado a pedra.

29

Elfie nunca vai se lembrar se ela e Nessa desceram para a margem da lagoa no dia seguinte ou só uma ou duas semanas depois.

De qualquer forma, é logo no início da estadia deles em Ovvels, sem dúvida. Um daqueles momentos que marcam, embora não em sequência.

Frex e a ama estão a caminho de um local onde o presbítero poderá improvisar uma convocação à fé. As meninas, que receberam a ordem de ficar em casa, decidem escapulir. Lei Leila'ani não pode detê-las ("A senhora não é nossa mãe!"). Estão perambulando por Ovvels sozinha. Elfie quer inspecionar a ampla lagoa que viu do pórtico da loja de tecidos.

O dia não importa, o que importa é que lá estão elas, descendo pelo declive do lado norte de Ovvels. Um grande cintilar de água se curva além da cidade em forma de colmeia. Uma lagoa, um trecho de céu azul que tombou na direção da terra e virou água, mais larga do que qualquer leito de rio que já tenham visto.

À esquerda do vasto cerúleo, terraços de arrozais escalam as encostas das colinas próximas. As centenas de piscinas de formato irregular, mantidas no lugar por pequenas muralhas de pedra e lama, começam rente à lagoa e seguem até quase o pico da elevação. Um salmão que sabe como saltar pelos degraus seria capaz de, em uma série de cinco ou seis dúzias de impulsos, ir da costa até quase o cume do aclive. Os terraços se afunilam ou se ampliam de acordo com os contornos da colina. Sob o sol a pino, centenas de olhos metálicos cintilam. Centímetro algum de superfície fica sem cultivo. Algumas plantações menores compreendem menos de três dúzias de pés de arroz. Outras são largas o bastante para acolher milhares de ramos.

A hidráulica desse arranjo se mantém um eterno mistério para Elfie. Em determinada altura, ela vai cogitar a possibilidade de a água ser drenada por uma cordilheira chamada de Passos de Quadling, por meio de um sistema ribeirinho subterrâneo, de alguma forma emergindo no cume da colina moldada em terraços. Como o jorro no topo de uma fonte. Uma torneira sempre aberta. A vasta umidade da Nação Pantanosa pode resultar do fato de que ela serve como repositório das águas que escorrem pelas montanhas de Oz. Assim como a Munchkinlândia é o celeiro de Oz, a Nação Quadling talvez seja seu escalda-pés.

Na lagoa, conhecida localmente apenas como "o lago", metade da distância entre Ovvels e os terraços de arroz na margem é ocupada por jardins flutuantes: caixas abertas em cima, ovais ou retangulares, feitas de madeira resistente. Algumas são preenchidas com terra para plantas, mas a maior parte são piscinas para criação de peixes, alface-d'água e outros produtos úmidos.

Embora a colheita de vegetais, frutas e todos os tipos de flores raras seja particular, os jardins flutuantes de Ovvels são abertos para que o público passeie por entre eles. Uma horta é conectada à outra. Os pares de toras de cedro, presas umas às outras, fazem com que o caminho seja largo o bastante para que até o avô de passos mais trêmulos possa transitar; exceto quando se curvam em uma ocasional enjunta, onde é preciso tomar cuidado. Na junção de ovais e retângulos, escolhas abundam. Um labirinto aquático.

"É como uma colônia de nenúfares, que se juntam e não se sobrepõem", diz Nessarose. "Assim, pertinho uns dos outros."

As crianças veem seres marinhos se banqueteando nos jardins externos: impalas aquáticos e garças e, bem ali, um bando de corvos. Cães pantaneiros treinados patrulham os perímetros com passos confiantes, para afugentar predadores. Às vezes, mergulham nos jardins cheios de terra de forma descuidada, mas evitam os reservatórios cheios d'água. No tempo certo, Elfie irá descobrir o porquê, mas, na sua primeira visita com os irmãos, apenas olha e observa.

O sol está a pino, hora em que quase todos os jardineiros de Ovvels foram fazer sua refeição do meio do dia, ou estão dividindo uma cerveja na saleta dos fundos de alguma loja. Até os cachorros acabam se recolhendo. Assim, as hortas flutuantes estão sem humanos, exceto pelas crianças Thropp. O relativo silêncio significa que é uma hora boa para animais forrageiros, sem dúvida. Alguns cervos, uma corça e um veado congelam como estátuas para fitar as crianças enquanto elas manobram pelos caminhos trançados de madeira. Algumas criaturas pantanosas, distantes demais para serem identificadas, arrastam-se devagar sobre quatro patas, chapinhando água e comendo ao mesmo tempo. Talvez sejam porcos? Elfie fica de olho nelas. Supõe que a hora do almoço para os humanos signifique uma hora segura para animais coletores.

Sem apreciar demais o valor da cautela, os Thropp podem explorar os arredores enquanto não há ninguém para impedi-los. E lá vão eles, cambaleando e gritando, com Casco disparando à frente, Elfaba guiando e estabilizando a irmã com a mão na sua lombar.

"Essa é uma boa forma de praticar", diz Elfie. "Um dia você vai ter que andar sozinha, né?"

"Um dia você vai ter que parar de mandar em mim."

"Eu estou sendo *útil*. Alguém precisa ser útil na família."

"E eu sou o quê? Inútil?"

"Eu não diria isso. Ornamental, talvez. Enfim, não é tudo sobre você, ou ainda não foi avisada?"

"Não empurra rápido demais... Preciso encontrar o melhor lugar para pisar, ou vou cair."

Será que Elfie empurra rápido demais, ou será que cessa o apoio por um instante, para lembrar Nessa que ela não é sua empregada, e sim sua irmã? Impossível responder. Sobre os calcanhares de porcelana, Nessa cambaleia.

É mais fácil contar o que se segue da forma como Elfie lembra no futuro, embora ela vá questionar a sequência da sua compreensão. Já tinha mesmo encontrado um Animal falante antes? O assunto já havia surgido, além de em uma fábula sobre algum mundo distante que só a ama menciona? Elfie jamais saberá. Ela teve sonhos, pelo que se lembra: um item impossível chamado Macaco-assombração. Achava que tinha imaginado aquilo.

O que Elfie sabe com certeza, o que pode ver quase até seu último dia de vida, é Nessarose à sua frente, desequilibrada, oscilando. Talvez o lago tenha se agitado. Talvez um crocodrilos tenha erguido as costas bem debaixo da passarela por onde estão passando, só para perturbar a vida delas. Nessa é jogada adiante e depois escorrega de lado até cair em um segmento isolado do lago. Uma piscina com apenas alguns tentáculos em forma de cordão e chumaços de vegetação. Nessa não consegue nadar; não tem braços com os quais se manter acima da superfície. A água tem no mínimo alguns metros de profundidade.

Mesmo que não tivesse corrido à frente, Casco não poderia ajudar. Não sabe nadar e ainda é muito pequeno. Não dá para chutar a profundidade da água. Mas ele gira quando ouve o gritinho ofendido de Nessa, e começa a se agitar, ameaçando se jogar na água e duplicar a tragédia.

E vai ser mesmo uma tragédia, porque Elfie é tão incapaz de adentrar a água quanto de correr para dentro de uma fogueira. Seu corpo não se move. Paralisia. A ama e os médicos da selva, com seus encantamentos e poções, estavam errados: Elfie não superou a sensibilidade à água, assim como a fase da pele verde não passou. Ela berra. Nessa afunda, com o rosto para cima e os olhos fixos em Elfie, transmitindo *algo algo algo*. No entanto, sua boca se fecha, para não se encher de água.

O som de crianças berrando sobre os jardins privativos da lagoa, uma ocorrência tão comum. Ninguém vem ao auxílio deles. Todas as famílias da região estão ocupadas com seus próprios fedelhos, sentados de pernas cruzadas sobre toalhas de piquenique, todos seguros e protegidos, e você vai comer aquela beterraba-pantaneira sim, porque é bom para você. De todo modo, é a pior hora do mundo para pedir ajuda, é a hora em que a ajuda faz o seu intervalo para o almoço.

Mas antes que Elfie possa decidir se vai ou não agarrar os tornozelos de Casco e mergulhá-lo na água para que ele possa pescar a irmã de volta à superfície, de alguma forma uma comoção ocorre ali por perto. O par de criaturas coletoras encurvadas vem galopando na direção das crianças.

Um chicotear de músculos peludos. Rasgando as passarelas, chegando com um pulso de intenção animal. E depois mergulham em ambos os lados da menina que se afoga, erguendo a cabeça e os ombros dela acima da linha da água. Uma comoção de respingos e chacoalhões. Elfie se recolhe para longe das gotículas; não pode evitar.

Casco pega as orelhas da irmã e as puxa para cima. A criatura empurra e rola o resto de Nessa pela borda da passarela até que ela esteja deitada à margem da madeira teca.

Será instinto ou comportamento aprendido? Os animais sabem, de alguma forma, como resgatar alguém. O espécime mais robusto pisa no peito de Nessa enquanto o menor se inclina sobre sua barriga. A garota expele a água que engoliu e começa a arfar por ar. Seus olhos permanecem fechados, mas ela espirra algumas vezes. As pálpebras estremecem e lacrimejam, expelindo água da lagoa. Ou talvez lágrimas.

"Ela não é o que se chama de nadadora nata", observa a menor entre os salvadores; não é um porco, e sim uma espécie de ursa-anã. A pelagem está segmentada, como se penteada com um garfo.

Esses são Ursos, e não ursos. A primeira experiência de Elfie interagindo com Animais falantes enquanto acordada. Chegando a tempo para salvá-la de acidentalmente matar a irmã. Silhuetas mais sólidas do que as invenções oníricas de um Macaco-assombração. Algo maravilhosamente impulsivo e, ao mesmo tempo, inegável, testemunhado por seu irmão e sua irmã.

Elfie cora com uma fúria que ameaça sobrepujar seu pânico por Nessarose. Mentiram para ela, todos mentiram. Mas principalmente seu pai. Ele não tinha *se dado ao trabalho de contar a ela sobre a existência de Animais*.

Ela esteve cega para metade do seu mundo. Esteve mantida na prisão da própria ignorância.

Agora, está apenas chocada. Os Ursos-anões falam uma mistura de qua'ati e ozês; parecem ser mais viajados do que a maior parte dos quadlings.

Casco se afasta alguns metros. Para ele, Animais falantes vivem nas histórias, não na natureza. Seus dedos parecem coçar com a vontade de encontrar alguma pedra que possa servir como projétil, mesmo que os recém-chegados tenham vindo com a intenção de resgatar Nessa.

"Ela vai ficar bem", diz o Urso maior. O bicho — será mesmo um "ele"? — é meio vesgo. Esfrega o volume dos ombros, fazendo verter água da pelagem cor de torrada chamuscada. Depois, chacoalha como um cachorro molhado. Elfie se encolhe e se abaixa.

A primeira experiência de ouvir uma criatura falando pode ser uma espécie de ataque bem-vindo. Similar a ouvir o correr da água e tentar encontrar melodia nela, ou espiar dois papagaios aos gritos enquanto tenta imaginar o que estão conversando. É necessário treinar. Um certo esforço de tradução é exigido, devido à dificuldade de entender as palavras por conta do sotaque, no mínimo. Mas, para Elfie, a necessidade de entender o que está acontecendo se sobrepõe ao ceticismo e à ignorância. Alguns de nós encaramos uma miragem e descobrimos que é verdade.

A Ursa menor solta uma praga corajosa ou um palavrão.

Aqueles ursos (Ursos!) são providos com linguagem; Elfie está presa em um silêncio hesitante. Mas não por muito tempo.

"Ninguém contou para a gente que os senhores sabem falar", solta ela, incerta sobre como se dirigir a um Animal. "Na verdade, o assunto meio que nunca surgiu."

"Por aqui, nós, Ski'ioti, vivemos com outros como nós. Não nos misturamos", diz a Ursa menor. Depois repete o que falou, para que Elfie possa assimilar as sílabas e compreender as palavras. Em seguida, a Ursa-anã (uma Ski'ioti!) fala ainda mais devagar. "Qual. É o. Problema. Com os. Braços. Dela?"

"Nenhum", responde Elfie. "Ela não tem braços. Olhando pelo lado positivo, sempre recebe as coisas de mão beijada. Pelo negativo, ninguém vai beijar a mão dela depois de um encontro."

"Então é bem parecida com um peixe. Mas não consegue nadar."

"Bom, essa foi só a primeira tentativa." A tranquilidade de Elfie surpreende a si mesma. Vem de uma mistura de pânico e alegria. Deve estar um pouco fora de si, só pode ser. "Casco, é melhor você correr e buscar o papai, a ama ou alguém." Os músculos dorsais de Nessa agora são mais fortes, mas ela ainda é incapaz de se erguer da posição deitada sem ajuda. Elfie não quer encostar na irmã até que ela esteja seca, mas os Ursos já estão dando uma ajudinha. A cabeça da Nessa balança quando seu torso é endireitado, mas não como se ela estivesse morta. Elfie faz uma careta. "Ah, Nessa, qual é, não precisa desse drama."

"On-On-Onde estou?", murmura a garota, depois mostra a língua para a irmã.

"Cala a boca." Então Elfie se vira para os Ursos-anões. "Por que os senhores ajudariam a gente? Quem são? E por que conseguem falar?

Alguém os enfeitiçou? São realmente primos humanos presos por uma bruxa em uma forma animal? O que é um Ski'ioti?"

"Essas perguntas são inconvenientes, Elfie", comenta Nessa, voltando dos mortos vingativa. Depois, com uma entonação típica da ama: "A educação passou longe...".

Os Ursos não parecem ligar. Se apresentam como Lollo-lollo e Neri-neri. Lollo-lollo, o que tem um olho normal e outro meio vesgo, é o maior. Neri-neri se prova a mais eloquente dos dois.

"Não podemos caçar por aqui, é claro, então resgatar a sua irmã coloca a gente em perigo", diz ela. "Vocês, quadlings, são muito gananciosos."

"Nós não somos quadlings."

Os Ursos se entreolham e depois espiam Nessa de soslaio. Elfie tenta ignorar a implicação do gesto.

"Por que decidiram ajudar a gente se os quadlings são tão intrometidos?"

"Melhor ver se sua amiga está bem antes de começar a discutir políticas públicas com a gente."

"Amiga? Hum. Eu não tenho amigas. Ela é, hum... minha irmã."

"Ah, se são irmãs, por que não têm mais... cara de irmãs?"

"Responde. Por que os senhores ajudaram a gente? Por que fariam isso?"

"Você é a mandona, então? Certo, não temos permissão para estar aqui. Somos ilegais. Alguém já deve ter visto a gente perto das hortas flutuantes. Se sua coisinha-pessoa-irmã sem braços tivesse se afogado na nossa presença, acabariam colocando a culpa em nós de um jeito ou de outro. Seria um motivo para virem atrás da gente. É assim que funciona, e já chega. Melhor darmos no pé."

Elfie não sabe muito bem se estão falando toda a verdade. Ficar mais tempo por ali só aumentaria as chances de eles serem responsabilizados caso uma tragédia tivesse acontecido. Mas a questão social é mais urgente.

"Não entendi. Por que os senhores não podem se alimentar aqui?"

"Os humanos quadlings consideram que esta área é propriedade deles. E do lado de fora dos jardins flutuantes pode ser perigoso... Por causa dos hipopótamos, sabe? E de vez em quando um crocodrilos ou outro."

"Perqu'unti", entoa Elfie, sem saber de onde a palavra veio, mas é assim que a linguagem funciona.

"Eles plantam videira-rajada ao redor das hortas", diz a Ursa menor. "Ela solta uma substância ardente, que é venenosa para a maior parte das criaturas aquáticas. Isso impede que passem pelas barreiras e comam os produtos. Mas pássaros conseguem se aproximar pelo ar, e pelas passarelas quando têm coragem. Assim como aquelas impalas ali. Se a gente está por aqui, admito que é porque somos tentados pela conveniência."

"E pela diversão do risco", diz o Urso-anão maior.

"Satisfeita com as explicações?", continua Neri-neri. "A gente terminou o que tinha para fazer aqui. Vamos embora antes que acabemos em apuros."

"Você precisa me levar para casa, preciso de cuidados", diz Nessa para a irmã.

"Não tem como você aguentar um minutinho? Quando é que a gente vai voltar a encontrar um Animal falante?" Mas Elfie se dá conta de que Nessa parece nauseada de verdade; talvez por conta do aterrorizante mergulho, ou talvez pela experiência de falar com Animais.

"Sua irmã está certa, ela precisa de roupas secas", fala Lollo-lollo languidamente, como se não se importasse muito se a garota vai ou não se trocar, contanto que não tenha se afogado.

"Com esse sol, é só ela calar a boca que as roupas vão secar em trinta e oito segundos", dispara Elfie.

"Podemos conversar outra hora", diz Neri-neri. "Poucos quadlings escolhem passar um tempo com a gente. Eles têm medo de nós. E nós temos medo deles. Mas você parece diferente. Talvez seja meio insana? Enfim, não vamos perambular perto de Ovvels por muito tempo. Somos migratórios e temos nossas pequenas rotinas. Vocês podem encontrar a gente...", Neri-neri vasculha com o olhar a cidadezinha bem ajeitada e os ermos que as cercam. "Ali, está vendo? Aqueles cedros que cercam o cume à esquerda?"

"Neri-neri", diz o companheiro, "você está fora de si. Isso é loucura. É arriscado demais. Jamais..."

"Vamos nos esconder ali por um ou dois dias e esperar você aparecer", continua ela, calma. "Vamos notar caso se aproxime com caçadores, armadilhas ou armas. Se tentar algo assim, vamos desaparecer. Mas vamos esperar e torcer. Sabe por quê? Posso ver a pergunta no seu rosto:

Por que a gente iria querer falar com você? Bom, acontece que também somos curiosos. Você parece ser diferente. Quase nunca nos interessamos em ficar de papo furado com humanos... Mas você está disposta?"

"Não consigo pensar em coisas que vocês tenham interesse de ouvir *de mim*."

"Bom, para começo de conversa, você é verde. Isso, por si só, é um assunto e tanto."

"*Aham*", concorda Elfie.

Negócio fechado. Nessa é colocada de pé. Casco aguarda a alguns metros de distância, aterrorizado por toda a sequência de eventos, tremendo com o tipo de empolgação e terror pelos quais crianças de 5 anos vivem.

30

"Chega de lorota, Elfaba; você não conversou com animal nenhum."

"Conversei, sim, papai."

"Ela *conversou*, papai. Eles tiraram a Nessa daquela água toda", confirma Casco. "Eu estava lá. Eram meio assustadores e fedidos."

"Casco, não fala sobre o que você não sabe. Elfaba, olha só as coisas que você está colocando na cabeça do seu irmão. Deveria ter vergonha. Vocês estão inventando essas coisas por causa do pânico. Só imaginaram criaturas conversando com vocês."

"E elas me imaginaram conversando com elas também?"

"Vai saber o que animais imaginam, se é que imaginam algo."

"E qual é a diferença entre isso e eu imaginando o senhor falando comigo e eu falando com o senhor?", insiste Elfie, impaciente.

"Chega de graça, Elfaba. Isso não combina com uma jovem em circunstância alguma, essa sua... criatividade exacerbada, esse comportamento só levará a isolamento e desconfiança."

"O senhor já encontrou um Animal falante antes? Hein, pai? Aposto que já. E nunca contou para a gente. É um... aspecto totalmente distinto do nosso mundo. E ele está ali, deixado de lado, fora do nosso alcance? Olha, se o senhor não quiser acreditar em mim nem no Casco, pergunta para a Nessa. Ela nunca faz graça. É boa demais para mentir. Ela vai contar a verdade."

Frex franze o cenho.

“A Nessa está descansando. Está se recuperando do susto. Não vou acordá-la só para isso. Sua irmã é mais frágil do que você, Elfie.”

“Ela é tão frágil quanto uma bigorna de ferro.”

“Vamos nos concentrar em manter a Nessa em segurança, pode ser? E vamos deixar de lado esses devaneios. Temos um trabalho a fazer aqui, e a distração é uma maldição. Ama, coloca um pouco de razão na cabeça da Elfaba. Esse tipo de extravagância é intolerável.”

Elfie se debruça numa janela, com as costas viradas para os familiares conspiratórios e a ama cúmplice. A menina foi traída por mentiras. A única coisa que a impede de dar um chilique é tentar se lembrar de alguma ocasião no passado na qual, sozinha, ela possa ter chegado à compreensão de uma senciência biodiversa.

Certa vez, sonhou com um Macaco. Mas o que é um sonho? Algo que é mais aspiracional do que revelador. Só um santo pode confiar na validade de um sonho, e Elfie não é nenhuma santa. Quase consegue conceber o conceito de Macaco-assombração, mas é tão coerente na sua mente quanto os animais falantes dos contos da carochinha e das cantigas de brincadeiras de criança. A garota balança a cabeça. No processo, talvez libere a mais potente das toxinas da raiva que já começou a correr por sua corrente sanguínea. Ela não pode odiar o pai, não tem tempo para isso. E tampouco pode tirá-lo da sua vida.

“Mas eu bem que queria saber como a Nessie foi cair no lago, para começo de conversa”, diz a ama, colocando linha em uma agulha.

31

“Não liga para o seu pai”, aconselha a ama em outra conversa. “Você sabe que ele não é o mesmo desde que sua mãe morreu. Sem ela, ele ficou perdidinho, o coitado. Como um malabarista sem um braço, ou um balde de latão com um buraco. Não consegue lidar com as variáveis. Quase todos os homens são assim. É *claro* que existem Animais falantes. Não acredito que precisou que alguém falasse isso para você. Onde estão os seus olhos, menina? Já está com uns 13 anos, não está? No passado, existiam Animais na Munchkinlândia, só que os maiores geralmente eram empregados nas fazendas como animais de carga. Ou, com mais frequência, escapavam para os ermos. Quando conseguiam. Os menores já se escondiam bem melhor, não é mesmo, alguns a olhos vistos. Podem se safar com mais facilidade, os pequenos. Agora, a Cidade de Esmeraldas... que grande bagunça liberal. Alguns desaprovam. Unha e carne, dá para imaginar?

Elfie só faz uma careta, pedindo que ela continue.

“É claro que, nesta parte do mundo, que é tudo que vocês realmente conhecem, coitadinhos, os Animais têm muito mais natureza selvagem onde podem ser selvagens. E às vezes desconfiam dos humanos. E quem somos nós para julgar, visto que nunca perdemos o gosto por churrasquinhos e bifões? Sério, nunca me passou pela cabeça a possibilidade de você não saber sobre Animais. Não falou uma vez sobre conversar com um Macaco que não aparecia para mais ninguém? Há muito tempo?”

"Eu não sabia se aquilo tinha acontecido de verdade. Ainda não sei. De toda forma, ninguém acreditou em mim."

"Você sempre foi propensa a ver coisas de rabo de olho. Mas fica tranquila, isso pode ser útil algum dia. Por enquanto, não precisa da permissão do seu pai para prestar atenção no que vê. Ser dona dos próprios olhos é ser livre." Ela acelera o ritmo da costura. "Seu pai também tinha um olhar meio oblíquo quando era jovem, mas só isso. E não é algo incomum para membros do clero. Já sua mãe usava roupas meio oblíquas, se é que me entende, o que, até onde sei, também não é muito incomum para esposas de membros do clero. Mas não estamos falando disso. Seu pai está preocupado com o bem-estar do Casco. *Com certeza* o menino é filho do pai dele, o que é um certo consolo. E já falei demais", termina ela, pomposa, com o alfinete preso entre os lábios.

Ela já falou mais do que demais, mas Elfie não tem as habilidades aritméticas para somar as nuances do comportamento dos adultos, então o comentário lhe passa batido.

"Que bela conspiração de mentirosos...", a voz de Elfie sai bem baixa, enlutada, algo tão raro que a ama percebe.

"Toda criança começa a crescer quando reconhece a Grande Mentira que sempre lhe contaram. É uma mentira diferente para cada um, mas nem por isso tem um potencial menos letal. Para mim, foi a ideia de que o encanto natural de uma pessoa colocaria comida na mesa." Ela suspira e prende as madeixas meio soltas do cabelo. "E você que me diga se não preciso trabalhar duro para ganhar o pão de cada dia."

"Mas o papai... nunca mencionou nada disso, em todo esse tempo. Talvez ele não *saiba?*"

"Não se faça de boba, por favor. Isso não fica convincente em você. É claro que seu pai *sabe*." Ela faz uma pausa. "Acho que você não se lembra muito daquele dia em que... bem, em que a gente teve um encontro com um crocodrilos?"

"Não", responde ela, uma leve mentira com a qual testa se ela mesma acredita.

"Minha teoria sempre foi a de que seu querido pai estava tentando converter três Búfalos-d'água inocentes, que não gostaram nada da ideia e o pressionaram até que ele dissesse de uma vez o que queria, até que o devolveram em segurança ao acampamento. Claro que isso é só uma conjectura minha."

"Faz tanto tempo que é como se nunca tivesse acontecido. Estou falando sobre os Ursos. Ele estão aqui, na nossa vida, mas... estão se escondendo bem debaixo do nosso nariz."

"Então vai lá e enche os bichos de perguntas, se é isso que você quer!", explode a ama. "Esses Ursos-anões, o que quer que sejam eles. Seu pai não é seu dono, Elfaba, embora a ame o bastante para trancar você na mente dele em vez de deixá-la ser livre. Vou fazer vista grossa. Mas não leva o Casco nem a Nessa. Volta e me conta tudo, mas tenta não fofocar sobre isso com os outros, ou seu pai vai saber. Ele pode insistir na ideia de morar de novo na selva, e prefiro aqui. Aqui tem chão, já percebeu? Que agradável isso, ter um chão. Torna a gente mais estável. Deixa a Nessa mais estável também; ela parece mais confiante. Você não deve ter notado. É uma menina de 13 anos, atolada no seu próprio eu tormentoso. Agora, quer que eu fuce no baú da sua mãe e separe umas coisas para você trocar com aquele comerciante de tecidos ou não? Vamos manter o foco na missão que a gente ganha mais."

32

Assim como qualquer garota de 13 anos, e mais do que qualquer outra, Elfie está atolada em seu próprio eu, Elfie. Impetuosa. Racional e supersticiosa ao mesmo tempo. Atônita pela injustiça, como se esta tivesse sido perpetrada contra ela própria. Mas, diferente de muitos jovens no momento vulnerável em que se aproximam da adolescência, ela também está alerta às opressões que os outros precisam encarar.

Talvez o enigma da Nessa esteja na raiz da inclinação de Elfie a... a *notar*. A percepção que a Thropp mais velha tem do sofrimento não é exatamente compaixão; talvez não tenha nome. Ela sabe ser egoísta como qualquer outra criança da sua idade, embora ela quase não tenha outras crianças além dos irmãos para servirem de parâmetro. Seu pai é dono de toda a compaixão da família, se é que dá para considerar sua gentil superioridade como um tipo de compaixão. Não. Elfie não é santa. Tampouco aspira ser.

Incapaz de tolerar o toque da água na pele, verdade seja dita: Elfie não é a menina mais cheirosa do mundo. Talvez, devido a sua abordagem mais relaxada em relação à higiene pessoal, Animais a considerem mais confiável, porque ela é indiferente a loções e essências.

À noite, depois de colocar Casco para dormir, ela se recolhe entre seus próprios lençóis, curvada como um caracol, num aperto fetal, querendo ser real, ser algo além de si mesma, esperando para se tornar ela mesma. Assim como qualquer outra criança humana de 13 anos. Igual e ao mesmo tempo tão diferente.

33

À distância, os Ursos-anões surgem do meio da vegetação rasteira como assombrações conjuradas de uma história de ninar, divertidos e fofinhos. Claramente concluíram que Elfie está sozinha, e não servindo como isca de alguma emboscada, enviada só para distrai-los. Ainda assim, a aparência de brinquedos vivos — papel que Elfie viu gatos e cães domesticados interpretarem de bom grado — é dissipada à medida em que ela chega mais perto deles. Os Ski'ioti estão alertas. Até a garota consegue notar isso, e ela não é lá grandes coisas em ler a emoção no rosto de humanos.

Curioso.

Elfie ainda não dominou a arte do papo furado, ou mesmo demonstrou qualquer inclinação para isso. Ela vai logo ao assunto.

"Eu não sabia se os senhores manteriam a palavra."

"A palavra é uma moeda desvalorizada para nós. Mas cá estamos." Neri-neri está na liderança.

Lollo-lollo fica um pouco mais para trás, o olho vesgo passa a impressão de que ele está esperando a chegada de algum convidado mais interessante.

"Queria saber uma coisa", diz Elfie. "Desde que conheci os senhores, conversei um pouco com nossa governanta sobre Animais falantes. Nunca soube da sua existência. De nenhum Animal. Sou muito idiota. Estava bem aqui, debaixo do meu nariz, ou quase isso. E nunca vi muitas conversas amigáveis entre nós e vocês. Então eu nunca, nunca desconfiei."

"O mundo nem sempre é uma oposição de nós-e-vocês", afirma Neri-neri. "Dito isso, confiamos que você não contou à sua tribo que estamos aqui."

"Claro que contou", dispara Lollo-lollo. "Ela é humana."

Elfie faz uma careta. Que insulto.

"Bom, meu irmão e minha irmã tagarelaram sobre o que aconteceu, é claro. Mas não contei para ninguém que estava vindo ver os senhores, só para a minha ama. E, mesmo assim, não disse onde. Digo, não comentei que seria aqui. Neste bosque de cedros."

"Você está dizendo a verdade", fala Neri-neri. "É jovem demais para mentir de forma convincente."

"Bom, os senhores disseram que vivem isolados. Justo. Eu também viveria, se pudesse. Então prestei atenção. Mas se escondem tão bem que eu nunca nem desconfiei. E não sou idiota. Então, se preferem não socializar, por que correram para salvar minha irmã quando ela caiu na água? Poucos quadlings fariam o mesmo pelos senhores, imagino."

"É isso que a gente vai fazer?", interrompe Lollo-lollo. "*Falar?* Foi para isso que ficamos por aqui? Que nos colocamos em risco? Ela nem trouxe nada para comer."

"Peço desculpas", diz Elfie. "Eu não sabia que devia trazer algo. De toda forma, a gente não tem muita comida em casa; se eu roubasse algo, levantaria perguntas. E os senhores não podem comer perguntas."

"Não, não podemos", concorda Lollo-lollo. "Mesmo assim, você as trouxe."

"Só quero saber por que se deram ao trabalho de resgatar minha irmã."

"A solidariedade é uma escolha de momento, não é?", responde Neri-neri. "Mas o instinto conta. Uma vida é uma vida."

"Isso parece, hum... ensaiado."

"Ah, você é afiada. Justo. É verdade, não tínhamos nenhum interesse específico na morte ou na sobrevivência da sua irmã como indivíduo. É que Ursos-anões são bodes expiatórios úteis para quando humanos perdem a cabeça e o medo sobrepuja a razão. Pensamos em salvar a vida de um humano em um lugar onde poderíamos ter sido vistos. Sério, é exaustivo sempre ter que fugir da multidão. Felinos grandes conseguem se esgueirar pelas sombras, mesmo quando tem luar. Nós fazemos bagunça; somos pequenos e barulhentos."

"Alvo fácil para multidões, se houver uma multidão inclinada a isso", completa Lollo-lollo. "Os pacíficos quadlings ainda se descontrolam de vez em quando. Uma diversão."

"E se outros humanos tivessem vindo correndo? Eles saberiam que vocês estavam... hum, procurando comida por aqui."

Neri-neri contorce o rosto num redemoinho de pelagem e focinho.

"Até Lollo-lollo, com seu olho bobo, viu que vocês não estavam fazendo nada para ajudar a menina. E..."

"Eu faria tudo para ajudar minha irmã, dentro das minhas possibilidades; mas *aquilo* eu não podia fazer. Por causa da água e tal."

"Não me interrompe. Estou respondendo às suas perguntas. Para nós, você parecia uma espécie esquisita de bambu ambulante, tremendo. A gente nunca tinha visto uma planta choramingar ou saltitar para cima e para baixo. Acho que fomos mais curiosos do que gentis. E vocês três estavam perambulando por aí sozinhos, crianças sem guardiões apropriados. Pareceu seguro o bastante arriscar, sendo bem honesta."

"Eu não sou uma planta", retruca Elfie, sem saber se deve se sentir ofendida ou tristonha. Como seria ser uma planta?

"Tem certeza?", indaga Lollo-lollo. "Para mim, você parece muito com uma hera-estranguladora."

"O que os senhores estão fazendo? Como vivem? Tem uma... colônia de outros como vocês?", pergunta Elfie. "Por que fingem ser animais sem o poder da fala?"

"É mais seguro assim", responde Neri-neri. "Nós, pelo menos, conseguimos passar desapercebidos. Você, por outro lado, parece não ter tanta sorte. A menos que haja outras centenas iguais a você, com todo esse verdor."

"Ela conseguiria se passar por musgo-pantaneiro", diz Lollo-lollo, e Neri-neri atira uma pinha de cedro nele.

"Os senhores pertencem a uma tribo, a um pelotão?", continua Elfie. "A uma... uma caravana? Uma nação? Não consigo entender. Conseguem se comunicar, por exemplo, com um Macaco falante, supondo que tal criatura exista? Como isso *funciona*?"

"Você é intrometida demais", diz Neri-neri. "Salvamos sua irmã, é tudo que precisa saber sobre nossa forma de organização."

"Bom, lá vamos nós: somos foragidos", diz Lollo-lollo, e Neri-neri o cutuca com o focinho. "O que foi?", resmunga o Urso. "Foi *você* que decidiu ficar para falar com ela. Isso não é falar? Vamos acabar logo com essa história."

Brigas de família: Elfie conhece esse tipo de coisa muito bem.

"Ah, isso parece interessante. Ser um foragido. De onde?"

"Não é da conta de nenhum de vocês", grunhe Neri-Neri, mas Lollo-lollo lança um sorriso de canto.

"Se a gente contar tudo de uma vez, podemos ir em frente e dar o fora daqui", diz ele para a companheira. "Estamos arriscando demais sendo amigáveis com uma miúda dessas, por mais inconformista que ela seja. Vamos papear todo o papo que tem para ser papeado e seguir a vida." Depois, para Elfie: "Tentamos trabalhar com os homens da Cidade de Esmeraldas, apesar de não servirmos de muita coisa para a construção de uma estrada de bacanas. Nossas patas têm o tamanho errado para manejar os tijolinhos. Mas, quando os rubis foram descobertos, uau, fomos notados. Eles nos contrataram. Pagaram bem. Tem como colocar cabresto na gente, sabia? Vagões e mais vagões de coríndon. Somos mão de obra confiável. Não pegamos sarna como as mulas que trouxeram do norte."

"Terminou, Lollo-lollo? Que tal se concentrar na sua vidinha besta? Fomos bem pagos em comida e conforto, mas não em liberdade", explica Neri-neri. "A maior parte dos nossos estava satisfeita. Mas não nós dois."

"Mas não você", corrige Lollo-lollo. "*Eu* estava confortável e bem alimentado. Mas fugi mesmo assim porque você mandou."

"Que tal morder a língua, se quiser sentir algo amargo na boca? Eu não vou tolerar isso. Estamos livres, estamos aqui; hoje é o dia."

"Que dia?", pergunta Elfie.

"Só o dia, o dia que temos", responde a Ski'ioti. "O dia em que podemos respirar, acompanhar o sol andar pelo céu, comer, cagar, encontrar uma sombra para tirar um cochilo à tarde e roubar comida dos humanos, se tivermos sorte. O dia para evitar flechas, hipopótamos e cobras venenosas. O dia para falar com uma humana que mais parece um cipó comprido e aprender algo novo! Não o dia para ser amarrado a uma carroça e puxar minerais por aí."

Lollo-lollo revira seu olho revirável e fecha ambos, fingindo roncar.

"Acho que devo algo aos senhores", diz Elfie. "Olha, se eu tivesse matado minha irmã por acidente ontem, hoje estaria tendo um dia muito diferente do que acabaram de descrever. Então o que *os senhores* querem saber?"

Neri-neri enfia alguns brotos de bambu na boca e mastiga, pensativa. "O que você é?", pergunta ela. "Uma pessoa? É de alguma outra raça que ainda não encontramos? Estamos curiosos, só isso. Achamos que os seres humanos não são muito. Humanitários, quero dizer. Mas quem é você? Qual é seu nome? Nunca esbarrei com alguém assim antes. Não consigo descobrir o que você é, exatamente. Pode me chamar de intrometida. Quem *é* você?"

Que criança de 13 anos é capaz de responder a uma pergunta como essa, visto que ter 13 anos é o ápice do isolamento?

"Sou um enigma para mim mesma", responde a garota. "Mas talvez não mais do que os senhores para si mesmos."

"Tem algo dentro de nós que nos faz ser assim", diz Neri-neri. "Algo que estava por perto esperando para nos acolher antes do nosso nascimento, e que vai se manter aqui até depois da nossa morte. Não sabemos como chamar isso, e talvez nem haja um nome. Mas é diferente para cada um de nós: faz de mim uma Ski'ioti, não um caramujo, uma garça ou um gafanhoto. Faz do seu irmão um garoto. E, de você, faz um segredo."

"Meu pai é um presbítero, quer que eu pergunte a ele?" Elfie está se sentindo pressionada. "Ele é quem tem um livro que diz por que as coisas são o que são, não eu. Sou só uma criança conversando com Animais. Não tenho a resposta que os senhores estão procurando. Não sei de nada."

"Talvez não saiba mesmo", concorda Neri-neri. "Ou talvez saiba. Vejo que você está cansada de perguntas. Quer uma banana? Escondemos algumas aqui por perto."

"Nosso suprimento é limitado", objeta Lollo-lollo, despertando do cochilo fingido.

Elfie nega com a cabeça.

"Dá para fazer uma pergunta dessas para qualquer um, não precisa ser para o meu eu estranho, verde das unhas à raiz dos cabelos. Por que não perguntar a uma banana por que ela é uma banana?"

"Pela mesma razão pela qual nos procurou: porque você sabe falar, assim como nós. Bananas têm pouco a dizer."

"Meu pai diz que vocês só acham que são reais."

Neri-neri dá de ombros.

"E daí? Eu acho que *você* é real, e isso é mais interessante para mim."

"Por que eu seria interessante para a senhora?"

"Você é uma ideia", diz Neri-neri. "Uma ideia que não tive até ver você. Ideias nos sobressaltam. Levam a gente do antes para o depois. Não sei quem ou o que você é, ou por que parece um pedacinho de floresta ambulante, mas meu sentimento de quem sou mudou por sua causa. Você não precisa me contar nada. Qual é o seu nome? Não precisa ser nada além de você mesma."

Elfie está prestes a dizer seu nome a Neri-neri, mas captura uma rara permissão para ficar em silêncio no despretensioso comentário da Ursa-anã. Elfie abre a boca e a fecha de novo. Isso nunca mais vai acontecer ao longo da sua vida. Ela raramente será capaz de ignorar o ímpeto de avançar em cada momento com tanta comoção e foco. Mas, agora, está sentada ao sol, olhando para Ursos que a olham de volta. Cada um é um zoológico para o outro. O assombro humano é assim. Pode se quebrar sobre a pessoa com tanta suavidade que, a menos que se esteja em silêncio, pode passar despercebido.

Neste momento, um momento muito raro em sua vida, Elfie está ciente da paciência. Está abraçando os joelhos verdes com os braços verdes e magros. O vento sopra alguns fios soltos do cabelo emaranhado na sua testa. Ela permite que eles lhe façam cócegas. Mais à frente, após o declive repleto de cedros, Ovvels espera em seu lavrado matagal de geometria construída. As piscinas flutuantes e os jardins adjacentes à pequena cidade estão polvilhados de botões claros. O vento transforma o burburinho humano de um pequeno assentamento em elipses ininteligíveis. Tudo está acontecendo por todos os lados, e, ao mesmo tempo, não tem muita coisa ocorrendo. É só o bom e velho mundo.

"Eu não dei nada aos senhores", ela enfim diz aos Ursos-anões. "Ficaram para trás por escolha própria para me entrevistar, e não valho o risco. Para onde vão depois daqui?"

"Ninguém precisa saber. É mais seguro assim", responde Neri-neri.

"Quando a gente trabalhava como operário e recebia comida, tínhamos a segurança dos números", acrescenta Lollo-lollo. "Agora, somos dois fugitivos. Graças à noção dela de liberdade. Livres para passar fome e viver fugindo. Que delícia."

"Você tem muitas perguntas", diz Neri-neri. "É algo raro entre os seus. Você nos deu a experiência da curiosidade humana, então agradecemos por isso. Ainda não sabe nem dar nome às suas questões, e talvez nunca saiba. Não importa. Sim, somos Animais falantes, mas não somos gênios. Somos uma ralé rural se comparados a outros que eu poderia mencionar! Não sabemos nada do mundo além das nossas simples vidas. Mas alguns Animais sabem. Há Animais educados neste mundão. Você vai descobrir. Tem nos olhos a curiosidade sobre esse tema. É um presente para nós ver algo assim, nós que quase não tivemos contato com qualquer coisa além do interesse comercial no olhar dos nossos... nossos empregadores, por assim dizer. Mas somos simples. Migrantes em fuga. Você precisa encontrar alguém que responda suas perguntas sobre Animais. Salvamos sua irmã, mas não podemos salvar você. Isso você vai precisar fazer sozinha."

"E, com isso, acabou a nossa entrevista?", questiona Elfie.

Os Ski'ioti não respondem. Etiqueta não significa nada para eles. Os dois simplesmente se levantam, vão embora sem dizer adeus nem olhar por sobre os ombros peludos. Eles seguem rente à crista do aclive e adentram a mata de cedros, como rochedos felpudos tomando um ar.

34

Elfie imagina que os Ski'ioti ficarão na surdina por um tempo, abandonando a menina; afinal, já conseguiram tudo que ela podia oferecer.

O que não é muito. Ela não os culpa. Faria a mesma coisa. Talvez seja um comportamento Animal — e a própria Elfie não é também um Animal? Conservação de recursos. Ela vai encarar conversas em grupo da mesma forma, não apenas em Shiz, mas também, mais tarde, na Cidade de Esmeraldas e em todos os lugares pelo resto da sua vida.

Elfie os observa até eles sumirem em meio à vegetação. Depois se levanta e desce o aclive na direção da casa de Lei Leila'ani, torcendo para que sua escapadela tenha passado despercebida. Ela está se protegendo e, como consola a si mesma mais tarde, protegendo os Ski'ioti. Ainda não aprendeu o conceito de confraternizar com o inimigo, mas seus instintos dizem: cuidado. Por eles, senão por você, cuidado.

Quando Elfie volta aos aposentos da família na ampla casa na árvore de Lei, a ama está tirando dos baús todos aqueles xales e vestidos chiques guardados como lembranças da pobre Melena. Ela ergue os panos diante da janela, analisando as costuras. Cá está um vestido de um baile beneficente, cheio de espirais azuis e lilases, ainda brilhante e novo, mesmo após passar a aposentadoria em um baú fechado.

"Não sei se quero me desfazer disso, desses fragmentos da minha preciosa bonequinha. Que eu criei desde os cueiros. Se eu lhe entregar isso para que barganhe com aquele comerciante de panos, Elfie, não vou ter mais nada dela."

"Hum, a senhora tem a mim, à Nessa e ao Casco", argumenta Elfie. "Podemos ser suas lembranças da mamãe."

"Por alguma razão, não é a mesma coisa. Lembranças servem para nos recordar silenciosamente sobre a abençoada alegria do passado. Não falam. Vocês, por outro lado, quase nunca estão de bico calado."

Elfie dá de ombros. E daí?

"E sua mãe estava vestindo isso na noite em que fugiu. Eu queria guardar para o dia do seu casamento."

"Então não tem problema, porque não vou me casar."

"Isso é o que toda menina na sua idade fala. Enfim, não adianta chorar o leite derramado. Se o velho enxoval da Melena for o que vai comprar nossa fuga desta província de lama, que seja. Talvez seja por isso que guardei estes itens por todos esses anos, porque senti que roupas chiques teriam um bom uso em algum momento." Ela começa a dobrar as peças como se fossem mantos sagrados, e Elfie pega a de cima.

"Aquele velho comerciante vai gostar disso. Posso trocar por informações sobre o Coração Tartaruga. O que mais a senhora achou?"

"Não entrega tudo de uma vez só, guarda alguns para emergências", aconselha a ama. Depois, tira um pequeno frasco de um líquido verde e viscoso do meio das rendas de um corpete. "Acabei de me lembrar que Melena me deu isso em troca dos serviços prestados à família", tagarela a ama, mas Elfie toma a garrafinha da mão dela primeiro.

"É uma colônia?", pergunta a garota.

A ama semicerra os olhos e fita Elfie.

"É uma espécie de brometo. Para quando a pessoa está se sentindo meio surtada da cabeça. Sua mãe bebia de vez em quando, um golinho aqui e outro ali. Isso não é seu, Elfie."

"Nem da senhora." Elfie a deixou sem resposta.

A ama suspira enquanto a menina guarda a garrafinha no bolso.

"Se a gente finalmente conseguir encerrar essa caça ingrata por expiação, poderemos nos mudar para um lugar de clima mais seco. Talvez o cerne do seu problema seja um crescimento fúngico, sei lá. Bom, é hora de fazer o seu melhor para tentar trocar essa glória obsoleta por informação. Seu pai nem vai perceber que um dos vestidos sumiu. Ele não presta atenção nas coisas deste mundo. Faz um favor para a gente e fecha logo essa barganha, Elfie."

A garota vai até o estabelecimento empoleirado nas árvores. O velhote desconfiado está enrolando algumas mercadorias em um pano xadrez molinho enquanto um jovem bonito e entediado espera do lado de fora, no alpendre, tragando um cigarro de perguescate. Não é muito mais velho do que Elfie. Ou talvez seja; quem consegue saber a idade dos machos da espécie.

"Ah, então *não é* só fofoca, a senhorita existe mesmo", diz o cliente com um sotaque arrastado, olhando para Elfie. "Uma samambaia de aspargo articulada."

"Estou aqui para falar com o patrão", responde Elfie, pensando: bem, aconteça o que acontecer, não vou me casar com *você*, que só tiraria sarro da minha cara, e acabou de provar isso. Ela espera o negócio ser fechado e o cliente ir embora, e só então se aproxima do mercador. "Tenho um acordo a propor." A menina joga o monte de tecido dobrado sobre o balcão de mogno e explana seus termos. Há mais daquilo em casa, em estado tão bom quanto este.

"Seda estampada", diz o comerciante, com os dedos conferindo a textura do material. "Cafona. Provavelmente sem valor. Ainda assim, acho que consigo adquirir a peça da senhorita. Quanto à sua busca, acredito que exigiria certo esforço. Posso tentar, mas não prometo encontrar o Coração Tartaruga que está procurando. O tal Chelo'ona."

"Hum, ele está morto, não tem como ser encontrado. Já expliquei para o senhor. Estamos procurando os familiares dele. Em troca deste tecido."

"Se os outros itens que mencionou estiverem em bom estado, talvez representem um pagamento justo pelos meus esforços. Mas exijo que a troca continue válida mesmo que qualquer pista que eu encontre acabe se revelando inútil. Em outras palavras, sem devolução."

"Voltarei com outro vestido, ainda hoje ou amanhã. Combinado, então?"

Ele hesita, depois bate o indicador nos lábios franzidos, considerando as palavras dela. Elfie quase consegue ouvir o som dos seus pensamentos.

"Não. Ainda tem a questão da janela quebrada."

"Eu não tenho nada a ver com ela!"

"Escuta. Eu vi seu guardião barbado esperando a senhorita lá embaixo. Fiquei olhando enquanto você corria até ele. Um dos dois precisa compensar os danos. É assim que as coisas funcionam aqui em Ovvels. Você vai trabalhar algumas semanas para mim. Vai ser minha assistente. Ainda não contratei ninguém este ano, e estou envelhecendo. Você pode compensar o valor de uma janela nova ajudando ao longo da temporada do feriado. É geralmente a época mais movimentada." Ele aponta com o ombro o buraco na janela.

O homem tampou a vidraça com um pano do mais claro tom de beringela, com pérolas de vegetais secos e caracóis em pés de frutas silvestres costurados aleatoriamente pela sua extensão. A luz mostra que o batente não é um simples retângulo, como a maioria das janelas, e sim uma espécie de oval torto, um olho aberto virado para cima numa das seções. Alguns painéis de vidro translúcido se encaixam nos cantos da estrutura para dar sustentação. Só o central, o olho em si, foi quebrado.

"Vou precisar conversar com o meu pai sobre isso de trabalhar. Ele provavelmente não vai deixar."

"É pegar ou largar. Não vou aceitar o tecido e não vou pesquisar sobre o tal do Coração Tartaruga, se você também não concordar em me ajudar por um tempo. É difícil arranjar funcionários por aqui, e preciso de alguém."

"Eu não sei nada sobre panos e não tenho interesse algum em aprender."

"Não me lembro de perguntar o que você tem ou não interesse em aprender. Nem se tem talento para isso. Está claro que você não sabe nada sobre moda! Agora pode dar no pé com essa sua propina e voltar com uma resposta. Vou cuidar para que o xerife a prenda se tentar passar a perna em mim. Sei que sua família está ficando na casa da excelentíssima viúva Leila'ani. Viu só, eu sei como encontrar informações, aqui está a prova! Espero você amanhã cedo, antes do café da manhã, com outro tecido, e aí vamos fechar negócio. Cláusula um: em troca do pano, vou caçar informações sobre o seu Coração Tartaruga. Cláusula dois: em troca do preço de uma nova janela, você começa amanhã. Seu turno vai até a hora da refeição do meio do dia. Não vou assumir os custos de pagar o almoço, então nem vem que não tem."

"Se eu concordar", começa Elfie, "será para ajudar o meu pai a encontrar os familiares do Coração Tartaruga. Não é uma admissão de culpa pela porcaria da sua janela quebrada. Meu pai é um homem de fé. Ele não quebraria nem a casca de um ovo, se pudesse evitar."

"Concordo em fingir não atribuir a culpa a ele. Que tal?"

"Eu nem sei o seu nome", diz a menina.

"E preciso contar? Se a resposta for positiva, pode fazer sua pesquisa e descobrir. Não tenho nenhuma pretensão de ser um patrão bonzinho. Dá o fora daqui."

35

De volta à pensão, Elfie se surpreende só um pouco ao descobrir que o pai não dá a mínima para a ideia de a filha começar a trabalhar.

"Você precisa começar a aprender algo", diz ele. "É bem cara de comerciantes se engraçar com jovens mocinhas do interior e sem estudo, mas não ele. Ele é do bem e a Lei confia nele. Eu perguntei."

"Ainda não entendi o que foi aquela pedra na janela", arrisca Elfie. É a afirmação mais dissimulada que já vez na vida. "Quem fez aquilo e por quê?"

"Eu não me surpreenderia nada se tivesse sido o Casco, aquele tratante", diz a ama, com carinho, espalmando os dedos sobre o colo enquanto baixa os olhos num transe de adoração pouco convincente.

"Ama, ele passou aquele dia todo em casa com a senhora."

"Não interessa", diz Frex, dispensando a questão. "Talvez o comerciante tenha competidores que o querem fora do negócio." E com isso, volta para os livros, correndo o dedo por uma coluna de prosa impressa em letras miúdas.

Nem a ama nem Elfie mencionam que estão trocando o vestido de casamento de Melena por informações sobre o Coração Tartaruga. Frex não ligaria, de qualquer forma, então não tem por que incomodar o sujeito com detalhes.

"Aposto que foi um dos Ursos-anões", diz Casco. "Aqueles dos jardins da lagoa. Eles eram meio assustadores, né? Falavam como aqueles bonecos que a gente viu no barco, no teatrinho de fantoches."

"Cala a boca, menino idiota", retruca a mais velha de suas irmãs.

36

Ela começa no dia seguinte e chega com um pacote contendo um segundo vestido e um saco cheio de ameixas-do-charco para o lanche da manhã. O velho, que segundo Lei se chama Unger Bi'ix, está esperando. Ele serviu uma cumbuca de chá para a nova funcionária, e a bebida ainda está quente.

"Coloca esse pacote lá nos fundos e vem conversar comigo."

Unger — ele confirma o próprio nome e assente, e diz que Elfie pode chamá-lo assim, desde que tenha muito respeito — entrega a Elfie o chá e passa a ela alguns exercícios de soma e leitura. A ama ensinou os números a Elfie ("Útil se estiver afanando uma coisinha ou outra; você não vai querer pegar muito, ou vão notar"), e Melena, em um tedioso verão muito tempo atrás, repassou com ela as letras. Já Frex foi responsável por fornecer textos sagrados, pelos quais Elfie se arrastou. Ler não é seu ponto forte, mas Unger admite que a menina parece ter um instinto para a matemática e uma curiosidade assertiva.

Eles terminam o chá, que possivelmente é o primeiro evento social pelo qual Elfaba navegou sozinha, sob sua própria sombra verde em vez da sombra roxa-escura da ama ou do pai. Então Unger mostra o estoque para Elfie. Não deixa que ela toque em suas preciosas mercadorias por medo que as manche de verde.

"Uma superstição que logo vou deixar para trás, tenho certeza", admite ele. "Mas não hoje." Com cuidado, abre o pacote que Elfie trouxe, alisando os vincos. Solta o ar entredentes em um relutante suspiro de apreciação. "Um pouco moda de tia velha", diz ele. "Nada parecido com o primeiro, mas vai sair por aqui, sem dúvida."

Unger explica o sistema de medição de pano. Elfie observa, mas ainda não empunha a tesoura. Ele mostra a ela o gráfico com os preços. Tenta explicar seu sistema de barganha, adicionando sutis taxações com base em ostentações sociais e fornecendo pequenos descontos para aqueles em situação de dificuldade, como pessoas que acabaram de perder entes queridos. "Mas muita gente mente sobre a mãe ter morrido", alerta ele. "Perdemos duas vezes a população de Ovvels em mães em todas as temporadas do feriado. Não se deixe enganar pelos enlutados. Quanto maior a ostentação apresentada em seu pesar, mais duvidosa é a perda."

"Eu não vou conversar é com ninguém."

"Acho sábio. Agora, vai varrer a varanda." Ele entrega uma vassoura a ela.

Elfie nunca pegou numa vassoura antes. O chão de terra de uma tenda não precisa ser varrido. Dizer que a menina segura o utensílio de forma desajeitada é um eufemismo.

"Logo ela vai ser como uma parte de você", diz o patrão, observando da porta. "Bom, tem uma cliente vindo. Cuidado para não ser destrambelhada e varrer folhas nela!" Tarde demais. A cliente protesta quando uma nuvem de sâmaras amareladas cai sobre sua cabeça coberta por um véu. "Vai, fica ali no canto, com a expressão neutra. Seu sorriso é tudo menos genuíno, além de ser assustador", chia Unger. "Bom dia, minha amiga Parwa'ani. Aceita uma xícara de chá?"

"Que bela monstruosidade", diz a tal Parwa'ani ao chegar ao topo da escadaria. Balança o véu, espalhando a poeira e as folhas por todos os lados para que Elfie precise voltar ao seu serviço com a vassoura. "Em que barraquinha na feira você encontrou essa aqui, Unger Bi'ix?"

"Certo, vamos direto para o mostruário", propõe ele. Elfie sente um toque de gentileza no fato de o homem ter escolhido não fofocar sobre como arranjou aquela assistente nova. Não na frente de Elfie, ao menos. Ainda assim, a menina o entreouve cochichar um comentário mais sombrio enquanto os dois adultos desaparecem pela porta: "É de se questionar: curiosidade ou maldição?".

Então cá estão Elfie e Unger em seu acordo provisório. Se a coisa toda der errado, como é provável que aconteça, Elfie pode simplesmente fugir. Como os Ski'ioti. Ela está fazendo isso pela sua família, ao menos de acordo com o seu conceito de família. Vivendo todo esse tempo na natureza como ela viveu, sob tendas, não sabe como as outras famílias se comportam para ter algum parâmetro para comparação.

A família dela não sabe se fica grata ou não, porque ainda não tem certeza se Unger vai cumprir sua promessa. Talvez ele esteja apenas tirando vantagem do trabalho de uma desaventurada. Frex questiona Lei na terceira noite do estágio da garota.

"Tem certeza de que a Elfie não está em perigo? Qualquer informação que este Unger possa nos entregar não vale a chance de ele mexer de formas duvidosas com a minha filha."

"Eu já falei para o senhor. Ele é um homem casado", responde Lei, com um suspiro, porque ela própria adoraria se casar de novo, e com frequência comenta isso com os inquilinos. "Na verdade, o Unger tem várias famílias fora do charco. Esposas e filhos. Até gosta de cuidar deles, mas é conhecido por preferir seu negócio à paternidade."

"Talvez *eu* devesse abrir um negócio", comenta Frex.

"Vou arrancar os olhos desse homem com uma faquinha serrilhada de fruta se ficar sabendo que ele se engraçou com ela", jura a ama. "Elfie, se for aprender algo com aquele Unger, que seja algo decente. O que ele faz você fazer? Quero um relato completo do dia inteiro, momento a momento."

"Nada demais. Pelo que entendi, tem um feriado chegando. É tipo um Lurlinal, mas eles usam outro nome. Se'enth, ou algo assim. Tem velas e comida especial, e as pessoas trocam presentes com asas. É esquisito. O Unger diz que o costume provavelmente vem de uma história antiga sobre como os primeiros quadlings chegaram aqui vindos de longe, das areias mortais. A lenda diz que eles devem ter voado; senão, como teriam sobrevivido?"

"Mais bobajada supersticiosa, tão doentia e vaga quanto o ciclo da Lurline", zomba Frex. "Não é para dar ouvidos a esse tipo de coisa. *Se'enth*. O ocioso apetite dos mal-informados."

"Lurline ainda vai matar você com um raio na cabeça por causa desses comentários maldosos", afirma a ama. "Um dia desses, quando ela se der conta."

"Então, o Unger também está me ensinando a costurar", continua Elfie. "As pessoas chegam com uns bonequinhos feitos de vinhas secas, ossos e sei lá o que mais, e o nosso trabalho é cortar asas e costurá-las neles. Quanto mais morto e sem vida o bonequinho parece no início, mais mágico fica quando ganha asas de tecido macio e estampado. Juro, mesmo eu odiando a ideia de bonecas e brinquedos."

"Eu ia gostar de um", afirma Nessarose. "Um brinquedo com asas. Ninnakins alada!"

"Bobajada pagã, tentação e distração", enumera o pai.

"Deixa a criança ter o que ela quer", diz Lei, comentando pela primeira vez sobre os protocolos familiares dos Thropp.

Frex fecha a cara para ela, mas não pode arriscar irritar a dona da pensão. Então pede licença e vai dar uma volta no vilarejo, agoniado. Até o momento, suas tentativas de reunir uma congregação se provaram infrutíferas.

"Também quero um boneco", diz Casco. "Assim eu poderia matar ele várias e várias vezes e ele não ia morrer, porque já está morto."

"Vocês são todos meio dodóis da cabeça. Eu me preocupo com todos", diz a ama. "Elfie, uma vez que está aprendendo a cortar asas e costurá-las, faz um par extragrande, por favor. Usando o tecido da camisola da sua mãe; seria adequado, pois foi o comportamento dela que me fez parar aqui, para início de conversa. Estou a um passo de zarpar deste lamaçal e me aposentar em Jardim Colwen. Com todo o respeito", acrescenta ela, assentindo para Lei e pressionando os lábios em uma tentativa de biquinho conciliatório. "É um ótimo lamaçal, por sinal, nunca vi melhor."

37

Em duas ocasiões, Elfie sobe a colina onde encontrou os Ski'ioti. Chama os Animais pelo nome. Como se lembra, ao menos, embora a pronúncia talvez deixe a desejar. "Lollo-lollo! Neri-neri!" Mas ela não berra.

É capcioso tentar convocar fugitivos de seus esconderijos. Ela usa uma espécie de grito-sussurro meio rouco. Se estufasse os pulmões, conseguiria chamar a atenção de metade do vilarejo, acredite. Mas que bem isso faria para os Ski'ioti?

Então talvez eles ainda estejam por aqui, imóveis, mas nada convencidos a se mostrar de novo. Já extraíram de Elfie tudo que queriam saber. Não devem nada a ela. O que a menina deseja? *Amizade*? O que faria com algo assim? Ela mal compreende a palavra.

Nas duas vezes, Elfie volta para o vilarejo. Em ambas, ela se atrasa para o trabalho, e Unger a recebe com palavras afiadas. No próximo vacilo, o acordo já era.

Os Ski'ioti vão me encontrar quando estiverem a fim, conclui ela, voltando a atenção às suas tarefas.

Elfie aprende a manejar tesouras e a empunhar agulhas. Aprende a costurar. Suas mãos sangram. Todo dia uma coisa nova, até que, pouco tempo depois, ela tem uma rotina. Uma rotina fixa demais, talvez. A menina continua com seu anseio de conjurar os Ski'ioti e descobrir mais sobre... sobre algo. O quê? Ela não sabe.

Não saber o que precisa descobrir é parte da empolgação.

Mas, pelo menos, ela domina a pontualidade. Todo dia, é a primeira a chegar. Destranca a porta com a chave que fica escondida sob um ídolo de pedra, uma espécie de dama com um rabo de peixe em vez de pernas. Ela pega a vassoura e varre a varanda. Sim, a vassoura se tornou mais subserviente, como Unger predisse. Depois, Elfie dá um trato no assoalho do salão e do ateliê.

Para o serviço de reparos de Unger, ao qual ele se dedica quando o salão está calmo, ela dispõe as linhas na sequência de cores do arco-íris, mais ou menos, embora o preto, o prata, o ouro e o bronze a confundam. Assim como o rosa, que parece pouco relacionado ao vermelho, por mais que Unger insista nisso. O branco fica sempre na extrema esquerda, então ela não tem que se preocupar com isso. O preto não parece ser o oposto do brando, e sim um primo. Unger se desespera com ela.

Toda noite, Unger separa os tecidos que acredita que irá precisar no dia seguinte. Pela manhã, Elfie pendura os rolos de cores autoconfiantes sobre o ombro magrelo, um por um, e os leva dos fundos para a frente. Coloca os panos numa série de suportes em estilo rococó presos à parede. Algumas pessoas se embriagam quando estão perto da beleza — um rolo de rosas vermelhas bordadas em todo esse fino piquê azul intenso! —, mas esse tipo de excitação é estranho a Elfie. Ela ouve os pássaros nas árvores além do caixilho da ampla janela oval, que ainda espera o vidro novo. Antes que Unger chegue, Elfie puxa o tecido esvoaçante que cobre a janela para que possa ver os pássaros também. Torce para que algum deles entre voando. Afinal de contas, ela precisa copiar as asas deles. De tempos em tempos, os pássaros a obedecem, mas sujam os móveis enquanto se agitam rente ao teto em busca de uma saída, e Unger fica irritado com os dejetos.

Elfie traz a tesoura, o cortador e as fitas métricas. Coloca tudo numa bandeja de latão, na ordem correta. Pega a tigela rasa cheia de pedaços de giz branco que Unger usa para marcar medidas nos tecidos. Em uma mesinha lateral que corre sobre rodinhas de ferro, ela pousa quinze moldes de tamanhos diferentes para cortar as asas. Feitos de caniços trançados, eles desfiam fácil. Em algumas manhãs, ela derrete a base de uma vela e, enquanto ainda está quente, pinga a cera cor de marfim ao longo das bordas das asas, selando-as. Assim, estende a vida útil dos moldes.

Seus movimentos a fazem parecer fresca, mas ela não liga. Unger é peculiar. Ela corta quadrados de papel para usar como notas fiscais, e pousa um pequeno macaco de latão em cima da pilha para que nada saia voando. Prepara a caneta tinteiro e a deposita ao lado de um frasco de tinta rubi, com um suporte de vidro que também é rubi. Tudo muito elegante, como se feito para um palácio, mas esta é só uma loja. Ela não entende muito bem a atmosfera dos negócios, mas compreende que o tom é importante, de alguma forma.

Depois que o estabelecimento abre, ela fica sempre no encalço de Unger, atendendo a seus pedidos monossilábicos. Quando os clientes chegam, ela fica calada quase o tempo todo. Aqui, neste ambiente construído, Elfie tem a sensação de se destacar mais. Então aprende a focar os olhos nas próprias tarefas; não por modéstia, mas porque não quer interagir com ninguém que esteja ocupado ignorando sua presença.

Quando os clientes vão embora, Unger traz chá para a garota, supervisiona seus serviços, critica suas parcas habilidades com a agulha e a faz desmanchar o trabalho malfeito, que ele chama de preguiçoso. O homem é respeitável e cuida da própria curiosidade, sem fazer perguntas intrometidas como Lei faz às vezes. (Lei bebe um pouquinho à noite.)

Unger também corta e costura com tanto afinco quanto Elfie, ou ainda mais, às vezes sentado na bancada bem diante dela. Não é um homem jovem — a garota acha que é mais velho do que o pai dela. Sua visão não é aguçada, e o trabalho minucioso é incômodo, mas ele segue em frente. Ensina para Elfie a elegância necessária de um ponto bem justinho. Bufa e suspira quando se levanta para ir até a frente do salão sempre que um cliente chega. As pessoas compram e vendem tecidos, ou fazem encomendas de asas, acessórios e, às vezes, roupas; embora isso não seja muito frequente. Os cidadãos de Ovvels não têm tempo para trajes bonitos, que vão acabar tomando chuva e se manchando de lama e resíduos.

Unger atende os clientes de forma encantadora e tem um tino comercial que Elfie admira, apesar de não entender muito bem como ele funciona. A menina não pode dizer que o sujeito é bajulador ou insincero, mas tampouco é amigável. A calibração da atenção que ele dispende sobre cada cliente muda dependendo da frase e do momento, ou se a pessoa hesita antes de sacar o dinheiro do bolso e fechar um negócio.

Certa tarde, Elfie furou os dedos com frequência até demais. Ela fica ali, chupando o polegar e o indicador para não sujar o trabalho, um pedaço de seda creme estampada com flores fúcsias entorpecidas. Unger vai buscar um frasco de pedra cheio de unguento. A substância ajuda a cicatrizar os ferimentos, mas os dedos da menina precisam ser envoltos em algodão para que a oleosidade do remédio não danifique o tecido. Elfie permite que ele aplique o unguento. Sente uma vontade repentina de chorar, mas não sabe o porquê. O toque do homem é tão... tão preocupado. Assim que consegue se pronunciar sem ser rude, ela puxa a mão para longe e pergunta: "Onde estão os garotos deste vilarejo?".

O patrão mal se abala com a pergunta.

"Estou certo de que a excelentíssima viúva Lei já contou tudo a vocês. Assim que os meninos completam 7 anos, são levados para os charcos orientais, a dois dias de viagem daqui, para colher pérolas vegetais. Conseguem trabalhar de dez a quinze anos antes de ficarem com os pulmões carregados. É a base da nossa economia, não só em Ovvels, mas por toda esta região de Oz. O mercado não tem fim, mas, às vezes, os charcos também parecem infinitos. Só garotos conseguem mergulhar tão fundo na água. O peso do corpo deles é o ideal, oferecendo menos resistência por ter um volume menor, e sua capacidade atlética é uma vantagem natural. Então você está certíssima: o vilarejo está cheio de meninas e moças, que depois de certa idade, com frequência, vão morar em pensões até se casarem. Mas as damas precisam esperar os garotos passarem da idade de trabalhar com as pérolas vegetais. E acabam aceitando o que conseguem, agarrando qualquer moço disponível o mais rápido possível. O pulmão carregado às vezes significa uma morte precoce, e jovens noivas querem viver como casadas pelo maior tempo possível. Você já deve ter se dado conta de que a excelentíssima viúva Lei não é a única mulher tocando um lar sozinha. Isso é extremamente comum por aqui."

"O *senhor* escapou do pulmão carregado."

"Eu evito fofocas em geral, e você deveria evitar também. Mas se estiver procurando algum rapazote verde com o qual sair, temo que vá ficar decepcionada. Não temos muita oferta de garotos verdes por aqui."

"Não é isso que quero. Opa, tem alguém chegando pela escada."

Unger se levanta e se prepara para ser sociável, mas não há ninguém. Ele permite que Elfie volte ao trabalho e deixa o assunto afundar na languidez da tarde. No entanto, antes de fechar o estabelecimento, o sujeito tira algumas pérolas vegetais de uma gaveta trancada e as faz rolar no suporte para incenso feito de latão. Parecem ervilhas albinas, uma é tão grande quanto a ponta de um polegar, outras têm um brilho rosa laqueado, ou cor de marfim, ou verde-bebê. Todas sutis, pálidas e reflexivas. Aparentemente, pérolas vegetais endurecem com o tempo, mas, logo depois da colheita, são furadas com uma agulha, o que permite que sejam usadas como contas. Joias, enfeites de tecido, sabe-se lá o que mais. Unger as usa como adorno quando o cliente tem o tipo certo de carteira.

Elfie pega algumas e as analisa, só para ser educada. O apelo da beleza passa quase todo despercebido por ela. Unger toma o cuidado de pegar os itens de novo assim que ela termina de observá-las. Eles não trocam uma só palavra.

A garota começa a passar a refeição do meio do dia na loja, ficando até o fim da tarde também. Em casa, à noite, Elfie reclama do trabalho, dos polegares ensanguentados. A ama a consola; o pai e Casco a ignoraram, mas Nessa diz: "Eu queria poder trabalhar lá também. Você me leva, Elfie? Acho que posso ajudar com alguma coisa, né?"

"Tipo o quê? Cortar o fio com os dentes depois que a gente arrematar uma costura?'

"Você é terrível. Eu poderia ficar lá sentadinha, sendo bonita e conversando com os clientes enquanto eles esperam o serviço terminar. Não acho que você seja muito cativante, com esse seu jeito, e duvido que seja muito hábil nas conversas."

"Talvez não, mas consigo pegar qualquer fio que de repente caia no chão."

Elfie foi longe demais, por causa da exaustão e talvez do orgulho.

"O que eu daria para poder costurar com uma agulha e furar os dedos...", murmura Nessa.

Então Elfie não volta a reclamar, ao menos, não na frente da irmã.

38

Pense só. Elfie embarcou em duas negociações.

A primeira, é a troca dos vestidos e trajes que a mãe levou em sua fuga pelo compromisso de Unger de pesquisar a identidade de Coração Tartaruga e encontrar seus parentes sobreviventes, onze anos depois da sua morte. Isso se forem encontráveis, se estiverem vivos. O homem está levando o trabalho a sério, ou tão a sério quanto possível. De vez em quando, sai por uma hora para futricar em pousadas ou salões por aí.

"É muito trabalhoso delegar pessoas para perguntar sobre outras pessoas, depois esperar que elas respondam para fechar o círculo", explica o sujeito. "Não dá para acelerar as coisas. Presta atenção no que está fazendo aí; esse pedaço deve ser cortado na diagonal, assim vai ficar com o alinhamento todo errado. Você não para de desperdiçar tecido; assim, vai ser minha estagiária até a próxima lua do chacal."

Já a segunda negociação consiste em Elfie trabalhar como assistente de Unger para pagar pela janela quebrada, mesmo que não tenha sido sua culpa. Ela só calhou de estar ali quando algum passarinho passou carregando uma pedra no bico, que caiu e atingiu a janela. Ou então alguma criança que estava brincando por perto se transformou em um vândalo acidental e correu antes de ter sido vista. Mas Elfie parou de dizer isso para Unger. Simplesmente aceitou os termos. Não é tanto uma questão de gostar de trabalhar para ele (apesar de ela gostar), é mais sobre ter algo para fazer que não envolva sua família.

Certa manhã, enquanto Unger entrega encomendas na casa de um cliente, o rapaz que tirou sarro da tez de Elfie naquele primeiro dia volta para pagar a parcela de uma compra. Ele é franzino, como quase todos os quadlings, mas também tem uma natureza meio frágil — é algo na forma como pousa o pé no chão, quase sem causar ruído. Agora que está familiarizada com os segredos da contabilidade, Elfie aceita as moedas e o bilhete do sujeito e entrega a ele a nota fiscal; também registra o dinheiro recebido, embora não saiba como categorizar o pagamento e não tenha coragem de perguntar. Durante todo o tempo, ela (que mantém seus olhos baixos) imagina os olhos dele a perfurando, como se quisesse conferir se o couro cabeludo da menina também é verde sob todo o cabelo.

"Alguma dúvida, senhor?", questiona ela.

A esta altura, está só repetindo como um papagaio o que acha que Unger diria, embora não seja capaz de imitar os trejeitos do patrão, que consegue ser, ao mesmo tempo, lisonjeiro e sincero. Tudo que ela consegue é ser vigorosa.

"Só me pergunto de onde a senhorita veio e por quanto tempo vai ficar", responde ele, com um tom indefinido que ela não consegue decifrar, mas não gosta muito do lugar para onde a conversa está indo; independentemente de qual seja ele.

"Olha só, que coisa", responde Elfie. "Já eu me pergunto quanto tempo *o senhor* vai ficar. Tenho outras tarefas com as quais lidar." Pronto, ela fez *o rapaz* parecer uma tarefa a ser lidada.

Foi uma astúcia involuntária da parte dela, mas está grata por isso. Estende a nota fiscal e faz uma meia mesura a partir dos cotovelos, um gesto de dispensa.

Ele nem se abala.

"A senhorita claramente não é daqui."

"E o senhor não está nas lagoas de pérolas vegetais, embora pela idade, ainda devesse estar molhado atrás das orelhas. Imagino porque foi liberado da obrigação."

"Ah, imagina, é?", diz ele, zombando um pouco da garota. "Ser filho do líder do clã tem seus benefícios."

"Ser atendente de uma loja não tem benefício algum." E ela dá as costas para ele, abrindo um livro de contabilidade sobre a mesa para analisar as páginas por nenhum motivo além de mostrar que está farta do jovem.

Elfie não gosta dele, de como se comporta ou parece. Mas o sujeito está usando uma pérola vegetal em uma das orelhas, e *isso* ela aprecia, só isso. Elfie não tem habilidade alguma para resolver equações de estética, mas nota o paradoxo envolvido.

Ele acha que vai conseguir esperar Elfie para provocá-la um pouco mais, mas está enganado, e acaba se afastando. Assim que o garoto termina de descer os degraus, ela corre até o alpendre e começa a varrer com ferocidade. A colheita de folhas secas daquela manhã chove sobre o cliente em um redemoinho dourado. Ele parece não notar, e ela ri em voz alta. Não se lembra de já ter rido de alguém que não fosse da sua família. Faz com que se sinta completa e maldosa. Ambas as sensações são gratificantes.

Quando Unger volta, Elfie pensa em formas casuais de perguntar sobre o cliente, mas o proprietário tem novidades.

"Tive um golpe de sorte na casa do meu cliente da manhã, imagine só. Você não vai acreditar. Fiquei sabendo que de fato houve um Coração Tartaruga, algum parente distante de uma família da guilda de sopradores de vidro. Como preciso trocar o painel da janela, vou mandar você até lá para fazer o pedido. Depois do feriado, quando vou poder me dar ao luxo de não ter a sua presença na loja. Aí, você vai poder fazer suas perguntas. Assim, matamos dois coelhos com uma pedrada só."

"Uma pedra já quebrou a janela do senhor. Não vamos jogar mais nenhuma. Em especial, hum... não para matar coelhos."

"É só um ditado." Ele a encara, alerta.

"Vieram pagar uma conta, um rapaz meio ansioso. Já vi ele antes. Mais velho do que eu, mas só um pouco."

Ela explica que não sabe o nome do garoto, então talvez não tenha registrado o pagamento na página correta do livro contábil, mas diz que lembra que foi relativo ao pedido de um tecido listrado turquesa e vinho.

"Ah, sim, os Pari'isii", responde Unger. "Eles lideram o conselho da cidade, às vezes até demais para o próprio bem. Mas em geral são boas pessoas. Sempre esqueço o nome do mocinho. Você está caidinha por ele, é?"

"Caidinha?" Elfie não conhece o conceito. Unger tenta explicar, e ela cora em um tom diferente de verde. "Não tenho intenção de estar caidinha por ninguém, embora tenha considerado a ideia de fazer *aquele garoto* cair", responde ela. "Ele é mal-educado e saidinho."

"Ah, e você é a rainha das boas maneiras, dócil e decorativa, certo? Eu sei. Já notei disso." Ele olha para as anotações que ela fez e depois para o livro contábil. "Bom, a conta deles agora está quitada, então a menos que ainda esteja aqui quando chegar o festival de Se'enth do ano que vem, quando as pessoas precisarão redecorar seus salões e renovar as asas comemorativas do feriado, você não vai mais ver muito o garoto. Eu não me preocuparia com ele."

"Ele é que precisaria se preocupar em cruzar o meu caminho fora do trabalho. Não sou tão dócil e, hum, decorativa quanto pareço."

Unger ergue uma sobrancelha, mas depois se impede de fazer mais comentários. Vai para a sala dos fundos. Elfie não se preocupa com o que ele pode estar pensando lá dentro. Mergulhada no narcisismo da juventude, ela perdeu boa parte da capacidade de empatia vazia que caracteriza as crianças pequenas. Pensa sobre o menino Pari'isi, isso sim, até chegar a hora de ir comer na varanda. Ela se distrai com a vista dos jardins e da lagoa e, antes que se dê conta, seu patrão está passando pela cortina de contas da porta com uma expressão curiosa no rosto.

Ele espana grãos de arroz da barba penteada.

"Esta é a hora do descanso, então Ovvels está bem calma agora. Por que está gritando assim? Tem algum incêndio em algum lugar? Está tentando incomodar meus vizinhos?"

Elfie ergueu a voz até uma entonação de soprano, projetando a melodia a certa distância, mas nem se deu conta de que estava fazendo isso.

"Está miando assim para atrair aquele fedelho?", murmura Unger. "O garoto Pari'isi? É isso? Ele está à espreita por aqui, em busca da sua aprovação e atenção?"

"Você deve estar perturbado para pensar isso." Elfie soa demais como a ama, é até meio arrepiante.

Contudo, Unger não está totalmente errado. Ela estava mesmo tentando chamar a atenção, não de um moleque rico e fraco, mas sim dos Ski'ioti, que vislumbrou nos limites dos jardins flutuantes. Lollo-lollo e Neri-neri, andando de quatro e se banqueteando com iguarias. A garota se deu conta de que, se sua voz for ouvida, as pessoas virarão na direção da fonte, e não na do jardim, então ela não está colocando os Ursos-anões em perigo. E os Ursos talvez possam ouvi-la também, erguer o focinho e se lembrar de que a aceitaram como uma... qual é a palavra? Não amiga, esse é um conceito perdido. Como uma... uma... uma... pária como eles? Alguém que também vive às margens? Ela está aqui, está aqui, está aqui: é disso que tenta lembrá-los com sua canção de uma nota só.

Ela torce para que eles não deem o fora antes que ela possa fazer mais algumas perguntas. Está cheia delas, e toda noite lhe ocorre uma nova. Se realmente há vários Animais falantes por aí, todos falam a língua dos humanos? Há outros idiomas além dos humanos? E o que acontece quando Animais esbarram com animais não falantes da mesma espécie, ou de qualquer outra? Um animal não falante pode ser ensinado a falar? Onde fica a linha que separa Alma de alma, se essa for uma questão?

Elfie talvez nem saiba direito como elaborar tais pensamentos de forma a montar frases racionais. É provável que sua mente esteja só: Animais? *Animais* ou *animais*? Hein?

Os Ursos-anões com certeza a ouviram. Eles param de procurar comida e erguem a cabeça. Mas ela não ousa acenar para eles. Qualquer pessoa que tenha se virado para ela devido à harmonia que entoava tentaria ver para quem ela estava sinalizando. Elfie não quer atrair a atenção para eles.

O silêncio depois de sua sonata tem uma presença própria, um significado.

Unger ainda está encarando a garota, com a sobrancelha meio erguida, esperando. Elfie não é muito boa em mentir, um déficit pouco usual e um empecilho para alguém da sua idade. Assim, só fica ali, parada. Não dá nenhuma explicação sobre seu doce *taran-tarã*.

Mas o patrão continua olhando, continua olhando. Elfie fica nervosa.

"Você não consegue evitar, né?", diz ele, enfim. "Precisa chamar atenção."

"Eu sou uma ninguém, tenho o direito de ser uma ninguém barulhenta, se for necessário."

"Que Ozma nos acuda."

Depois que retorna para o seu arroz com folhas de manjericão, ela olha de soslaio para a lagoa. Está serena e vazia, há apenas uma brisa enrugando a superfície da água. Os astutos Ski'ioti sumiram. Um truque que ela adoraria aprender.

39

Quando Elfie chega em casa naquela noite, o pai e a ama estão esperando por ela. A idosa parece apreensiva. Já Frex parece um pouco predatório, ou faminto.

"Não basta você ser verde como um pepino primaveril, agora está se metendo com *cantorias*?", diz o pai. "Eu tinha esperanças de que você não tivesse herdado as tendências exibicionistas da sua mãe. Ah, Elfie, as más línguas..."

Ela finge que não sabe o que ele quer dizer, mas sabe. Claro que sabe.

"Não foi uma cantoria", protesta ela. "Eu estava com uma coceira na garganta. Só quis dar uma limpada nos pulmões."

"Ah, nossa pequena Fae-Fae sabe cantar, é claro", diz a ama, usando o apelido que Nessa inventou para Elfie na época em que mal falava direito. "Canta cantigas de ninar e musiquinhas para que a irmã e o irmão durmam há anos. O senhor estava com o nariz enfiado demais nos livros para notar, irmão Frexispar?" O uso do nome mais formal dele soa afiado. Um pai deveria saber esse tipo de coisa sobre a filha mais velha. Ele se encolhe.

"A Lei foi praticamente encurralada por fofoqueiros enquanto voltava do mercado", diz ele para a filha. "Elfie! Chamar a atenção para si, sendo que estamos tentando nos acomodar e nos misturar aos quadlings?"

"Não que a gente *conseguisse* passar despercebido por aqui." Ela fulmina o pai com o olhar. "Sendo o senhor um homenzarrão barbado da Munchkinlândia, e o resto de nós bizarros de uma forma ou de outra.

Enfim, achei que estávamos, *sim,* tentando atrair a atenção. Para formar uma congregação." É um argumento fraco, mas ela está no modo de defesa.

Frex não vai bater na garota, jamais faria isso. Mas sua voz sai neutra e estratégica ao mesmo tempo.

"Bom, já que quer alardear seu talento, quero ver o que você sabe fazer."

Elfie o odeia neste momento. O que ele quer dela? Quão miseráveis os pais podem ser, esses malditos babacas.

"Vai, mostra para ele aquela canção que você criou para o seu irmão, a do morro-de-amor-por-você", diz a ama, em uma voz que diz *ah, acaba logo com isso para podermos seguir a vida.*

Mais para proteger os Ski'ioti, para distrair os adultos sobre o *porquê* de ter ululado nos telhados a plenos pulmões, Elfie aproveita a brecha aberta pela ama e começa a entoar uma conhecida canção de ninar.

Cordeiro, cordeirinho
Desejado na mesa para a refeição
Jamais vou imaginar sua aflição
Só penso no seu gosto com sal e açafrão.

O pai dela a encara.

"É uma velha cantiga, não fui eu que inventei. Foi a primeira coisa em que consegui pensar", declara a garota.

"Você se lembra do hino ao Deus Inominado que a gente cantava lá em Quoyre?"

Ela diz que não, mas, quando Frex começa, a menina consegue acompanhar algumas partes. Ao menos ele não está mais gritando.

Amado e ofuscado
O senhor nos dá a doce permissão.
Para ouvir seu apelo e atendê-lo com zelo
Para passar nossa vida em missão...
(Não sei o que, não sei o que lá, ela esquece o último verso.)

O fato de ela não conseguir se lembrar das palavras enfadonhas não importa. O pai dela a encara como se ela tivesse acertado cada sílaba.

Lei está espiando pela porta aberta.

"Quem diria que nossa querida aspargo tinha essa voz de passarinho soprano." A hipocrisia da dona da pensão é de arrepiar, uma vez que a notícia da performance de Elfie chegou aqui por meio da fofoca espalhada pela própria Lei.

Ainda assim, ao menos a admiração da mulher é genuína.

"Não, apenas não", diz a ama para Frex. " Depois de todo esse tempo..." E agita o dedo na direção dele. Isso poderia render uma demissão, e como ela voltaria sozinha para algum lugar civilizado? Mas a mulher não consegue se conter. "Não me diga que o senhor nunca percebeu que sua filha mais velha sabe *cantar no tom*?"

"Ela cantava em Qhoyre, eu me lembro disso", protesta Frex, um pouco febril. "Só que não era uma cantoria das melhores. Era mais uma curiosidade, uma vez que poucas pessoas em Qhoyre cantam em reuniões espirituais. E não para o público." O pai a fita com apreensão, invocando alguma coisa por trás dos seus olhos sagrados.

40

Enquanto jantam um prato de arroz integral servido sobre uma camada de arroz verde e acompanhado de vinho de arroz, a ama tenta desviar o assunto do comportamento barulhento de Elfie.

"Nessa, você está fazendo um ótimo trabalho em ficar mais forte", diz ela, servindo uma colherada de arroz na boca da menina. "Logo vai estar dançando sozinha, e ninguém vai precisar ser seu apoio por aí."

"Eu nunca vou ter ninguém", diz Nessa. "Então é dançar sozinha ou não dançar." Alguns grãos de arroz escorregam para o seu queixo, mas a ama o limpa.

"Seu equilíbrio está melhorando muito", continua a senhora, em um tom jovial. "Nunca entendi como, naquele dia em que foram nas plantações de arroz, você tropeçou e caiu. Claro que vocês nem deviam estar ali, né, seus arteiros."

"A Elfie estava logo atrás de mim", diz Nessa, em um curioso tom neutro.

"Você estava tomando todo o cuidado necessário, Elfie, tenho certeza", comenta a ama.

É gritante como está tentando evitar que a conversa volte aos hinos religiosos, mas enfim.

"Eu fiz o meu melhor", responde Elfie.

"Ah, ninguém está sugerindo o contrário. Você jamais tentaria afogar sua irmã. Nessa, você não está lançando calúnias perversas sobre sua irmã, está?"

"Eu estava na frente dela", afirma Nessa. "Não vi o que aconteceu. Eu escorreguei, a passarela chacoalhou. É claro que não estou acusando a Elfie de nada." Mas o tom é seco, sequíssimo.

Frex ergue os olhos da comida. Lei Leila'ani parou com a colher pairando em pleno ar. Elfie não consegue falar, nem para se defender nem para confessar que nem ela mesma compreende o que aconteceu naquele maldito momento nos jardins da lagoa. Quanto mais longo o silêncio, mais pesadas ficam as coisas não ditas.

É Casco quem não aguenta mais, o pequeno Casco.

"Não foi a Elfie", diz ele. "Você sabe que não foi, Nessa."

"Claro. Como teria sido a Elfie? Ela é minha irmã", responde Nessa.

"Foram aqueles Ursos-anões. Eles vieram correndo para farejar a gente e chacoalharam a passarela. Não foi culpa da Elfie."

"Casco, esse seu cérebro de ervilha não está funcionando", dispara Elfie.

"Está, sim", responde Casco, calmo. "Eu estava lá. Eu vi. Eles vieram e derrubaram a Nessa na água. Como se fosse uma brincadeira ou algo assim. Depois viram que ela estava afundando, ficaram com medo e tentaram resgatar ela da água. Mas fui eu que fiz quase tudo para salvar a Nessa. A Elfie não ajudou em nada."

"Vou repetir o arroz", diz a ama. "Que delícia, nham!"

"Canta para a gente", propõe Lei. "Uma canção de gratidão por estarmos todos aqui, e por ninguém ter se afogado." Ela olha ao redor da mesa, tomada por uma complacência emergencial.

41

Ovvels tem espaços abertos em abundância, mas Lei diz a seus inquilinos que o conselho da cidade proíbe a cooptação de qualquer área comum para ganho financeiro pessoal que não seja a venda ambulante licenciada de produtos comestíveis ou itens artesanais. E os poucos locais municipais formais são restritos a treinamentos militares, como desfiles e coisas do gênero.

Frex argumenta que reuniões religiosas não são uma atividade comercial, mas a excelentíssima viúva ergue a mão. Está com a palma toda marcada por desenhos de hena, pelo que Elfie vê, e o padrão forma uma mão um pouco menor, espalmada. Para todos os efeitos, Lei está erguendo uma muralha dupla de resistência ao argumento.

“Não sou eu a responsável por abrir exceções”, diz a dona da pensão. “Para isso, o senhor vai precisar conversar com o chefe do conselho.”

Pessoa esta que, por acaso, é o pai ou o tio do jovem Pari’isi que zombou da tez peculiar de Elfie. Não, obrigada, é a opinião dela sobre o assunto. Vamos voltar para os charcos e comer insetos de novo.

Mas o feriado se aproxima, o festival chamado Se’enth. A alternativa local ao Lurlinal. Os garotos de Ovvels vêm dos campos de pérolas vegetais em grupos ruidosos, para passar o festival em casa. A cidade — o lugar se considera uma cidade, então por que não — está se enchendo de urgência. É mais aguardente de arroz sendo consumida, e durante o dia, ainda por cima. A mudança é bem-vinda, um incremento na jovialidade.

Frex depende de Lei para saber o que está acontecendo. Ah, e ela adora trazer informações, embora não esteja muito alinhada às estratégias de Frex. Menciona que, como um dos pavilhões usados para a educação das garotas de Ovvels fica vazio durante o feriado, os locais devem se esgueirar até as quadras do local para montar um evento matutino improvisado em comemoração ao festival. Uma espécie de piquenique para Se'enth, no dia anterior às cerimônias. Frex monta um plano. No dia da grande festa, diz que Elfie não vai trabalhar na loja de tecidos.

"É o último dia de vendas da temporada. Ele precisa de mim", protesta a menina, mas Frex nem se abala.

"Ele está te usando. Conseguia se virar muito bem antes da sua aparição, e está tirando vantagem de você. Só espero que não seja muita. Não, você vem comigo. Preciso da sua ajuda hoje."

"Para fazer o quê?"

"Tudo a seu tempo. Primeiro, você precisa encontrar algo menos horrível para vestir."

"Onde?"

"Dá uma olhada naquele baú com as coisas velhas da sua mãe."

"A gente já trocou várias peças com o Unger."

"Se ainda tiver algo nele, experimenta. Nada que mostre muito o seu colo, hein? Você não tem os dotes necessários para esse tipo de coisa."

"Eu tenho *13 anos*." O tom de Elfie nem contradiz nem concorda com o comentário do pai.

Ela e a ama mexem nos poucos itens que ainda não foram entregues para Unger. Há uma saia de um tom de vermelho pálido com uma estampa de penas bordadas em preto. Se enrolar o tecido na cintura, não arrasta tanto no chão; mas deixa Elfie com uma maçaroca estranha de pano no meio do corpo. Ela esconde o volume com um xale de franjas decorado com rosas cor-de-rosa pintadas sobre um fundo igualmente rosado.

"Estou parecendo uma atração carnavalesca", reclama ela para a ama, que está ocupada ajustando o traje.

"Você puxou à sua mãe", diz a mulher, sombria, com a boca franzida ao redor de vários alfinetes.

"Também quero ir para onde você está indo", fala Nessa. "Tem alguma coisa naquele baú para mim?"

"Nada ali combina com você, que já é bonita demais para ter que se embonecar", afirma a ama. "E de toda forma, fui informada que vamos ficar, Casco, você e eu. Vão contar tudo para a gente quando voltarem."

"Rápido", urge Frex. "Vamos antes que a Lei volte e insista em ser nossa acompanhante."

"Podemos ao menos passar lá no Unger para dizer que não vou poder trabalhar hoje? Senão ele vai ficar bravo. Vai ter um monte de cliente pedindo encomendas de última hora!"

"Já pedi para a ama ir até lá pedir desculpas por você. Será que *agora* a gente pode ir?"

E assim eles saem, percorrendo uma série de passarelas suspensas que conectam as árvores umas às outras. Cabeças surgem espiando conforme eles passam. Elfie chama a atenção, supõe ela, mesmo sem considerar a infâmia da cor de sua pele. "Eu me sinto uma árvore ambulante", reclama ela. "Com esse tanto de pano. É tudo tão rígido e artificial. Como nossa mãe aguentava essas roupas?"

"Ela passava muito tempo sem elas", fala Frex, curto e grosso, depois esclarece. "Digo, eram poucas as situações na vida dos missionários que exigiam esses trajes formais."

Um pouco além do pavilhão de estudantes, alguns musicistas estão se divertindo com estranhos instrumentos de corda em forma de bestas. O som é ampliado pela percussão de tambores, sinos e flautas de juncos. O bom povo de Ovvels está chegando com garrafões, buquês e cestos de comida para a refeição do meio do dia. Há um tom de diversão bruta no ar. Pequenos círculos de dançarinos começam a girar. Nada é orquestrado, tudo é improvisado.

Frex analisa a situação e diz a Elfie que eles vão ficar nos degraus que dão a volta no alpendre do pavilhão. Bem no canto. Naquele ponto, não vão estar diretamente de frente para o agrupamento principal de pessoas, e sim meio de soslaio. Além das tábuas da varanda, uma campina relvada se estende, ampla o bastante para conter uma multidão. Frex diz para Elfie: "Você vai cantar quando eu mandar".

"O senhor só pode estar maluco." Ela dá um sorriso de puro pânico. "Não é possível."

"Obedece, não temos mais a que recorrer. Se não começarmos a fazer algum dinheiro, vamos precisar nos entregar à mercê do povo, vivendo da caridade dele. O Deus Inominado não espera nada menos do que o nosso melhor. Você vai começar com o louvor que costumávamos cantar nas canoas. 'Nos enterneça, ternura'. Sei que você sabe esse."

"Mas é em ozês. Aqui as pessoas falam qua'ati."

"Confia em mim e faz o que estou mandando ou vai se arrepender, minha querida."

Quando, de um ponto além do canto onde estão, a música na campina se interrompe por um momento e um burburinho alto assume seu lugar, Frex assente. E Elfie obedece.

"Mais alto", pede ele. "Você está chamando as pessoas." Ela agita um dos braços para a área vazia da campina diante do alpendre, o desafiando a notar que não tem ninguém ali. "*Mais alto*."

Depois, à medida que o cântico entra na estrofe que leva ao segundo refrão, que por sua vez se desenrola em uma plataforma mais aguda de melodia, sua voz começa a se espalhar. Ela encontrou a altitude correta, e a voz passa a deslizar da garganta da garota com mais naturalidade. O vestido rígido da mãe mantém Elfie imóvel e impede que ela fuja quando alguns poucos residentes de Ovvels dão a volta no pavilhão para ver que criatura humana está emitindo aqueles doces trovões pela boca.

Quando ela termina, Frex invoca a divindade; contudo, sem mencionar que divindade específica tem em mente. Sem hesitar, agita a mão para que Elfie comece outra canção. A primeira coisa que lhe vem à mente, ou à garganta, é uma boba catalogação de animais que a ama, por anos, costumava cantar para as crianças. Primeiro para Elfie e Nessa, e depois, muito mais tarde, para Casco.

Não importa que a letra não seja devocional. As sílabas soam agradavelmente ilógicas no ar. A melodia tem uma jovialidade fora do ritmo. Mais pessoas se aproximam. É quando Frex vê que o público está onde ele queria que estivesse. Começa, enfim, a fincar uma bandeira em Ovvels, usando Elfie como isca espiritual, como recompensa. O fato de que isso acontece no festival de Se'enth é não apenas adequado, como também quase profético.

42

Uma semana depois, Frex estabelece formalmente sua missão entre os cidadãos de Ovvels. Talvez tenham ficado lisonjeados pela atenção, ou talvez estejam apenas sendo educados. Em todo caso, ele é esperto o bastante para ver pelo que anseiam e lhes entregar isso. Frex se define como um embaixador da mudança.

Ele lista os desafios em voz alta. É claro que esses quadlings astutos conseguem ver que o mundo está virando de ponta-cabeça, não? As pessoas em Ovvels são incapazes de negar que seu estilo de vida está em risco. Os modos antigos são ameaçados; os ancestrais reverenciados, silenciados de tanto pânico.

Primeiro, o milagre do coríndon no calcário: o *Perigo Rubi*! Muitas plantações de pérolas vegetais estão sendo desativadas por conta dos depósitos de coríndon enterrados na terra sob os charcos.

Além disso, a Cidade de Esmeraldas está, cada vez mais, governando a província com mãos de ferro. Há aquela maldita estrada. É um cordão de tijolos amarelos, construído para sufocar os bons costumes antigos, alega Frex. Os senhores de fora financiam sua incursão pela Nação Quadling ao alagar os mercados locais com rubis extraídos às custas do antigo estilo de vida dos quadlings.

Não, ele não é um dos militares do governo do Mágico; faz parte da oposição, de alguma forma, assim como os quadlings. Está aqui para ensinar essa gente uma abordagem nova às forças que vêm de além dos charcos para oprimi-los. A própria divindade dele se esconde atrás do véu de um nome impossível — Deus Inominado —, enquanto os espíritos locais do quadlings, se é que são chamados de espíritos, parecem evanescentes. Infelizmente, pouco efetivos. Os antepassados que se foram antes de nós parecem ter sumido na bruma. O Impulso e o Inesperado, como aqueles encarregados ancestrais eram chamados, capazes de mudar de forma, de nome e de definição. Tão duvidosamente mortos quanto vivos. Onde estão agora que precisamos deles?

Em resumo, Ovvels é uma comunidade pronta para a conversão. A necessidade de acreditar em algo inabalável é premente.

O irmão Frexispar é diferente dos quadlings. Isso contribui para a atração, murmura Lei, visto que seus concidadãos deixaram de lado a delicadeza e reticência que lhe são naturais para ir de fato lá e dar uma olhada no homem. Ele é alto e claro, em contraste com a tez de couro mais corada dos locais. Eles usam toucas tricotadas de topo baixo e abas largas, enquanto Frex anda com a cabeça descoberta, ou então com uma boina volumosa enfeitada com uma borla, similar ao badalo de um sino. E há a barba, que parece um acessório profético para os majoritariamente desbarbados quadlings. Ela é longa e fofa quando comparada aos bigodes bem-cuidados dos engenheiros civis da Cidade de Esmeraldas. O fato de ser um tanto fétida talvez incremente sua efetividade; contudo, quando Lei menciona a questão, seu inquilino dá uma formidável franzida de testa. Na hora, vai buscar um pouco de sabão e uma pomada.

Frex aperfeiçoou a fluência do qua'ati ao longo dos anos, desde que deixou a Munchkinlândia com sua esposa e filha mais velha. Também aprendeu a engajar melhor a clientela. Sua retórica às vezes é persuasiva, outras vezes, lírica; e certamente é menos acusatória do que costumava ser. Apesar das suas preocupações, os quadlings de Ovvels são bem complacentes. Respondem à aprovação com mais certeza do que à condenação.

E, é claro, tem a Elfie. Ela nunca vai compreender quão significativa é para o sucesso do pai, mas não há dúvidas desse fato: ela é o instrumento dele. Sua voz pertence a Frex. Certa manhã, quando ela consegue entoar um cântico em um qua'ati traduzido com cuidado, a congregação fica de cara feia. Os presentes preferem que Elfie seja uma voz de conexão mística ao desconhecido; assim, ao usar a língua dos locais, a magia se perde um pouco. Então, ela volta depressa ao ozês-padrão, com um simples comando de Frex.

43

No quarto dia, o pai diz que ela deve ir à loja de Unger avisar que não pode mais trabalhar lá. Sua presença é necessária no local de encontro da congregação, que os administradores do pavilhão para meninas permitiram que Frex continue usando. Isso dá à instituição uma leve vantagem em relação à competição, atribui a ela um certo glamour. Elfie não gosta muito de estar acorrentada a devoções, mas o que pode fazer quanto a isso? Os Thropp precisam comer e, em algum momento, pagar para Lei parte dos aluguéis que já estão atrasados.

No fim da tarde, Elfie vai até o empório de Unger e sobe as escadas usando sua ridícula saia pesada. Dá uma olhada para ver se há algum Urso-anão à vista, mas eles não lhe disseram que quase nunca se aproximam dos jardins flutuantes, exceto quando o sol está a pino? Ela apruma os ombros e abaixa a cabeça para atravessar a cortina de botões presa na passagem para evitar a entrada de moscas.

"Sei que o senhor está aqui, ou a porta estaria fechada."

Unger vem da saleta dos fundos.

"Que monstruosidade", comenta ele, olhando para a roupa de Elfie. "Quer dizer então que, depois de passar o feriado em uma folga não autorizada, você voltou se arrastando. Ou devo dizer 'sibilando'?"

"Meu pai diz que precisamos cancelar o acordo. Já devemos ter pagado nossa dívida a esta altura, depois de entregar três ou quatro dos vestidos da nossa mãe e todo meu tempo gasto medindo e, hum... cortando, varrendo e fazendo todas aquelas asas."

Unger assente.

"Eu sabia que era bom demais para ser verdade. Tem tantas coisas que ainda posso ensinar a você. Acho que sim, fizemos muitas asas para o feriado com os vestidos de estampas diferenciadas. Todo mundo ficou doidinho. Acabou com a concorrência. Então, obrigado. E concordo: em relação ao custo das minhas pesquisas sobre Coração Tartaruga, vocês não me devem mais nada. Espero que as informações sejam úteis."

"Onde estão os familiares dele, então? O senhor vai nos contar?"

"Deixa eu terminar. Em relação aos custos da substituição da janela quebrada, suas horas passadas aqui devem cobrir quase todo o total. Ainda não fiz os cálculos. Mesmo...", ele ergue a mão para interrompê-la, "mesmo que você insista que não posso provar que um dos seus foi responsável. Não posso provar que foi nem que não foi. Estamos quites, ou perto o bastante disso para não fazer diferença. Então considere qualquer diferença que possa existir como um presente meu para você. Mas, minha querida, você fica lamentável nesse traje empelotado. Dá uma viradinha. Horrendo. Olha esse rolo de tecido na sua cintura. Deselegante. Deplorável. Não combina com você. Não a favorece nem um pouco".

"Ainda bem. É um vestido de... de uma mulher sedutora, acredito." Elfie faz uma careta; o que pode fazer?

"Tira isso. Para agradecê-la pela ajuda na revitalização da minha clientela ao longo das últimas semanas, vou dar um trato em você. Você era um belo chamariz, sabia? Todos queriam vir aqui para dar uma olhada em você, antes da sua decisão de se exibir por aí como uma... Que termo você usa? Uma convocadora? Uma santa? Uma provocação divina?"

"Por favor!", exclama ela, sabendo de alguma forma que deve parecer ofendida em nome do pai, embora ela não dê a mínima para o que Unger possa estar implicando.

"Eu falei para tirar isso. Vou cortar esse pano de carpete em faixas e depois trançar em uma saia de musselina muito mais leve. Vai ficar com metade do peso, ou menos, e ajustada ao seu quadril, não ao da sua pobre mãe. Tira isso, eu insisto, e me dá aqui. Não vou demorar muito. Se não conseguir terminar ainda esta tarde, você pode vir buscar amanhã."

"Mas eu não estou com roupas de baixo decentes!"

"Ah, me poupe, achei que você fosse menos boba. Sempre pareceu uma criatura mais livre do que seu pai conservador. Mas tudo bem, acho que as pessoas iriam comentar mesmo. Espera." Ele desaparece, depois volta com um vestido simples de linho branco alvejado, leve como uma gaze, grosso o bastante para ser quase modesto. "Você já viu isso. Uso para clientes que vêm precisando de reparos de emergência em túnicas cerimoniais que não tiram dos baús desde o último funeral. Vai se trocar ali atrás do biombo e me dá essa armadura que você chama de traje devocional."

Ela faz como ordenado e sai com os pés verdes descalços para entregar nos braços de Unger o volumoso vestido plissado da mãe. Ele o aceita como um pai recebendo o cadáver do filho caído em batalha. Mas, quando os olhos dele recaem em Elfie, ele cora.

"Olha só", diz, simplesmente. "O branco cai bem em você. Acho que você nunca teve motivos para descobrir isso."

Ela mostra a língua para ele.

"Não estou interessada em ser atraente."

"Você deixou isso claríssimo. Ainda assim, em uma rara eventualidade, você não pode evitar. Ah, minha Elfie, o que vamos fazer com você?"

Essas são todas as palavras que eles trocam sobre o assunto. Unger retorna à sala dos fundos e ela escuta o som de tesouras amputando o vestido da sua mãe.

"Já que está aqui, pode amarrar os adornos de asas remanescentes nos cordões acima do guarda-corpo do alpendre, por favor?", pede ele. "A temporada acabou, mas talvez ainda dê para vender algumas coisas com um desconto maior. Ano que vem, vamos precisar de modelos novos. A moda é efêmera, como podemos demonstrar com este doloroso vestido da Munchkinlândia. Em que *raios* eles estavam pensando? Por acaso sua mãe era maluca?"

Elfie pendura quase vinte pares de asas, e ainda tem mais uma dezena para atar quando tem a chance de olhar para baixo. O garoto Pari'isi está na base da escada que leva ao empório, parado com um sorriso paternal no rosto e um cigarro entre os dedos.

"O Unger está ocupado", diz Elfie. "Ele arranjou uma encomenda de última hora. Melhor o senhor ir embora."

“Ah, não quero falar com ele”, diz o rapaz. “Estava passando e vi sua silhueta, e agora estou me perguntando se a senhorita vai cantar sobre as glórias do excesso de estoque de Unger. Estão a chamando de Cotovia de Ovvels. Acho que Abutre de Ovvels seria mais adequado, mas abutres não cantam.”

Elfie está com um traje decente, mas sua túnica é leve e tremula ao redor dela em rajadas brancas. Seus braços, canelas e pés verdes a fazem se sentir nua e exposta em comparação a quando usa seu manto encapuzado, essencial para o caso de uma chuva súbita.

“Espero que você se estrangule com uma gargantilha de pérolas”, dispara ela.

O garoto ri, pega algo em sua bolsa de ombro e começa a atirar pequenos objetos, um a um, na direção dela. Elfie precisa abaixar para se desviar dos projéteis. Pérolas vegetais, esses itens preciosos, e ele está atirando para que Elfie corra atrás delas! Que idiota, pensa a garota, não vou jogar nenhuma de volta. Ele que venha até aqui para buscar, se quiser. Caso contrário, vou ficar com elas.

Mas Elfie tem a noção de que Pari’isi a está provocando por um motivo; ele gosta da forma como ela se move em seu vestido branco e solto, se curvando e saltitando, com o cabelo escuro girando. A garota não sabe muito bem como se sente quanto a isso.

“Para ou vou chamar o Unger Bi’ix”, ameaça ela.

“Estou feliz de encontrá-la aqui, não tenho autorização para frequentar aquelas reuniões de avivamento propostas pelo seu pai. Pode cantar para mim, pelo menos? Todos dizem que a senhorita é estranhamente envolvente.”

“Eu sou só estranha. Envolvente é o meu pai.” Ela está quase terminando as costuras, trabalhando com pressa e sem muito esmero. “O que o senhor quer? Tenho mais o que fazer.”

“Vem aqui que sussurro no seu ouvido o que eu quero.”

Com movimentos teatrais, ela recolhe as pérolas. Atira uma de volta com precisão, e atinge o garoto na cabeça, só para mostrar que ela é capaz. Depois, leva o resto para dentro da loja. Deposita os pequenos objetos sobre a mesa de costura.

“Aqui”, diz para Unger. “Isso deve cobrir qualquer que seja o valor que ainda devo pela janela. Não quero aceitar presentes do senhor, mas agradeço muito.”

Ele ergue o rosto, olhando para a jovem com uma expressão sagaz. "Como conseguiu isso, se me permite perguntar?"

"Foram uma espécie de doação", diz ela. "Não quero usar joias. E não uso belos vestidos brancos. Vou esperar atrás do biombo até o senhor acabar."

"Talvez eu não consiga terminar antes do pôr do sol, caso outros clientes cheguem para interromper o serviço."

"O movimento está baixo, o senhor mesmo disse. E vou fechar a porta. Se alguém bater, posso dizer que está ocupado."

"Não seria muito bom para a minha reputação ser pego 'ocupado' com uma jovem dama enquanto as portas estão fechadas."

"Então é melhor o senhor trabalhar rápido."

E ele o faz. Seu ofício é de comerciante e não de fabricante, mas desenvolveu suas habilidades após décadas de reparos emergenciais. A composição que faz é simples. Um vestido de musselina cinza-chumbo de gola alta e mangas bufantes arregaçadas logo abaixo do cotovelo; o tecido cai com leveza, do ombro à panturrilha. Sem o rolo de tecido acumulado ao redor da cintura, o modelo é simples e não chama a atenção para as emergentes curvas femininas de Elfie, ou para a falta delas. Do quadril para baixo, há apenas um sutil alargamento feito com cinco ou seis segmentos do tecido do vestido acobreado da mãe, que parecem dardos subindo da barra à cintura. Nada de plissados, nada de babados. Pela primeira vez, Elfie reconhece que, embora os vestidos da mãe *significassem* algo — flores, pássaros e padrões de folhas, eles eram como um catálogo de algo além do material do saiote —, a moda dos quadlings não favorece representações. Os pedaços cortados dos vestidos de Melena agora estão quase ilegíveis. Só cor e forma, nada de flores.

"Eu gosto mais assim", diz ela, aproximando o rosto da peça.

"Não é tão atraente quanto o branco simples, mas..."

"Vai servir muito bem", diz ela, com firmeza. "Bom, agora estamos quites, então? Este é um adeus?"

"Ainda não", responde ele. "Você e seu pai ainda precisam cuidar da substituição da janela. Vou pagar pelo reparo, agora que você quitou a dívida da família, mas vocês vão precisar cuidar do pedido em si. Quadlings são bons em soprar vidro, embora uma peça desse tamanho exija muita perícia. Vou usar um pedaço de pano para demarcar as dimensões, e vou lhe contar onde encontrar o profissional. Tenho quase certeza de que ele vai poder relatar o que sabe sobre Coração Tartaruga. Ambos os contratos cumpridos numa tarde só. Assim que fizer isso, nosso acordo vai estar finalizado."

"O senhor não vem comigo?"

"Não seria adequado. Você vai precisar ir com seu pai ou outro acompanhante. Talvez aquela ama. E... Elfie?"

Esta é uma das únicas vezes que ele usa o nome dela.

"Pois não... Unger?" A mesma coisa no caso dela.

"Não sei para onde a sua vida vai a partir de agora. Talvez acabe se instalando aqui em Ovvels, mas espero que não."

"Obrigada. Desejo o mesmo para o senhor." Ela sorri para ele. "Mas por que não?"

"Ovvels não tem nada a oferecer para você. É uma menina esperta. Precisa melhorar sua leitura. Sua mente é curiosa e tem uma atenção afiada. Precisa de algo que ainda não lhe deram. Educação."

"Rá!", exclama ela. "Nem ferrando que vou ter isso."

"É sério", diz ele. "Você é como uma pérola vegetal. Colhida da lama, só esperando o brilho e o polimento. Escuta, tem alguns lugares em Oz que lhe dariam mais do que seu pai pode oferecer, ou do que eu posso oferecer. Mas, para estar pronta, você precisa de mais matemática, mais ciência. Alguns jovens vão para uma escola preparatória, mas acho que você... você consegue pegar esse tipo de coisa em um piscar de olhos."

"Em um piscar de olhos."

"Significa 'muito rápido'. Agora, não quero criar expectativas, mas você tem estirpe, se é que esse tipo de coisa conta. É uma garota muito inteligente. Não desperdice isso."

"Quando eu tiver idade o suficiente, vou viver com os Ursos-anões", diz ela.

"Nossos baderneiros locais, você diz? Se sim, sem chance. Eles foram afugentados alguns dias atrás."

Elfie sente o corpo se tensionar.

"Eu vou descobrir onde estão."

"Não vai", responde ele, sem hesitar. "Eles não vão voltar, Elfie."

"Mas... mas por quê?"

Unger hesita.

"Ah, não tenho como dizer. Eu lá sei o que se passa pela cabeça de um Urso-anão? Eles foram avistados se aproximando da cidade, sabe-se lá o porquê. Os bichos infernizam a agricultura local, imagino que você já saiba. Comem tudo e não têm respeito algum pela propriedade privada. A Lei Leila'ani anda espalhando alguns boatos de que os Ski'ioti ameaçaram sua pobre irmã e tentaram afogá-la."

Unger vê o olhar de choque no rosto da assistente. Depois, ameniza o tom.

"Ou talvez as criaturas tenham ouvido histórias de que você estava cantando para a multidão e tentaram vir ouvir. E chegaram perto demais. Não me leve a sério, Elfie. Posso estar falando bobagem. Mas o que sei é que eles foram removidos dos arredores, de forma decisiva e permanente. No lugar para onde foram, ninguém de Ovvels pode mais ameaçá-los."

Ela teme que ele saiba exatamente do que está falando. Neri-neri. Lollo-lollo.

"Pode preparar o molde do vidro da janela", diz ela, seca. "Pede para alguém entregar o pano lá na pensão da Lei junto com as instruções de como encontrar seu colega soprador de vidro. Vou fazer isso pelo senhor, e só."

"Bom, não se esqueça de que o clã de sopradores de vidro talvez conheça as origens do seu Coração Tartaruga. Chelo'ona, esse é o nome original dele, certo? Seu pai mencionou que o profeta errante era soprador de vidro. Não fiquei esse tempo todo sem fazer nada. Mantive a minha parte do acordo. Essa talvez seja a pista pela qual você está procurando."

Sim. Naquele baú, embaixo do último dos vestidos da mãe, há uma espécie de espelho, que a ama disse que foi soprado por Coração Tartaruga e dado de presente a Melena.

Já vestida com a túnica ajustada, Elfie praticamente joga o traje branco em Unger.

"Vou dizer adeus por enquanto. Talvez nossos caminhos se encontrem nas árvores ou em solo. Mas não quero morar em Ovvels se as pessoas aqui estão dispostas a machucar aqueles Ursos-anões. Quero um lugar melhor do que esse."

"Boa sorte na procura por um lugar assim", diz ele, ferido pela brusquidão da menina. "Se encontrar, não deixe de me avisar. Ou talvez você precise criar um centro de preservação para proteger os caçados. Elfie, você parece meio travada. Lembre-se do que falei. Educação, srta. Elfaba Thropp. Vai se educar, e usa também um pouco do que tem aí dentro desse seu espírito vital."

"Eu nunca gostei do senhor", diz ela.

"O sentimento foi mútuo. Desde o momento em que a vi."

Eles enlaçam os braços, a bochecha verde dela tocando o ombro dele, a respiração do sujeito soprando de leve o cabelo no topo da sua cabeça.

Passim

O processo de costurar asas de pano a velhas bonecas surradas, feitas de espigas de milho secas, indistintas ou humanoides, é um gesto anual de reverência aos ancestrais.

Nenhum dos Thropp — incluindo Elfie, que fez tantas delas — assume a prática para si. Até mesmo alguns quadlings se esqueceram de onde a tradição vem, embora ainda mantenham o costume.

A premissa é que nossos ancestrais que nos trouxeram até aqui, e aqui nos deixaram, podem permanecer conosco durante a nossa vida se revitalizarmos sua habilidade de viajar conosco. Caso contrário, vão ficar para trás. Talvez nem reconheçam a nós, seus descendentes. Oferecemos a eles um suprimento regular de novas asas para que possam nos acompanhar enquanto *nós* voamos adiante. A periódica mudança de estilo simboliza o nosso próprio crescimento. Precisamos da bênção deles, e eles precisam da nossa ocasional atenção. Ou a influência deles decai como folhas em compostagem.

É nosso trabalho, até o último momento das nossas vidas, quando alguém *nos* lançará na memória. Renovar o fato desgastado da nossa existência com uma significância recém-sentida

Asas de brinquedo são apenas brinquedos, mas os ancestrais são reais e estão acima do tempo.

O Filhote

PARTE 4

Elfie

44

P Frex não sabe se gosta da roupa incrementada de Elfie. Muito menos volumosa, a menina só falta sair girando e saltitando.

"Qual é o problema? É praticamente a primeira coisa que ela usa que fica ajustada em seu próprio corpo", dispara a ama. "Beira o atrevido."

"É exatamente disso que não gosto." Frex se vira para a filha. "Quase que ele prende você até a hora da missa. Chegou bem em cima. Sempre tive minhas dúvidas sobre aquele homem."

"Ah, sério, pai? Teve mesmo? E ainda assim permitiu que eu trabalhasse para ele para *sustentar a família*." Uau, como ela pode ser gélida. Essa é uma nova conquista! Direta e reta.

"Não seja sarcástica. Eu perguntei por aí, conferi se o Unger era confiável, para garantir que você estaria em segurança. E foi o que aconteceu, não foi?"

Ela odeia ter que concordar, mas não pode mentir. Então, assente.

"Ótimo. Se bem que agora, vendo ele embonecar você desse jeito, fico sem saber se minhas apreensões não eram justificadas. Enfim, contanto que nada de mal tenha acontecido. Tirei você daquele antro de glamour bem na hora certa, mas não importa. Vamos seguir adiante, vamos nos tornar pessoas melhores através da devoção. Como as pessoas que têm a cabeça no lugar fazem."

Vestindo o traje reformado para o seu trabalho como recepcionista e regente da missão, Elfie se vê um pouco menos sob o domínio do pai.

Mesmo fazendo o que ele manda. Ele não sabe muito bem se gosta do vestido, então ela o adora. Pratica girar sobre um dos calcanhares, fazendo o tecido rodopiar e tremular.

"É a vestimenta de quem vai, veste e inventa", murmura a ama, com um tom que mistura aprovação, inveja e ceticismo.

Certo dia, Lei volta de uma de suas incursões diárias à rua trazendo sob o braço um pacote de tecido rusticamente cortado. Quem lhe deu foi Unger, e pediu que o entregasse a Frex. Passa pela sua cabeça a possibilidade de o presbítero ter encomendado o pano para fazer uma roupa, esperando solenizar Elfie com algo um pouco menos chamativo.

"Posso cortar os moldes e costurar algo de modelo mais adequado. É isso que as mães fazem", promete Lei.

Mas, ao analisar o tecido, Elfie explica por que Unger o enviou para os Thropp.

"A gente ainda precisa encomendar o vidro que foi misteriosamente quebrado no dia em que conheci o Unger. Era parte do acordo associado à minha vaga. Ainda falta fazer isso."

Quando Frex chega em casa, insiste que Elfie não tem mais relação alguma com Unger e seu negócio.

"A gente prometeu", insiste a menina. Ela lembra o pai de que, no processo, eles talvez consigam enfim localizar a tribo de Coração Tartaruga. Ele também era, a princípio, um soprador de vidro. "É um acordo simples. A gente vê o que consegue descobrir e, ao mesmo tempo, cumprimos com a nossa palavra, pai. Mesmo que ninguém tenha assumido a culpa pela janela quebrada."

"Vidro às vezes se parte sozinho", insiste o presbítero.

"Assim como corações", acrescenta Lei. É um comentário tão deslocado que ninguém a responde.

A mulher lê em voz alta as instruções de Unger sobre como encontrar a fundição do soprador de vidro. Um lugar chamado Samani, a uma manhã de caminhada na direção norte, além das colinas preguiçosas onde Elfie teve seu encontro com os Ursos-anões.

"Certo", diz a menina. "Eu vou e volto no mesmo dia." Talvez Elfie ainda veja os Ski'ioti e se atualize sobre o que aconteceu com eles. Talvez estejam bem, talvez não.

"Proíbo a simples ideia de você fazer algo assim. Eu vou." Mas o pai precisa resolver uma questão com os anciãos da cidade sobre poder ou não fazer reuniões em áreas públicas. Frex precisa levantar argumentos para defender a sua causa e conseguir a permissão. Pode levar dias de reuniões com diferentes comitês e oficiais de justiça.

Mesmo assim, ele não vai permitir que Elfie vague até Samani sozinha. Isso está fora de cogitação.

Não tem como a ama ser sua acompanhante. Não pode deixar Casco solto em Ovvels. O menino rabugento está se esbaldando nessa idade em que as crianças são ingovernáveis.

Isso sem falar em Nessa. É melhor nunca falar em Nessa.

Elfie tem vontade de dar no pé. De repente. Não sabe muito bem o porquê. Procurar por Coração Tartaruga é a última das suas preocupações; afinal, essa é a obsessão do seu pai. Ela está começando a sentir uma comichão. O mundo de Ovvels agora parece mirrado. Paroquial. Ela tolera a ideia de cantar na missão, mas se sente uma fraude. Não tem uma devoção real. Sente saudades da loja do Unger, mas não vai voltar. E ainda tem esperanças de descobrir o que aconteceu com Neri-neri e Lollo-lollo. Se puder.

Então Elfie cria estratégias. Não dá nenhum minuto de paz ao pai. Diz que está com dor de cabeça. Não está bem, sente-se incapaz de cantar em público. Quem sabe mudar de cenário ajude? Fazer um pouco de exercício? Será que conseguiriam pensar em um plano?

"Dor de cabeça?" A ama coça o queixo. "Como o tempo voa! Vou preparar os paninhos."

Como Frex jamais permitiria que qualquer outro homem escoltasse a filha para fora da cidade, a questão permanece um impasse até que, por mais improvável que pareça, a dona da pensão se oferece. Lei Leila'ani vindo para salvar a nação.

"Eu conheço Samani", arrisca. "Um primo meu morou lá uma época. Posso levar a Elfie para cumprir o que falta do acordo. Vai ser um prazer."

"Por que o Unger não vai e encomenda ele mesmo a porcaria do vidro?", resmunga Frex.

"Uma das esposas dele mora lá, com os filhos", responde Lei, dando de ombros. "Família. Não dá para viver com eles, muito menos sem eles. Mas dá para tentar. Eu mesma estou tentando faz um tempo, mas prefiro viver com uma família."

A ama revira os olhos.

"Além disso", fala Elfie, "o Unger não tem nada a ver com os familiares do Coração Tartaruga. Essa é uma questão nossa, não dele."

Assim, Elfie e a dona da pensão partem no dia seguinte, levando os pedaços de pano no formato da janela. Nessa, chateada por ter ficado para trás, começa a gritar. Elfie leva um tempo para entender que a irmã está zombando do seu cantar. A voz pode mesmo ser uma arma.

"Misericórdia", diz Lei Leila'ani. "Vê se pode, eu, uma viúva esbelta como sou, ter que lidar com este tipo de coisa. A sua irmã sempre foi assim, combativa?"

"A Nessa adoraria ser a responsável por pregar sobre o Deus Inominado", responde Elfie. "E, por mim, ela poderia muito bem ficar com o trabalho."

"Nem brinca. Ela não atrairia convertidos, e sim os afugentaria para bem longe."

Logo deixam o milagre de Ovvels, essa colmeia humana feita de madeira. O mundo de brisas frescas, cedros e regiões mais altas e secas parece outra nação. Elfie, que nunca passou muito tempo sozinha com Lei, mal podia esperar por este momento. Quer descobrir a verdade sobre a possível participação da mulher nos rumores contra os Ski'ioti. Mas não pode correr o risco de se indispor com Lei tão no início da viagem. Talvez Elfie encontre evidências de que Lollo-lollo e Neri-neri ainda estão por perto. Se for o caso, poderá parar de surtar com a possibilidade de eles terem fugido. E deixar de lado suspeitas que tem de Lei.

Ela tenta manter a mente aberta. A dona da pensão não parece uma serpente, só... descontente. Elfie precisa avançar com cuidado. Quer perguntar se a mulher já conversou com Animais falantes, mas não consegue pensar em como formular a questão sem parecer intrometida ou sugestiva. Lei pode ser uma fofoqueira de primeira, mas é uma mulher humilde e orgulhosa. Além disso, o ritmo com que sobe o morro contraria sua fragilidade feminina. É uma cabra bem saudável.

Quando chegam ao topo do outeiro, Elfie começa a olhar de um lado para o outro, à procura de sinais da presença dos Ursos-anões, como restos de comida, detritos, ou áreas de vegetação amassada que possam sugerir camas. Lei aproveita o silêncio e dispara perguntas sobre a mãe de Elfie.

"Você se lembra dela?"

"Claro que sim", responde Elfie, tão abrupta que Lei fica abobada por uns segundos, dando à menina uma chance de organizar os pensamentos.

Elas seguem por entre os nobres cedros. Não há Ursos-anões à vista, ou qualquer outra criatura mais substancial do que um esquilo gordinho. Apenas insetos, pássaros e criaturas sorrateiras correndo de um lado para o outro em meio à vegetação. Nada para distrair Elfie da emboscada da memória. Elas começam a descer o outro lado do aclive, deixando Ovvels fora de vista e do alcance da audição.

A mãe em sua mente é pouco confiável, um rodopio ocasional de sons de vogais, ditas como se viessem de outra tenda, no escuro. É impossível formar uma imagem da mulher. É normal esquecer como a própria mãe era?

Mas será que Elfie devia se culpar por isso? Melena tinha pouco tempo para a filha mais velha. Precisava cuidar de Nessarose porque a necessidade era muito grande; a situação, muito desesperadora. Por que Elfie devia se sentir inquieta quanto a isso? Era só uma criancinha quando Nessa nasceu. Não tem nada a ver com a primogênita. Mas ela se pergunta agora se não era um pouco responsável pela tristeza de Nessa. De alguma forma. Apesar da ofensa de ter nascido com a pele verde, Elfie é capaz de fazer coisas que Nessa não. As duas meninas sabem disso.

Elfie: uma constante pedra no sapato de Nessa, da qual ela nunca consegue se livrar.

Há um tempo considerável, Elfie acredita que a irmã tenha roubado a atenção dos pais, mas também admite que Nessa desviou o escrutínio de Elfie. Permitiu que a mais velha tivesse um pouco de liberdade quanto à missão abstrata do pai e ao cuidado casual demais da mãe. Então Elfie deve algo a Nessa, por mais que odeie admitir. Isso vem à tona porque, como a voz de Elfie amadureceu, ela voltou a cair nas graças do pai. E também em suas garras.

Então, para ser justa com Melena, como seria de se esperar que uma mãe cuidasse ao mesmo tempo de duas crianças tão prejudicadas? Nessa é um poço sem fundo de carência, que nem a pá mais rápida do mundo é capaz de preencher. Para usar a palavra *amor*, que Elfie não sabe muito bem se compreende, como Melena poderia ter *amado* as duas filhas ao mesmo tempo? Como qualquer pessoa poderia?

Ah, o amor. Até a inocente e ignorante Elfie sabe, no auge dos seus 13 anos, que devia estar começando a entender o conceito. Talvez a mãe tivesse sido capaz de lhe ensinar. Talvez a própria Melena tivesse tido a iniciativa de puxar o assunto quando Elfie chegasse à desagradável idade e precisasse saber. Mas a menina sabe pouco sobre o assunto. Segundo a ama, o amor é algo tolo e cheio de frufrus, um feitiço feito de fios de açúcar e pérolas vegetais. Útil apenas para diversão. Já para o pai dela, o amor é um encargo que algema os devotos a seu elevado criador, o Deus Inominado. Mais uma obrigação, uma dívida a ser paga, do que uma experiência a ser sentida.

Não, o amor tem pouco a ver com o que Elfie capta da vida em família. Um termo diferente é necessário para essa dinâmica doméstica. Não amor, mas... uma acomodação obrigatória?

Elfie não elabora esses pensamentos em nada que lembre sentenças, proposições ou réplicas. Apenas pensa: Melena; amor; maternidade; família; *hein*? Mas algo chega se infiltrando e ferroando os pensamentos de Elfie enquanto ela e Lei avançam. O silêncio se estende por minutos, e depois por mais minutos.

Melena. Elfie não consegue nem se lembrar do rosto dela. Ainda assim, pelo mais breve dos segundos, a menina se recorda do odor cálido do cabelo lavado da mãe. Um cheiro de lavanda com um levíssimo toque de suor e uma camada de repolho cozido. Os olhos de Elfie começam a formigar. Ela sabe, por experiências anteriores, que as lágrimas queimam sua pele, então as reprime cerrando os punhos e xingando a mãe baixinho, com raiva. Ah, se ela fosse capaz de não ceder aos pensamentos...

"Acho que você provavelmente não se lembra muito dela", diz Lei.

"Não. Por que deveria? Ela morreu."

"Mas, durante o ano após o funeral, os outros devem ter compartilhado as memórias deles, formando assim as suas próprias, mesmo que sejam de segunda mão. Isso não ajuda?"

Elfie não sabe do que Lei está falando. A mulher mais velha explica que, segundo a tradição, a comunidade precisa se reunir com os enlutados uma vez por semana durante o primeiro ano após a morte. Juntos, familiares e vizinhos recontam suas memórias, levantam questões e, ao que parece, até expõem rancores e se aborrecem.

"Você não entende? Se não for assim, os mortos ficam inertes. Gravados em latão ou esculpidos em mogno duro", diz Lei. "Reduzir uma pessoa ao que ela era na última semana ou mês de vida não é justo, nem com o espírito da pessoa, nem com quem fica. Seu pai não seguia a prática usual?"

"Acho que essa não é a tradição dele", diz Elfie.

"Bom, eu não sabia se cabia a mim encomendar um par de asas para o feriado, mas não me passou despercebido o fato de que ninguém trouxe um totem espiritual para ela. Vocês não a carregam consigo." O tom da mulher era triste. "Onde fica o local do seu descanso final?"

"Não lembro o que aconteceu com os... com os restos mortais da minha mãe. Acho que só limpamos tudo e fomos embora, o mais rápido possível. Deixando todo aquele sentimento para trás. Aquela tristeza."

Deixando para trás até mesmo a lembrança de como a mulher era. A mãe invisível.

"Deixando para trás a cura também", diz Lei. Ela parece estar remoendo algo.

Talvez Frex esteja perdendo força como um segundo esposo potencial devido à possibilidade de que, caso Lei parta antes, ele a condene a um destino de negligência no pós-vida.

O que realmente acontece se alguém se nega a viver na tristeza, Elfie se pergunta, e essa segue sendo uma indagação que ela faz e refaz na própria mente, em termos gramaticais. O único problema é que ela não sabe quem é o "alguém" em questão. Está pensando nos quadlings, cujos conceitos de mortalidade são enigmas e mistérios para ela? Ou no pai, que tem três filhos para criar sem mãe? Ou nela própria? O que acontece se *eu* me negar a viver na tristeza?

Antes que possa dedicar mais tempo à questão, a menina e a dona da pensão já estão descendo um aclive pedregoso até o assentamento, que Lei confirma ser o acampamento dos sopradores de vidro.

45

PSamani é quase um vilarejo de vidro, erguido por conveniência, não por elegância. Um decadente ateliê e uma exposição de produtos. Lei murmura: "É lindo demais", mas Elfie não sabe o que dizer.

Ela tenta, porém, imaginar como seria ser vista através das grandes e planas vidraças de cor. Será que pareceria menos verde se espiada por uma janela tingida da mesma cor?

Ela e Lei param em meio a cinco ou seis construções expostas ao tempo, com telhado de vime. Ao redor do pátio de trabalho, há molduras de cedro em formato de U, onde grandes placas de vidro podem ser posicionadas de pé. Para limpeza, inspeção ou seleção. Aqui e ali, trabalhadores com dedos calejados vasculham as pilhas de cacos, tilintando, procurando por pedaços que possam ser usados.

Metade do estoque é vidro translúcido, seja ele com bolhas, ondulado, fosco ou aquoso. Do resto, há uma enciclopédia de opções de cores. Verdes e dourados de um lado. Os tons que simbolizam o Lurlinal, segundo a ama. E, do outro, pretos arroxeados e azuis cor-de-hematoma. Agora os amarelos: ácido, cítrico, cor de dente sujo, de linho, ou de pelagem-de-leão. Curiosamente, não há muitos vermelhos. Como boa parte da Nação Quadling está sobre uma cama de coríndon, talvez o mercado local de vidro avermelhado seja intencionalmente suprimido. Quem iria querer divulgar ainda mais a presença de rubis?

Elfie teme ter que ser a responsável por falar. Este clã de comerciantes usa um dialeto de qua'ati que a menina tem certa dificuldade em acompanhar. Mas Leila'ani a surpreende quando deixa de lado a sua postura de aposentada. Apruma os ombros, e suas habilidades pragmáticas de repente são invocadas. Ela identifica o líder do pátio por instinto e pela aguçada leitura das pistas. Vem aqui, Mestre do Vidro. Preciso falar com o senhor.

É um sujeito mirrado, esclerótico e empalidecido, com a pele de um tom que Elfie nunca viu. Com o tempo, ela vai aprender que essas pessoas são chamadas de albinas. A pele dele é como leite diluído em água, os olhos são de um gelo prateado, delineados de vermelho. O cabelo juncoso está preso em um xale amarrado para formar um coque. Ele anda com uma corcunda permanente, os dedos entrelaçados atrás das costas. Elfie acha que ele mantém essa postura para ajudar no equilíbrio, pois o seu queixo paira abaixo da altura do esôfago. Os outros o chamam de Ta'abi, mas é possível que o termo seja um honorífico, como "chefe".

Lei começa a explicar sobre o pedido de Unger, mas Ta'abi a corta. Ele dá a volta em Elfie, analisando a garota com um ceticismo científico. Resmunga algo. A garota imagina que deve significar: "Você recebeu toda a cor do mundo, e eu, nenhuma. Quem de nós é mais infortunado?". Talvez fosse *inesperado*. Elfie não tem uma resposta na ponta da língua. Ela meramente tira da bolsa o painel oval de musselina marrom, cujas dimensões arredondadas devem servir de base para a fabricação do novo vidro.

No mesmo instante, Ta'abi parece se lembrar da peça original, foi ele quem forneceu o vidro quando Unger abriu seu empório. O sujeito tenta convencer Lei a adquirir uma linha de produtos mais caros, mas a mulher não está autorizada a barganhar e resiste. Ta'abi reclama, dizendo que está cheio de pedidos acumulados. Diz que já está com as mãos cheias com os contratos existentes. Lei se mantém firme. Em nome da Casa de Unger, Ta'abi que experimente tentar insistir.

Ele esfrega os olhos protuberantes e parece relutante em fechar negócio. Alguém traz chá, ou alguma outra bebida espumosa que parece uma batida de algas. Ta'abi está curioso com Elfie; ela sente isso com reserva e cautela, mas estar em evidência faz parte do processo. A menina não confia em Lei o suficiente para deixar com a mulher a missão de perguntar sobre Coração Tartaruga, mas seu domínio do dialeto é insuficiente para que ela mesma explique a questão.

Como se para provar como é difícil moldar um vidro em um único painel de formato oval, Ta'abi as acompanha num tour pelo pátio. Com gestos e murmúrios em várias línguas, leva as duas para conhecer o processo de fabricação de vidro para lentes. Um trabalhador suado, nu da cintura para cima, sopra uma grande bolha na ponta de um cano. Quando a peça atinge o tamanho correto, um bastão é grudado na extremidade oposta, e o maçarico de sopro é cortado. A bolha é girada e reaquecida várias vezes, e se torna plana no processo. No caso das peças grandes, conta Ta'abi, vários sopradores trabalham juntos para manobrar um bastão maior, mantendo o nível e enfiando o material no forno quando ele começa a esfriar. Lei solta adequadas exclamações de admiração. Elfie mantém o bico fechado. A água talvez seja sua maior inimiga, mas o fogo também não é seu amigo.

"Lei, pergunta sobre o Coração Tartaruga", murmura Elfie.

"Vamos fechar o trato antes", responde a ama.

Depois que Ta'abi e Lei assinam um papel com as disposições do acordo, o mestre do vidro relaxa um pouco. Os materiais coloridos retorcidos no formato de jarros, totens ou sabe-se lá o que parecem todos fúteis e tolos. A atenção de Elfie é capturada, porém, por um retalho de vidro em um pedestal de pedra, posicionado de lado sobre uma moita de trepadeiras.

"Pergunta para ele o que é *aquilo*", pede a garota. "Parece uma bolha de sabão de vidro."

Ta'abi faz uma cara feia para Elfie antes de responder. A menina se questiona sobre quão precisa é a tradução de Lei.

"Ele diz", começa a dona da pensão, "que o item é um globo de contemplação. Todas as coisas do mundo são refletidas nele, que não tem bordas ou quinas. Segredo algum pode ser guardado do globo. Ninguém pode se aproximar sem ser notado. Por isso, é considerado útil para a feitiçaria."

"Ah, é isso?", diz Elfie, e dá de ombros.

"Não, escuta." Lei parece contrariada, mas continua. "Ele insiste que eu conte a você que algumas pessoas podem perscrutar as profundezas da peça, que são inatingíveis aos outros. Ou seja, para alguns, é uma bola refletora. Para outros, uma janela. Não sei se estou entendendo direito."

"Tipo, para ver o futuro?"

"Não vou saber como perguntar uma coisa dessas." Mas Lei, na verdade, gosta da ideia. "Será que posso ver se algum dia vou me casar de novo?", pergunta ela para Ta'abi, usando tantas palavras da língua comum que Elfie acaba decifrando a mensagem.

O mestre do vidro não se dá ao trabalho de responder; em vez disso, se vira para Elfie e a incita a olhar mais de perto. Relutante, a menina se inclina para a frente. O homem murmura algumas sílabas que Lei traduz pomposamente como *Você consegue ver além? E o que vê?*

É como estar encarando um dos caldos de Buzi, há muito tempo, misturas que conseguem ser tanto transparentes quanto opacas. Água e óleo, provavelmente não emulsificados. Buzi era uma cozinheira indiferente. Fazia anos que Elfie não pensava nela.

A menina não quer tocar no globo de vidro, mas tampouco quer se virar. Vê o próprio rosto deformado pela curvatura. Ela parece monstruosa, assim como a dona da pensão e o soprador de vidro ao seu lado, parênteses tremulando ao redor do seu nariz proeminente. Elfie nunca se deu ao trabalho de analisar o próprio rosto em reflexos, mas agora não consegue evitar. Ali ele paira, idiota e inquestionavelmente esverdeado.

Se pudesse, ela pegaria a bola de vidro e a estilhaçaria, mas não tem dinheiro para pagar por tamanho dano. Quando fecha os olhos, balança a cabeça como se pudesse limpar a amarga realidade dos pensamentos. Quando abre os olhos de novo, o vidro assume outro aspecto. Uma viscosidade mais profunda, uma atmosfera que é mais nuvem do que espelho.

De algum lugar abaixo da superfície refletora, uma sugestão de algo começa a se destacar.

"Bom, o passeio foi *maravilhoso*. Mas acho que...", começa Lei, mas Elfie a interrompe, erguendo a mão e a movendo pelo ar nas laterais do objeto, em um gesto que silencia a mulher. A aparição está tentando se organizar. Uma cor impregnada e empalidecida começa a formar imagens, delimitando-as.

Às vezes, quando se olha para uma fogueira, é quase possível ver um rosto, uma chama dançante com um sorriso aberto ou lascivo. Ele se abaixa, se esconde e surge de novo. O mesmo pode acontecer com formações de nuvens. Certa vez, Elfie viu no céu dois cavalos brancos galopando diante de uma cordilheira cinzenta. Foi um devaneio acidental, causado pela luz que as nuvens desviaram, mas o truque deste globo é diferente.

Lá estão, inconfundíveis, uma figura símia encurvada puxando uma mulher pela mão. O macaco — e o termo Macaco-assombração surge flutuando na mente de Elfie — desaparece em fragmentos disformes enquanto o rosto da mãe avança, crescendo até ocupar toda a dimensão do universo de vidro. Impossível de se recuperar até pouco antes, a expressão de Melena parece complacente, mais do que um desenho ou um busto de mármore, de alguma forma. A imagem é impregnada por uma sensação ou atividade tremulante.

Fala alguma coisa, pensa Elfie. Chama o meu nome. Olha para mim. Eu posso contar para você que estamos todos bem.

Depois, a palavra que ela quase nunca usava em casa: *Mamãe*. Eu estou aqui.

O devaneio em forma de Melena segue a vida. É ela mesma ou um truque de malévolo? É só uma memória subindo à tona, chegando tardiamente por ter sido invocada, usando este vidro curvado como condutor? A visão se aproxima e aumenta aos poucos, com uma qualidade arrastada. Os movimentos são mais lentos do que permitem as regras da realidade. Elfie nunca teve a chance de analisar o rosto da mãe tão de perto, ela nunca lhe deu tal acesso. O rosto de Melena não é belo nem bruto; sua expressão, nem torturada nem beatífica. É apenas humana. Humana, abstrata, indiferente, inatingível. A testa se vira, o queixo se ergue, o nariz se estende adiante, e os olhos dela focam, enfim mirando algo. Mas não Elfie.

"O que você está vendo?", pergunta Lei, por insistência do soprador de vidro.

"Nada demais." Elfie se vira para o homem. "Essa coisa prediz o futuro? Quanto custa? Quero levar."

Lei faz a tradução, que exige certas idas e vindas, e parece se perder em argumentos e concessões. Enfim, responde, em nome de Ta'abi: "Talvez *ele* possa predizer o futuro. Porque o homem diz que você vai ter um desses algum dia, pode ver isso nos seus olhos gananciosos. Mas não este. Vai embora, falou ele, e não volte mais. E é o que vamos fazer. E podemos fazer isso agora mesmo, porque já pedi detalhes sobre a família do velho Coração Tartaruga. O jovem soprador de vidro foi aprendiz aqui, há muito tempo. Ta'abi diz que vai escrever tudo de que se lembra no verso do pedido, que vamos poder levar para o seu pai. Não faz essa cara, Elfie. Você está quase cor-de-rosa. Em uma pessoa normal isso pareceria saudável, mas em você parece doentio. Está tudo bem?"

O soprador de vidro albino e a menina verde se encaram. Ele está fazendo leves movimentos com os dedos branquelos e compridos; feitiços para afastar de si qualquer perigo que a menina esverdeada tenha trazido a este pátio. Ainda assim, ri para ela, sem rancor. A garota tenta retribuir o sorriso, mas não consegue; ainda não sabe como lidar com rancores.

Enquanto Lei e Elfie se afastam de Samani, subindo pela escarpa arenosa, a garota gira nos calcanhares e olha para trás uma última vez. O tal Ta'abi já está imerso em trabalho de novo e arrancou a camiseta larga antes de ir ajudar a rotacionar uma das peças maiores. Na pele de suas costas, branca como um papel, fazendo uma diagonal em relação à coluna, ela vê uma cicatriz de sangue amarronzado. Um acidente industrial ou talvez um ferimento de chicote; uma marca de desastre, mas também de sobrevivência. Cá está ele, ainda mais ele mesmo graças à vida. Elfie se conforta mais com essa observação clínica do que com qualquer memória provocada pelo globo de contemplação de cristal.

Ou é o que diz a si mesma.

Ainda assim, como era vibrante aquele simulacro da mãe, da qual ela mal se lembrava. Tinha presença. Mesmo sendo um truque no vidro. Invocada não por Elfie, mas pelos murmurados encorajamentos de um plebeu artesão. Agora, conforme Lei e Elfie se aproximam da colina com o bosque de cedro, ao olhar para Ovvels, a menina sente que a pequena cidade lá embaixo é mais inerte do que o truque obscuro daquele globo de contemplação. E, no cume do aclive, ela pode sentir a ausência de Ursos-anões, como uma queda na temperatura. A aparição de sua mãe desaparecida, por mais que tenha sido artificial, destaca ainda mais o sumiço dos Animais.

Não há razões para esperar.

"Disseram que a senhora estava falando por aí sobre os Ursos-anões na lagoa, que parecem ter desaparecido", solta Elfie. "Se é verdade, eu gostaria de entender o porquê."

Lei parece inabalada. Talvez não tenha captado o tom de acusação na pergunta de Elfie.

"Seu irmão disse que eles empurraram a Nessarose na água. Precisei compartilhar isso com o máximo de gente possível para que outros pais possam proteger os seus preciosos filhos."

"Como assim, 'outros pais'? Nós não somos os *seus* preciosos filhos. A senhora não tinha o direito. E acreditou mesmo no *Casco*? Ele é um pestinha terrível. Por que se daria ao trabalho de se envolver?"

"Não banque a boba. Você sabe muito bem como seria importante para mim provar para o seu pai que eu, que criei três meninos, consigo cuidar também de meninas, mesmo que sejam duas criaturinhas tão humildes e prejudicadas. É meu dever para com ele."

"Como a dona da pensão onde ele mora? Você incitaria justiceiros contra Ski'ioti inofensivos para provar um ponto para o seu inquilino?"

Lei olha fixamente para Elfie pelo canto dos olhos.

"Você não é tão esperta quanto acha. Não sabe nada sobre Animais. Nem sobre o que são ou não são capazes de fazer. E pode atribuir a mim a culpa do que talvez tenha acontecido com aqueles Ursos-anões. Eu apenas soltei um murmúrio de preocupação. Pelo bem da vizinhança."

"Pelo bem de *alguém*", diz Elfie, desesperançosa e sombria. Depois: "Mas e aí, o que aconteceu com eles? Foram perseguidos pela multidão?".

"Não faço a menor ideia. Eu não me juntei a multidão alguma."

46

Após alguns dias, depois que o vidro substituto de Ta'abi é entregue e instalado no caixilho oval da janela de Unger, Elfie e a ama estão organizando as coisas após o jantar. Lei Leila'ani enfim persuadiu Frex a sair com ela para uma caminhada noturna. O homem arrastou Casco consigo, talvez como medida profilática contra um pedido de casamento. O sol vai se pôr daqui a uma hora, e parece estar mergulhando nas terras pantanosas com tanta força que só falta fazer barulho. Na pensão, os outros inquilinos se deleitam com a comida amanteigada de Lei. Como Elfie não pode lavar os pratos por causa da água, tira os restos. A ama os lava. Nessa fica por perto, chorosa.

"O que eu ainda não entendo", começa Elfie, "é por que a janela se quebrou enquanto eu conversava com Unger pela primeira vez. Ama, tem certeza que o Casco não saiu de fininho, seguiu a gente e jogou aquela pedra na janela? É a cara dele fazer isso. E às vezes a senhora cai no sono durante o dia que eu sei."

"O Casco é danado e gosta de uma destruição, como todos os meninos pequenos do mundo", diz a idosa, sem confirmar ou negar a teoria de Elfie.

"Ele joga pedra em gatos e coisa do gênero. Uma vez, vi o menino atirando uma almôndega em um beija-flor. O bichinho despencou já mortinho da silva." Elfie olha para a ama. "Tem cheiro de algo que ele faria. O que foi, que cara é essa? Não foi a *senhora* que jogou uma pedra na janela do Unger Bi'ix."

"Claro que não", responde a ama, ofendida. "Não tenho braço para isso."

"E", começa Nessa, dando de ombros tanto quanto possível, "pode ter certeza de que não fui eu. Então nem vem me culpar."

"Eu não quero culpar ninguém", fala Elfie. "É só curiosidade."

"Bem", diz a ama, "a resposta é óbvia, mas posso ser mais explícita se quiserem." Ambas as meninas assentem. A ama enfia as mãos na água com sabão e fala por cima do ombro. "É óbvio que deve ter sido o seu pai, Elfie. Quem mais poderia jogar uma pedra com força suficiente para quebrar aquela janela?"

"Não!", exclama a menina. "Sério? Mas por quê?"

A ama se vira para elas, com a bochecha suja de espuma.

"Não entendo os homens, nunca entendi e nunca vou entender. Mas acho que posso arriscar um palpite. Você disse que seu pai a mandou até o alpendre daquela loja de tecidos para começar a marcar presença no vilarejo. Mas ele achou que a gerente seria uma mulher. Não esperava que um homem fosse chamar você para dentro, certo? E não gostou de vê-la sozinha com o sujeito, sem acompanhante algum. Acho que se arrependeu da decisão na mesma hora, mas estava desesperado por qualquer coisa que você pudesse descobrir sobre o Coração Tartaruga. Então quebrar aquela janela foi a forma que ele encontrou de interromper o que quer que estivesse acontecendo ali e tirar você de lá em segurança. Essa é a minha teoria."

"Absurdo. Ele não acha que sou capaz de estar em perigo. Eu sou muito..." Ela agita as mãos, dos punhos à ponta dos dedos. "Bom, olha para mim."

"Lá vai você", comenta Nessa. "Chamando atenção para os seus braços na menor oportunidade. Já aprendi a não levar para o pessoal." O sorriso dela é hipócrita, e talvez só um pouco letal, mas justiça seja feita: também é marcado pela dor.

"Por que o papai simplesmente não foi até lá me buscar, já que estava preocupado comigo?"

"Ah, vai saber", diz a ama.

"Eu sei", fala Nessa. Ela, que não tem pedras para atirar, nem braços com os quais fazê-lo, abre seu elíptico, apologético e agressivo sorriso. "Ele tem medo de você, Elfie."

47

Tendo chegado tão longe, e depois de uma espera tão longa para ter ao menos uma pista sobre o paradeiro da família de Coração Tartaruga, o irmão Frexispar Togue Thropp é acometido por uma espécie de paralisia. O presbítero parece não ter pressa alguma de completar a peregrinação até a expiação pessoal que começou a buscar após o nascimento de Nessa. É uma tentação, essa hesitação, mas quem poderia culpá-lo?

Ninguém na casa solta um pio. Estão satisfeitos com a ideia de continuar instalados aqui por mais um tempo. Apesar de todas as afetações e idiotices, Ovvels é menos saturada com selva e pântanos do que o local onde viviam antes, e até o clima é um pouco mais seco. E o vilarejo está se provando ser um solo fértil para as conversões que Frex procura desde o início da carreira. Ele cresce em estatura — sério, parece mesmo aumentar alguns centímetros. Apruma a postura. Sua barba parece mais cheia. A barba faz o presbítero parecer, de alguma forma, mais crucial para o mundo. Mais competente, sugere ele para Lei Leila'ani, que mente quando diz que a admira tanto, *tanto*.

Não é como se o aluguel dos aposentos na pensão de Lei fosse caro demais. Mas a família vive de migalhas há tanto tempo que, quando o prato é passado entre os presentes e volta com algumas moedas, Frex as embolsa de bom grado.

O estabelecimento de Lei Leila'ani passa por melhorias. A ama ainda tem esperança de voltar com vida para a Munchkinlândia, mas, de vez em quando, o almoço do fim de semana é codorna assada com geleia de marmelo, e Lei trocou as velhas roupas de cama por lençóis novos. Assim, a vida está mais doce. E eles se acomodam.

Elfie sente saudades de trabalhar na loja de Unger Bi'ix. Talvez o homem também sinta saudades dela. O caminho de ambos quase nunca se cruza nas vielas de terra ou passarelas suspensas de Ovvels. Talvez ele a esteja evitando de propósito. Ela provavelmente faria o mesmo. Em todo caso, o momento no qual ela pode testar seus impulsos, descobrir se é capaz de mudar de ideia e correr na direção dele com um sorriso tímido, mas irrestrito, nunca chega.

Ela ajuda a irmã com tão pouco apego quanto possível. Nessa está aprendendo a sorrir de modo afetado, e embora Elfie não possa julgá-la (que outras ferramentas a garota teria além de sorrisos ensaiados?), não precisa entrar no jogo. Ela dá sopa na boca de Nessa com uma colher. Casco mostra a língua e esconde as colheres. Lei finge não notar o mau comportamento do menino, porque, se reclamar, seus valiosos inquilinos podem se irritar, juntar as coisas e dar no pé. A reputação de Lei no vilarejo cresceu junto com a de Frex, agora que a missão está mais ou menos estabelecida. Ela ganhou certa autoridade. Não quer colocar nada disso em risco.

Assim, recai sobre a ama a missão de controlar as crianças. Casco ri na cara dela com um tipo de escárnio inocente, que dá para perdoar porque ele é muito novinho, mas a ama sabe dar suas palmadas quando as coisas passam de um determinado limite. E a mulher faz companhia para Nessa quando Elfie vai às celebrações de Frex. A funcionária é quase indispensável, como ela mesma comenta, em alto e bom som, na maioria das vezes, na presença de Lei.

Acabou que Frex não foi expulso das instalações do pavilhão. Conseguiu negociar com sucesso uma licença para reunir sua congregação. E conforme seu ministério se populariza, o próprio pavilhão acaba se tornando o preferido entre os seus vários concorrentes. Como a escola é um elemento importante do negócio, eles insistem em ficar com uma parte dos lucros. Pelo incômodo.

Elfie obedece às ordens. Fica onde mandam que ela fique. Canta quando indicado, com frequência de olhos fechados, porque ver os congregantes dançando, arrebatados, faz com que sinta algo estranho, como se estivesse mentindo para eles. Ela não é devota da fé do pai, não muito, mas tampouco é hipócrita. Apenas não tem certeza sobre nada. Sem dúvida, é cúmplice de incitar os outros a terem uma sensação maior de... de *pertencimento*, ela acha. Qualquer que seja o estado que a música provoca de forma tão misteriosa.

Certa vez, ela vê o descendente dos Pari'isi na beira da multidão, ouvindo. Ah, então os olhos dela não estão bem fechados. Ela corrige a situação. O sujeito já foi embora quando Elfie encerra o refrão final e se senta em um banquinho para fingir que está ouvindo o sermão do pai. Ela precisa parecer interessada, insiste Frex. A menina sente uma relutante gratidão pelo fato de que o pai não insiste que ela acredite no dogma. Talvez ele entenda. A menina tem só 13 anos e não consegue nem sequer começar a dar nome a qualquer que seja a filosofia que possa estar ao seu alcance.

E por que o garoto Pari'isi está perambulando por ali?

Então Elfie fixa os olhos no assoalho do alpendre, tentando sondar o significado dos sermões do pai. Raramente olha para o homem. De alguma forma, sente muita vergonha, embora ela não tenha palavras para explicar.

A popularidade da missão de Frex aumenta. Os encontros no acampamento precisam começar mais cedo. As meninas mais novas que chegam para as aulas no alpendre dão a volta na congregação para subir até as salas. Elfie viu tão poucas pessoas jovens além dos irmãos que essas garotas parecem exóticas e peculiares, meio inacabadas, talvez.

Mas Elfie não consegue manter a pose de devoção por tanto tempo quanto o pai espera. Sempre começa a bocejar, o que não é nada bonito. Ela aborda a questão com a ama.

"O Unger me disse que eu preciso de educação", diz a menina certa noite. O pai e Lei saíram para dar outra volta, desta vez uma caminhada pelos jardins flutuantes. Um lugar suspeitamente romântico para um passeio. Elfie torce para que os mosquitos os deixem malucos e os tragam de volta dos canteiros. "A senhora pode perguntar para o meu pai se posso fazer algumas aulas lá no pavilhão?"

"Ah, agora é 'meu pai'. Eu bem que percebi", fala a ama. "Não é mais 'papai'. Você está ficando toda ozence, não é mesmo?"

"Acho que é melhor falar 'meu pai' quando estamos em público e, a esta altura, ele é praticamente uma figura pública para mim. Mas não muda de assunto. Estou de saco cheio. Agora que o pavilhão está em pleno funcionamento e que nós estamos usando o espaço, talvez eu possa fazer algumas aulas? Então, quando as meninas saírem para o almoço, eu poderia voltar para o meu posto?"

A ama não aprova a ideia, mas leva a petição da garota para o pai, e volta com a resposta alguns dias depois.

"Estou chocada", fala Elfie.

"Para ser sincera, também fiquei um pouco surpresa", admite a ama. "Mas seu pai não é besta nem nada, Elfie. Acho que reconhece que você é, ao mesmo tempo, um recurso e um risco para a missão. E sabe que a filha dele é bem esperta. Ele quer o melhor para você, dadas as circunstâncias. E seria mais seguro estudar com garotas do que começar a andar pelas vielas de Ovvels parecendo entediada e disponível. Ainda assim, fico um pouco chateada com isso. É como se o que *eu* estou lhe ensinando fosse indecente ou inadequado. Estou a um fio de cabelo de surtar e ir embora daqui."

"Mas...? Dá para ouvir o 'mas' no seu tom."

"Bom, nada é totalmente bom ou mau, certo? O problema é que o pavilhão não tem interesse que você se aproxime mais. Tudo bem ficar no alpendre, mas seria uma distração na sala de aula. As outras alunas ficariam tentadas a apontar e rir, e você as distrairia das lições. Para de fazer cara feia, não dá para julgar. São tolas crianças quadling, e o inspetor do pavilhão não é muito melhor. Eles pensaram em uma solução, e é pegar ou largar. Seu pai concorda, caso você queira tentar."

A ama explica que os professores vão colocar um banco do lado de fora da sala das meninas mais novas. Depois de entoar o cântico de ritos iniciais para os devotos, Elfie vai poder se sentar no canto do alpendre e espiar pela janela — sempre ficando fora do campo de visão, com as costas viradas para a parede e os olhos voltados para o pátio. Vai poder ouvir em silêncio. Talvez capte algo útil. Quando se sentir pronta, ela vai avisar o inspetor, que vai botar o banquinho diante de outra janela, a da sala das garotas de uma série acima. Elfie não deve falar, nem espiar, nem chamar atenção para si mesma. Mas poderá *ouvir*. De lá, vai poder ser chamada com facilidade para dar uma avivada na missão do pai, caso as coisas comecem a esfriar. Quando as aulas da manhã terminarem, ela voltará à lateral do pavilhão, onde o pai ainda vai estar cuidando do rebanho. A menina vai então entoar um cântico de fechamento, cantando com todo o coração enquanto simula uma convicção profunda. Depois, ela e Frex vão voltar para casa juntos, para o almoço e o descanso.

"Queria poder fazer isso também", diz Nessa. "Não é justo. A Elfie tem tudo."

"Se a Elfie for capaz de seguir com a ideia sem chatear essa... essa *academia*, talvez você possa trilhar os passos dela quando chegar a hora." O tom da ama é afável. "Eles devem ter dois banquinhos reserva, e você poderá acompanhar sua irmã na hora de dar a volta na construção. Claro, vai precisar ser capaz de ficar sentadinha, bem ereta e sem cair. Porque eu não vou estar lá para ajudar, e não vão permitir que você fique chamando a Elfie. Vou ter que ficar em casa, cuidando do Casco. O que vai me dar um trabalho régio, *isso* já está claro. Mas estamos nos precipitando. Vamos ver como as coisas vão se desenrolar."

48

O que vestir, o que vestir. O que vestir para ir à aula, sendo que ninguém deve ver você indo à aula.

O que vestir quando você precisa escapar do trabalho para assistir a uma aula como ouvinte e depois correr para ocupar de novo sua posição.

"Não é como se você tivesse muita opção", diz a ama. "Suas roupas velhas já não servem mais, e você entregou a maioria dos vestidos antigos da sua mãe para aquele fominha do Unger Bi'ix. Então acho que o traje que está usando para cantar, com os plissados em faixas feitos com o vestido no qual sua mãe fugiu, vai ter que servir. Talvez seja um pouco atrevido demais para uma estudante, mas não se esqueça de que ninguém vai ver você. Se usasse uma capa de palha coberta de esterco, ninguém notaria. E digo isso com todo o carinho."

Assim, Elfie segue para o pavilhão, vestida como ela mesma. Talvez seja melhor. Roupas novas sugerem novas oportunidades e... ela não está pronta.

Vai demorar alguns dias para que sua mente se acomode no modo receptivo. Elfie espera. É paciente porque quer muito. Quer o quê? Alguma coisa. (Qualquer coisa.)

Depois de um tempo, enquanto escuta as aulas, o que significa tentar entender o que está sendo dito sem a ajuda dos gestos ou diagramas explicativos oferecidos pelos professores, Elfie descobre uma coisa sobre si. Duas coisas, na verdade.

A primeira é algo que um docente fala, debruçado na janela. Um sujeito careca com um tapa-olho, movido pela curiosidade. Ele vira a cabeça para analisar a menina. Faz algumas perguntas e, ao ouvir as respostas, rebate: "Você é bem espertinha, não é mesmo? Amanhã cedo, pode ir com o seu banquinho para a próxima janela. Já aprendeu a maioria das coisas que tenho para ensinar. Vou avisar o próximo tutor sobre a sua presença espreitadora". Então, veja só, Elfie *é capaz* de aprender. Até então, seu conhecimento limitado de leitura e números foi adquirido mais por osmose do que por esforço. Agora, só de escutar, ela descobre que consegue ver mais abertamente. Sabe soletrar só olhando para as letras formadas em sua mente. Também faz somas de cabeça, chegando a um resultado. É como conjurar feitiços. Ela pode conjurar respostas — não chutando, não, mas compreendendo depressa o padrão da informação recém adquirida.

Elfie avança pelas janelas do conhecimento ouvindo, nunca com um olhar para dentro (exceto a espiadinha que dá toda manhã quando chega). As meninas em sua exótica alteridade. Remotas, intrigantes.

A outra coisa que Elfie descobre, talvez tão importante quanto a primeira, é que ela adquire conhecimento sem este saber como é a aparência da garota. O conhecimento não se importa com isso. E ao erguer para si mesma o andaime experimental de novas habilidades, ela nota que está perdendo a sua capacidade, ou necessidade, de lidar com o estranho sentimento de inadequação, de insuficiência. Ela até pode ter dificuldade ao soletrar uma palavra difícil, ao se lembrar de acontecimentos vagos da história e do passado de Oz, ou ao fazer cálculos de cabeça, sem a ajuda de uma lousa e um giz. É difícil, mas ainda assim ela está livre de passar por tudo isso sendo *a estranheza verde*, a bizarra filha do presbítero.

A resposta cria raízes mesmo sem que a menina queira.

Assim, aprender se torna mais férias do que trabalho, e ela mal conhece o conceito de férias. É melhor do que dormir, porque às vezes ela encontra a si mesma nos sonhos, e ela pode se sentir ainda mais envergonhada, irritada e perdida enquanto dorme do que costuma sentir quando está acordada. Mas, ao aprender, sai de si e adentra outro mundo de significado.

Em outras palavras: pela primeira vez, Elfie vê que existe um mundo além dela, apesar dela. Esse mundo vai seguir indefinidamente, mesmo que ela pise em uma tarântula-do-charco venenosa e morra no momento seguinte. A realidade tem aparatos e consequências. E talvez *aparatos* e *consequências* formem outra coisa: significância. Elfie não sabe muito bem. Ainda assim, aprender a tirar de dentro de sua própria cabeça, frívola e leve. Desafiando as possibilidades.

Depois de poucos meses, quando Elfie alcança a quarta janela, Nessa começa a insistir que é hora *dela* começar sua *própria* educação. A mais velha não tem interesse de compartilhar a nova sensação de escapismo com a irmã. No entanto, Elfie agora está no outro canto do alpendre; então, se Nessa também começar a frequentar a escola, ao menos vai estar parada fora do campo de visão, na primeira plataforma, que fica a noventa graus da segunda. (Ah, noventa *graus*... E pensar que Elfie nem sequer sabia da existência de graus antes, e que o tempo todo eles estavam lá, sustentando tampos de mesa! Sustentando-os contra a *gravidade*, aquela coisinha gananciosa, aquela estraga-prazeres.)

Elfie faz o que pode para frustrar a ideia. Insiste que Nessa nunca vai conseguir estudar sozinha, e que a ama não pode passar o dia ajudando a menina, é claro. E Elfie... Elfie está muito à frente nos estudos, não faz sentido voltar a aprender a matéria dos bebês.

A ama está inclinada a concordar, ao menos com não precisar se sentar em um alpendre por horas para ficar ouvindo lições que não aprendeu quando tinha a idade de Nessa, e não vai começar a aprender agora. Olha só, o nosso Casco está ficando mais rebelde a cada dia. De membros saudáveis e tez normal, o garoto está começando a correr por Ovvels com outros meninos da sua idade, jovens demais para serem enviados aos pântanos de pérolas vegetais. Mas o menino está adquirindo a reputação de má influência. Pais aparecem para sugerir a necessidade de manter o garoto sob estrita supervisão. A ama não pode abandonar seu posto agora. É impensável. Casco precisa de alguém que o governe, e Frex está ocupado com o trabalho. A ama sente muito, de verdade, mas a educação de Nessa vai ter que esperar.

"Que peninha." Elfie suspira, aliviada.

É quando Lei se voluntaria para dar a Nessa o apoio de que ela precisa; oferecer o braço na hora de subir as escadas, dar goles d'água. Até mesmo auxiliar com a higiene pessoal.

"Você não é *da família*", dispara Elfie. "Pai, sério?!"

Frex ergue os olhos da mesa na qual está trabalhando em anotações para a importunação, adoração e arrecadação de fundos do dia seguinte.

"Por que não?", diz apenas, suave. "Talvez seja bom para a Nessa."

"A mamãe nunca teria permitido isso. Ela teria ficado chocada."

"Não menciona a sua mãe em vão." Frex usa um inesperado tom severo. "A Melena tinha mais educação do que eu. Em vários sentidos, eu dependia dela, isso quando conseguia sua atenção. Qualquer inteligência que tenham vem da linhagem dos Thropp. Se você está apreciando a experiência de estar na escola, deve isso a ela."

Assim, Nessa também começa a estudar no pavilhão. Não avança tão rápido quanto Elfie, que fica secretamente grata com isso, mas Nessa também não é nenhuma pamonha.

Certo dia, Nessa diz para Elfie: "Acha que nossa mãe era uma mulher de natureza promíscua?".

"Nem sei o que isso significa."

"Uma vagabunda." A palavra sai raivosa da boca de Nessa, que se franze com decoro depois de ter deixado o termo escapar.

"Também não sei o que isso significa. E nem quero saber."

Enquanto isso, Lei se entrelaça ao tecido da família de forma ainda mais íntima. Todos notam, exceto Frex. Mas ele tampouco nota o novelo de linha branca da ama caindo no chão. Nem a veemência crescente dos comportamentos inadequados de Casco.

Gregory Maguire

49

Certa manhã, a ama acorda sofrendo dos nervos, então Elfie é convocada para ajudar Nessa a se vestir para as aulas. Enquanto tateia o pequeno saco de sisal onde Nessa guarda seus itens particulares à procura de uma escova para usar no cabelo da irmã, Elfie vislumbra algo no fundo da bolsa. Ela pega o item.

"O que você está fazendo com isso?", exige saber, erguendo o objeto. Um anel de latão desgastado.

"Ah, era da mamãe", diz Nessa. "Uma aliança de casamento, talvez."

"E como isso foi parar com *você*?"

"Não tenho certeza. Acho que a ama me contou que a mamãe tirou esse anel do dedo no dia do parto do Casco. Na verdade, tenho certeza, sim. Eu estava lá. Lembro disso. Os dedos dela estavam inchados, e ela sentiu dor."

"Por que você ficou com ele?"

"Não me olha como se fosse uma hiena num banquete. Eu fiquei com o anel porque quis."

"Isso não é resposta." Elfie estava cheia de raiva por motivos que não sabia nomear. "Por que você deveria ficar com o anel, se nem tem dedos para usá-lo?"

"Talvez seja exatamente por isso", rebate Nessa. Depois, ameniza o tom. "Quando a ama enfim conseguiu arrancar o anel do dedo da mamãe, vi a marca que ficou."

"E daí? Que marca?"

"Elfie", começa Nessa. "Ele deixou uma marca verde. A pele da mamãe estava verde embaixo do anel de latão. Andar com ele faz eu me sentir mais próxima de você."

"Que lorota!" Mas Elfie responde assim mais por força do hábito. Na verdade, não sabe se acredita ou não em Nessa. "Ainda acha que seus braços vão crescer?"

"Se crescerem e se eu tiver dedos, uma partezinha de mim vai poder ser verde, e vamos poder ser irmãs melhores."

"Hum." A afirmação pega Elfie de surpresa. "Acho improvável", diz ela, enfim. E depois: "Mas como isso foi parar nas suas coisas em vez de nas coisas da ama?".

"Como você acha?", rebate Nessa, enquanto se recupera do erro de expressar todo esse amor fraternal. "Eu o invoquei com um feitiço. Você me ensinou, não ensinou? E nem se lembra." Uma coroa de mentiras deslavadas e engodos em sua expressão. "Agora devolve isso para o lugar em que estava, antes que eu entre em ação aqui e cause problemas dos quais você não vai gostar nadinha."

Elfie obedece. Sua mão está tremendo quando joga o anel da mãe de volta na escuridão.

50

Pelfie é promovida à estação seguinte. A quinta em cinco meses. Ela é agora um cometa orbitando ao redor de um grupo de estrelas de garotas mais ou menos da sua idade. Nesta sala, não há janela, só um par de portas duplas pelas quais as meninas vêm e vão. Assim, Elfie só se aproxima depois que as outras alunas já estão acomodadas nas respectivas carteiras. É mais fácil evitar a vergonha de ser ignorada tendo o seu próprio horário para chegar e partir.

Estudar as colegas é uma matéria à parte do currículo acadêmico aprovado. O riso sagaz delas, as piadas ininteligíveis, as alianças e afrontas implícitas, e, de tempos em tempos, a relutância em prestar atenção nas lições. Elfie não consegue não espiar o quebra-cabeça da convivência. Fica tão mistificada por isso quanto pelo tópico em estudo, embora, na maior parte do tempo, preferiria que as colegas simplesmente sossegassem e deixassem o professor fazer seu trabalho. Viver em sociedade cansa.

Certo dia, enquanto se aproxima do seu lugar, ela se surpreende ao encontrar uma pequena bandeja de vime no chão, ao lado do banquinho. Por um momento de felicidade incandescente, acha que alguém lhe deixou um presente: talvez um lanchinho ou alguma ferramenta de ensino que até então lhe fora negada. Mas, quando olha a bandeja mais de perto e ouve comentários queixosos das outras meninas na sala, entende que não é nada disso.

O item é um conjunto de chá de porcelana. Elfie quase nunca viu peças de porcelana. Nos ermos, os alimentos são comidos crus, ou preparados em panelas de ferro e servidos em cumbucas de madeira acompanhados de fragmentos de bambu usados como garfos, ou colheres de pau-de-balsa. Este é um objeto de idolatria, toda a disposição dos itens em uma bandeja.

Elfie junta as peças com base no que ouviu. Alguma garota ganhou este exótico tesouro de presente de aniversário e o levou para a escola para ostentar os seus privilégios. Mas, ao ver que o conjunto era uma distração, o professor o colocou do lado de fora da sala até a aula terminar.

Um bule redondo com um peixinho retorcido como alça — é possível correr os dedos pelas escamas, contando os relevos pelo tato, e é o que Elfie faz. O bule brilha em um azul-cinzento aquoso, marcado por pinceladas de um rosa quase plúmbeo cujo intuito talvez seja sugerir vislumbres do movimento dos peixes. Ao lado, quatro pequenas xícaras de design insuportavelmente detalhista. Cada uma acomodada na própria base de arame, cujos filamentos se torcem para formar abas no formato de folha dos dois lados. As xícaras têm cores diferentes: vermelho-coríndon, marrom-arroxeado, amarelo cor de bile e o mais leve dos verdes, como a luz da manhã passando pela bruma da selva. Ao redor da borda, há um acabamento dourado. A esmaltação faz as cores brilharem como se as peças fossem recém-pintadas, deixadas para secar ao sol.

"O que raios é isso?", pergunta a ama naquela noite, quando descobre o tesouro envolto em um xale que Elfie usou para envolvê-lo.

"Uma amiga me deu. De presente. Amigas dão presentes", diz Elfie.

"Você não tem amigas", retruca Nessa. "Nem saberia o que fazer com elas."

"Amigas organizam chás da tarde. De mentirinha. Com essas coisas. A gente podia fazer igual."

"Eu sou sua irmã, não sua amiga." Nessa encara o conjunto com avidez. "Mas acho que dá para fingir ser sua amiga de mentirinha. Digo, já vamos estar brincando de chá de mentirinha mesmo."

Nenhuma das garotas é boa em fingir, mas já ouviram falar da prática porque a ama contou histórias sobre a selvagem juventude de Melena, dizendo que a mulher fingia ser uma meretriz com tanta intensidade que às vezes esquecia que não era e se comportava como uma de fato.

As meninas não sabem o que é uma meretriz, então supõem ser algum tipo de ladra. Nunca perguntam, porém, porque durante qualquer comentário do tipo emitido pela ama, o pai delas olha para a funcionária de cara feia, cortando o assunto.

Tomada a sopa de espinha de peixe e lavada e guardada a louça, Lei e Frex escapam para o crepúsculo, onde vão trocar quaisquer que sejam os comentários tediosos em que conseguem pensar. A ama se senta com Casco para ensinar a ele o alfabeto, enquanto Elfie monta o chá da tarde sobre uma toalhinha disposta no chão. Como se fosse um piquenique. A toalha tem um formato mais propício (um *quadrilátero*!) do que a grande mesa parabólica (*parabólica!*), porque suas proporções fazem com que o conjunto de chá não pareça tão pequeno. As quatro xícaras em seus cestinhos de arame aguardam, uma ao lado da outra. Elfie usa os pires como prato.

"Qual é nossa comida de mentirinha?", pergunta Nessa.

"Ameixas-do-charco? Doces com molho de mel? Ou petiscos de queijo?"

"Aqueles outros dois lugares são para mim e para a ama?", questiona Casco.

"Estamos esperando duas amigas", responde Elfie. "Vai fazer a sua tarefa."

"Ora, não demorou muito para ficar toda esnobe e metidinha", zomba a ama. "Casco, como você conseguiu essa proeza? Olha essa letra do meio, ao contrário *e* de cabeça para baixo ao mesmo tempo!"

"Vocês não têm amigas, nem de mentirinha", retruca Casco.

"Vai ver os Ursos-anões vão dar uma passada aqui."

"Ah, eles morreram", fala Casco, bocejando, e Elfie o fulmina com o olhar. "O que foi?", pergunta o garoto, com uma surpresa fingida. "Só estou falando o que os outros meninos falaram."

Mais cedo do que o usual, Frex e Lei retornam. Lei parece presunçosa, e Frex, inquieto.

"Por que não fazemos um pouco de chá de verdade para colocar no pequeno bule?", sugere Lei, animada, e corre para pôr as mãos à obra. Sobre certas questões, Elfie está começando a ter uma reputação de irritadinha. O comentário de Casco sobre os Ski'ioti provavelmente é uma piada, mas é uma piada arriscada. Mesmo sem ter ouvido a conversa, Lei pressente a confusão e decide sair do cômodo.

A ama faz o mesmo. Leva Casco até o alpendre estreito lá fora para terminar a lição. O menino mira um chute no bule quando passa, mas Elfie é mais rápida, segura o irmão pelo tornozelo e quase o derruba antes que ele consiga se desvencilhar. Lá fora, Casco choraminga, o que não combina muito com o clima de um chá da tarde. As irmãs fazem o melhor para ignorá-lo.

"O clima anda tão estranho", comenta Nessa. "Escuta o vento."

"Eu adoro um bom vento forte", diz Elfie, tão alheia à etiqueta dos chás da tarde quanto a irmã. Depois acrescenta: "Ele ajuda a dar uma endireitada nas costas".

"Não é que dá mesmo, menina?", responde Nessa, e acaba o combustível da conversa casual.

Lei volta com um pouco de chá de hortelã em uma concha de latão, despeja com cuidado o líquido no bule e depois se levanta, esperançosa, como se torcesse para ser chamada para se juntar às meninas. As irmãs Thropp não fazem tal convite, então Lei vai para o próprio quarto e bate a porta. Nesse meio-tempo, o pai delas já mergulhou de novo em seu resmungar. O lar está desafinado, infeliz.

"Certo", começa Elfie, tentando imaginar o que precisa fazer. "Acho que vou servir um pouco de chá para você. Aceita?"

"Bom, é um *chá* da tarde, afinal, né? O que é para ter nesses pratinhos?"

"Petiscos de limão, acho. Ou de queijo."

"De mentirinha", acrescenta Nessa.

"É o que a gente tem para hoje."

"Bom, então vou aceitar dois petiscos de queijo."

"Foi mal, eu já comi os de queijo. Sobraram só os de limão. Hum, que delícia o chá." E está bom mesmo, quente e ardido. Lei deu uma esbanjada e acrescentou algumas gotinhas de concentrado de gengibre. A base de metal permite que Elfie pegue a xícara com as duas mãos e a deposite na mesa sem queimar os dedos. Ela fica com a verde, e Nessa, com a amarela.

"É simplesmente o melhor chá do mundo. Não concorda?" Um tom de voz entediado, de quem afirma o óbvio.

Nessa encara a mesa à sua frente.

"Como você bem sabe, não consigo pegar minha xícara", diz Nessa, de alguma forma acabando com o clima da brincadeira.

"Este é um chá da tarde com petiscos de limão de mentirinha. Então finge que está bebendo de mentirinha também." Elfie dá mais uma bebericada. "Nossa, eu tomaria litros e mais litros disso."

"Elfie."

"Por que não faz um feitiço para a xícara ir até os seus lábios?" Elfie assume um tom mais assustador agora. "Você *sabe* que tem algum poder. Foi dado a você como compensação, acho. Ou tenta fazer um feitiço de mentirinha. Vai. Eu a desafio."

"Em algumas brincadeiras eu entro, mas não vou entrar nessa. Para começo de conversa, o papai não aprova. Ele diz que a magia é um... um artifício de *relações públicas* e que, onde ela existe, oferece riscos. Vai contra as regras do Deus Inominado. Não vou fazer nada disso."

Elas se encaram, cada uma de um dos lados da toalhinha quadrada e encardida. São meninas em seu primeiro chá da tarde de mentirinha, e estão crescendo, envelhecendo, neste mesmo instante, e ambas sentem isso, e são incapazes de chegar ao ponto de admitir em voz alta. Inebriante e perigoso; colaborativo e antagônico. Há muito em jogo num chá da tarde.

"Ah, certo." Elfie dá o chá à irmã, derramando uma quantidade generosa entre os lábios de Nessa, na esperança de que ela queime a língua. Só de levinho.

Na manhã seguinte, elas descobrem que algum espírito maligno subiu na prateleira alta onde o conjunto de chá estava guardado por questões de segurança e jogou cada uma das peças — quatro pratinhos, quatro xícaras, quatro bases de metal, o bule e a tampa — no chão. As porcelanas jazem em cacos coloridos. Os pedaços de metal estão entortados, mas não partidos; contudo, não há mais o que segurar.

Quando se espalha a notícia de que o conjunto de chá sumiu sem permissão, e ainda por cima foi destruído, a família da menina mimada segue as pistas e cobra pelos danos. Os privilégios de Elfie de ser ouvinte na escola são revogados. Frex é forçado a comprar um conjunto de chá novo. O precioso brinquedo da garota veio *lá da Cidade de Esmeraldas* e custou o equivalente a um salário. Nessa não é proibida de voltar à escola, pois ela claramente não pode ter sido responsável por afanar um tesouro como um conjunto de chá de porcelana em tons nacarados de inveja, rancor e fúria, todos delineados em dourado.

"Não fui eu!", exclama Casco. E depois, com uma inocência de olhos arregalados demais para ser convincente: "Talvez tenha sido um daqueles Ursos-anões buscando vingança. Não acha?".

"Você tinha dito que eles estavam mortos, não tinha?", diz Elfie com um tom de brincadeira, mas ameaçadoramente baixo.

"Eu subi até aquele morro procurando eles, e acho até que vi os bichos rosnando nas moitas e tal, mas eles não queriam sair por nada. Então acho que morreram, mas talvez não."

"Você nunca foi até o outeiro. Você tem 5 anos, não sabe nem limpar a bunda sozinho."

"Eu fui com meus amigos grandes que queriam... queriam encontrar os Ursos. A ama cai no sono toda manhã depois que vocês saem para a missão, então você não sabe de nada."

Elfie está abalada demais para arrebentar o menino na porrada. Não consegue juntar coragem para guardar os cacos do conjunto de chá. Está tudo quebrado, tudo. A jovem se fecha em silêncio, revisando o que aprendeu na escola até hoje, perguntando a si mesma se todo aquele conhecimento não deveria ter sido suficiente para impedir que ela ficasse tentada pela artificialidade de um brinquedo. Imaginando o que deveria fazer a seguir.

Culpar a vítima, a aluna chorona, é uma tentação imensa. Aquela pirralha mimada não devia ter levado seu conjunto de chá idiota para a escola. É tudo culpa daquela imbecil. Mas enfim.

Encontrar os Ski'ioti, se eles ainda estiverem por aí, traria alguma cura, de alguma forma.

Apesar de ser banida da escola, Elfie não é liberada dos seus deveres como cantora de hinos nos encontros matinais. O pavilhão continua recebendo aluguel da missão de Frex, e Elfie é necessária para que a congregação continue aparecendo. Ela está acorrentada à tarefa. Exilada do mundo de lições que borbulham logo ali. Sem ela. Seu canto fica mais belo à medida que o humor piora.

A ferida se apresenta como: "Ninguém nunca nos deu presentes. Como a gente aprenderia a ser irmãs se não havia nada com que brincar juntas?". Talvez seja uma conclusão irracional, mas a dor é capaz de ir além de qualquer racionalidade.

51

Mas quem precisa ser saudável às vezes encontra um jeito. Ainda sem admitir que houve muita privação na sua vida, exceto no reino dos conjuntos de chá de porcelana, Elfie se desenrola para obter o que precisa por conta própria.

Certa tarde, algumas semanas depois, Elfie diz ao pai que vai escapar da celebração após o primeiro hino. Ele vai precisar se virar para fechar a celebração sem música. “Por quê?”, pergunta ele. Ela abre uma expressão que tem por objetivo deixar a mensagem no ar: coisas de menina, que não discutimos com o nosso pai. Frex entende a mensagem e dá um tapinha amistoso na mão dela, e é isso.

Quando a música dos ritos iniciais chega ao fim, a congregação cai de joelhos, pronta para receber uma leve admoestação, o que é estranhamente empolgante para este povo pacífico. Elfie aproveita para partir, dando a volta ao redor do pavilhão para que a congregação não a veja saindo. Ela passa pela sala de aula das crianças mais novas. Diante de uma das janelas, está Nessarose, com uma expressão assustadoramente concentrada, prestando atenção. Lei, mais do que entediada, aguarda ao lado dela, fazendo uma intrincada peça de artesanato com juncos. Elfie ignora ambas e cantarola para bloquear o som das instruções que ultrapassam as janelas e soleiras.

A curiosidade forense sobre o comportamento humano não é algo que ocorre a Elfie de forma natural. Ela está muito mais interessada em Animais e o que eles sabem que ela não sabe, ou não pode saber. Raramente lhe ocorre que poderia fazer a mesma pergunta sobre a irmã ou o irmão. Nessa e Casco são meros acessórios, protuberâncias no tecido de sua vida, tão comuns quanto invisíveis. Ainda assim, enquanto sobe o aclive que leva ao bosque de cedros, Elfie quase mergulha numa reflexão sobre quem é o pequeno e inquieto Casco, e se ele sabe a diferença entre mentir ou não. Talvez ninguém saiba. Talvez nem ela mesma saiba.

A linha de raciocínio não avança muito, mas lá está ela subindo o outeiro uma terceira vez, na esperança de que, seja de propósito ou não, Casco esteja falando a verdade sobre os Ursos-anões talvez ainda estarem à espreita. Será que ela está sendo horrenda e intrometida, uma praga para as criaturas fugitivas? Talvez os Ursos prefiram ficar sumidos. Ou talvez tenham fugido de meninos zombeteiros ou homens ameaçadores. Ou talvez eles tenham sido mortos de fato. Pode ser que ela nunca saiba. (Ela nunca vai saber.)

No entanto, sob um grupamento de cedros não muito longe de onde teve sua preciosa conversa com Lollo-lollo e Neri-neri, Elfie encontra não um par de Ski'ioti, e sim aquele menino Pari'isi, o que estava com uma pérola vegetal pendurada na orelha. Ele está sentado sobre uma espécie de coberta, com um livro aberto no chão à sua frente. Ouviu a garota se aproximar antes que ela o tivesse visto. O rapaz está com um olhar franco, divertido e defensivo.

"O que o senhor acha que está fazendo aqui?", pergunta a garota, com as mãos no quadril, como se o morro fosse dela.

"Não sabia que estava esperando a senhorita, mas talvez estivesse."

"Meu nome é Elfie, e pode me chamar de você."

"Eu sei quem você é. Por que está me incomodando? Dei uma escapada para ler em paz, não viu?"

"Eu falei que meu nome é Elfie. O senhor não deveria me dizer o seu agora? Não é assim que funciona?"

Ele ri.

"Se for seguir os roteiros pré-estabelecidos, sim. Não sabia se você era dessas. Certo. Meu nome é Pari'isi To'or, e pode me chamar de você também. O que está fazendo longe do seu posto sagrado?"

Elfie não se dá ao trabalho de responder. Não quer compartilhar suas preocupações sobre os Ursos-anões, tampouco deseja indicar a esse rapaz desconhecido, que representa uma ameaça, mesmo que de forma remota, que os Ursos talvez estejam escondidos em algum lugar. A menina não vai estragar o esconderijo deles. Esse babaca está aqui por coincidência, essa gerente do destino.

"O que você está lendo?", pergunta Elfie, mudando de assunto.

"Uma polêmica sobre classe e status, se quer mesmo saber."

"Bom, eu não tenho classe nem status, então não posso comentar. O que é uma polêmica?"

"Uma discussão acalorada que pode até ter certo mérito, caso você consiga ler através das chamas do sentimento."

Ela adoraria que o garoto fosse embora para que pudesse dar um berro para a vegetação rasteira.

"Por acaso Animais têm classe e status?", pergunta ela, sem nem pensar.

"Com licença, eu estou lendo. Em silêncio. Não presidindo um grupo de debate."

"Que pena." Só para ser desagradável, por alguma razão que não sabe identificar, Elfie se senta no chão. Não sobre a manta dele, mas perto o bastante. "E cá está você. Já o vi perambulando nos fundos da congregação algumas vezes. Está querendo se converter?"

"Não, não estou. Nem posso. O meu tio não permitiria. Classe e status. Ele é o chanceler, Pari'isi Menga'al."

"Grande merda. O meu pai é o presbítero. Se você ainda não está maduro para se juntar ao unionismo, por que continua aparecendo?"

"Eu gosto de ouvir você cantar." Ele olha diretamente para ela quando fala, sem piscar e tomado pela coragem. Elfie quase se encolhe, tamanha a sinceridade do gesto. Não consegue pensar em uma resposta mordaz. Talvez ele fique com dó, porque continua: "Você cantava mais no começo, mas depois começou a desaparecer por boa parte da manhã".

"Eu estava, hum... assistindo a algumas aulas como ouvinte. Até tudo ir pelo ralo."

"Você sente saudades de estudar. Sua cara é de avidez."

"Você parece estar é assistindo a *mim*. É meio esquisito, sabia?"

Ele dá de ombros.

"Também sou ávido. É por isso que estou lendo sobre classe e status em vez de ficar seguindo o meu tio por aí enquanto ele resolve coisas do conselho, o que é chato."

O garoto tem a idade de Elfie, ou talvez um pouco mais. Não dá para ter certeza. Ele sabe de coisas que ela não sabe, e não é tímido quando está na sua presença. Talvez só seja casual e cabeça aberta quando está longe da família. A classe e o status da coisa toda. Pari'isi To'or acende um cigarro.

Ela faz uma analogia com o pai, que, tendo passado toda a carreira nos charcos úmidos, talvez seja mais liberal do que teria sido em uma paróquia do interior da Munchkinlândia. A possibilidade de fazer com que seu eu seja um lugar à parte é algo a se considerar. Comparar a experiência de uma pessoa com a de outra é um salto conceitual para Elfie. A menina se sente tonta.

"Conta para mim alguma coisa sobre a sua leitura, e depois o que você está achando dela."

Os dois passam metade da manhã à sombra dos cedros. Quando volta a se levantar, Elfie já deixou de lado a esperança de atrair os Ski'ioti para fora do seu esconderijo. A mente dela foi transportada para o acordo que firmou com esse menino-homem.

Um contrato desajeitado e hesitante, em que nenhum dos dois sabe muito bem quem está pagando o quê e quem está recebendo o quê. Tampouco o porquê; só sabem que falar sobre isso foi a primeira prova, na qual ambos passaram.

Se Elfie conseguir manter algumas horas de independência entre o início e o final da celebração matinal, um seminário de duas pessoas poderá se reunir aqui, no bosque de cedros, no monte voltado para o lago com seus jardins flutuantes, com os terraços se erguendo de um dos lados e o vilarejo em forma de quebra-cabeça que é Ovvels lá embaixo. Se um deles não puder comparecer, o outro não vai se ofender nem se preocupar. Essa é a única condição. Eles vão ver no que vai dar.

E de fato veem, embora seja incerto se qualquer um deles sabe dar nome ao que está diante dos seus olhos. Mais ou menos pelas próximas duas estações, embora as estações das terras pantanosas mal mudem de mês para mês, Elfie Thropp e Pari'isi To'or se recolhem àquele lugar. Trabalham em qualquer coisa que ele possa ensinar e ela possa aprender. Ele tem o seu próprio tutor em casa, às vezes. Tem uma mente aguçada e não é nada ruim explicando as coisas. Ela absorve tudo que pode.

Não pensa nele como uma pessoa, propriamente, e sim como uma torneira aberta. No início, ela o coage a ajudá-la, se valendo da vergonha que ele tem de sentir lascívia por ela. Contudo, tudo aquilo sucumbe, e muito rápido. A garota mal o nota como uma forma, como um indivíduo do gênero masculino, como um rapaz quase virando um homem. Ele é uma conveniência.

Só mais tarde na vida, quando pensar de novo nesta época (e tais reflexões não acontecem com frequência, já que ela não tem tempo para isso), Elfie vai refletir sobre os motivos pelos quais Pari'isi To'or a ajudou. Sendo que no início, na loja de Unger Bi'ix, ele parecia estar tirando sarro dela, parecia até mesmo estar enojado. É claro, de vez em quando, a curiosidade pode superar a aversão, e talvez essa seja a forma dele de jogar este jogo. Certamente não há a sensação de uma faísca de interesse romântico, não que ela possa notar na época, nem discernir depois, em retrospecto. Elfie não era especialmente atraente. (Rá!) Encantadora? Nem pensar. A garota é só uma coisinha mal-acabada, uma acadêmica de meia-tigela, se é que pode se considerar uma acadêmica, tentando absorver o que quer que ele lhe ensine.

No entanto, quando chega a uma compreensão mais adulta da mortalidade (digamos, na ocasião do falecimento de Nessarose), Elfaba vê que, sob a lei da probabilidade magnificada, a morte é mais inevitável a cada dia que passa. Quanto menos dias se tem de sobra, mais crucial é como eles serão usados. Explodir algo que esteja no seu caminho antes que você acabe explodida. Mesmo que seja só a ignorância — exploda a ignorância, exploda bem explodidinha.

Assim, Elfie acaba juntando as poucas coisas que sabe sobre o garoto (afinal de contas, ele não é muito mais velho do que ela), Pari'isi To'or. Não está interessada nele em si. Está ávida por aprender, um filhote de lobo sem mãe, que sorve o leite que alguém deixou na soleira da porta, mas nunca vai se tornar um animal de estimação. Quando se está morrendo de sede, o que atrai é o leite, não a mão que o serve.

Ao contrário de seus pares, Pari'isi não é obrigado a mergulhar atrás de pérolas vegetais. O motivo não é exatamente ele estar alguns degraus acima na escada social, conectado com aqueles no poder. (Embora isso também não faça mal algum.) O que acontece é que ele sofre de alguma espécie de enfermidade ligada ao pulmão. O médico em Ovvels não consegue detectar o som de ar no pulmão esquerdo de To'or, e pouquíssimo no direito. O consenso é que o garoto não tem uma vida muito longa pela frente. Ele é dispensado de mergulhar atrás das pérolas porque não sustenta ar o suficiente para ser competente no ofício. É dispensado da maior parte das coisas porque está mais perto do fim da vida do que pessoas com o dobro da sua idade, e sabe disso.

Assim, conclui Elfaba mais tarde, no momento em que junta todos os pontos, quando To'or a encontra no bosque de cedros e compartilha os benefícios de sua educação superior, não é por conta de um interesse amoroso ou alguma tentativa capciosa de sedução. Sua estirpe é alta demais para que ele demonstre qualquer atração — ou, o que é mais provável, sensação de repulsa — que possa sentir por ela. Não, Pari'isi To'or quer ensinar a Elfaba algo para que sua curta vida tenha entregado alguma compensação ao mundo quando chegar a hora dele de partir.

Ela não olha para o garoto. Talvez ela seja tímida, talvez haja um pouco de tensão afetiva entre os dois. Mais tarde, ela não vai saber dizer. Como Pari'isi To'or é? Elfie não vai conseguir se lembrar muito bem. Vai se lembrar com mais detalhes do gato-selvagem que certa vez vislumbrou num pântano do que desse filhote de homem. O cabelo dele é mais volumoso e com cachos soltos, ou liso e escorrido? Ele é mais magrelo do que a média dos garotos quadlings? Há pouquíssimos jovens da idade dele perambulando por Ovvels, então ela não tem com quem o comparar. O porte físico do menino é meio esquisito, como se o cinto de músculos ao redor da sua caixa torácica não fosse flexível. Ele gira na cintura, não nos ombros. Isso é tudo que ela é capaz de admitir notar.

Unger ensinou Elfie a focar, com tesouras, uma régua e uma precisão de linguagem que delineia o mundo com mais intensidade do que o dogma do pai jamais faria. Os professores na escola lhe deram contexto, dissipando a neblina da ignorância com exercícios sobre o uso apropriado da linguagem, dando nomes aos conceitos da matemática. Construindo a arquitetura.

Pari'isi To'or tem uma abordagem completamente diferente. Para alguém tão jovem, ele consegue, de alguma forma, ensinar a ela sobre postura, sobre considerar como *a forma* que alguém pensa em algo colore o que se é livre para saber sobre aquele tópico.

Depois de um certo tempo, eles falam sobre os Ursos-anões. Ele já entendeu que ela morre de curiosidade sobre a vida dos Animais, uma vez que é algo que se escondeu bem debaixo do seu nariz por muito tempo.

To'or solta que houve rumores sobre os Ursos-anões, que alguém disse que eles empurraram Nessa na água para afogar a menina, mas que os Ski'ioti eram odiados de verdade porque saqueavam os jardins flutuantes. Que são particulares. Ou considerados particulares pelos humanos que os construíram e que cuidam deles.

Apenas rumores. Talvez os Ski'ioti não sejam uma ameaça. Elfie se fecha para algumas das implicações da análise do garoto, mas, uma vez que a possibilidade de assassinato é dita em voz alta por Elfie e To'or, ela deixa o assunto de lado. É insuportável pensar a respeito. Os Ski'ioti estavam ali, e agora não estão mais. Ela simplesmente aceita o fato. Vai ficar com uma sensação de perda pelo resto da infância, e provavelmente além. No entanto, a curiosidade de identificar as variáveis entre os comportamentos Animal e humano — caráter, a qualidade absoluta de ser uma coisa ou outra — é um apetite que vai perdurar, um que ela nunca, jamais vai deixar de lado.

Elfie não registra se To'or se ofende ou não com o suposto ataque aos Animais. Vê apenas que ele está falando sobre isso porque a curiosidade de Elfie sobre os Ursos-anões a dominou. Ela aprendeu mais sobre eles do que qualquer outra pessoa em Ovvels. Classe e status! Talvez ele se arrependa de ter dito aquelas palavras. Elas acabariam virando uma piada, se Elfie fosse capaz de fazer qualquer coisa além de um comentário espirituoso aqui ou ali.

Nada disso é percebido com tanta nitidez como resumido aqui. A menina absorve mais do que sabe através do estilo casual e dialógico do rapaz. É só muito depois da morte dele e da partida dela de Ovvels que Elfie começa a admirar a técnica de To'or e a ser grata pela influência do garoto na sua educação.

52

Talvez por conta da expulsão de Elfie do pavilhão, Nessa começa a se comportar como se fosse mais merecedora do que a irmã mais velha. Aquela ladra lamentável, a Elfie do conjunto de chá de porcelana roubado e arruinado de forma tão maldosa. Uma pena, sério. A irmã mais nova, pálida e reprovadora, cerra os lábios de forma desagradavelmente similar à dona da pensão. Nessa não comenta quando o assunto da desgraça de Elfie vem à tona, mas sua posição sobre o assunto é inquestionável.

E o assunto vem mesmo à tona, porque agora há um toque de consciência social, pelo menos para Nessa. Solta no mundo, mesmo tendo Lei como acompanhante, a menina mantém sua posição e, cada vez mais, o seu equilíbrio, avançando pelo corredor de sala em sala conforme domina a matéria. Nessa está aprendendo a ter equilíbrio.

Ela se torna o bichinho de estimação das meninas quadlings, que chegam ao nascer do sol e vão embora a tempo de comer em casa a refeição da tarde. Elas se revezam nos cuidados da garota. Nessa pode ser tanto um projeto de caridade da turma quanto apenas uma tolinha com deficiência, que faz todas as pessoas ao redor se sentirem melhores consigo mesmas, e Elfie nem tenta concluir qual é o caso. Não se importa. Talvez, cedo ou tarde, terá liberdade para perseguir seus próprios interesses e não será obrigada a servir de braços para Nessa o tempo todo. Ela nota que, embora tenha inveja de como Nessa explora Ovvels, fica aliviada ao ver que a irmã está demonstrando sinais de, em algum momento da vida, poder viver sem ajuda.

Que Nessa puxe o saco dessas falsas. Ela não é a devoção em pessoa, com o xale envolvendo os ombros e as mãos invisíveis aninhadas sobre o colo? Mantém os olhos baixos em modéstia e charme. Às vezes, Elfie tem vontade de bater na irmã só para ver um lampejo de expressão verdadeira.

Lei Leila'ani se sente acuada pelo avanço social de Nessa. Desde que foi aceita no circuito de estudos, a menina meio que está se virando sozinha. Ela tenta até dispensar a dona da pensão de sua função de protetora por períodos de uma hora ou mais. Dessa forma, a campanha de Lei para transformar Frex em seu segundo esposo, que envolve aceitar o fardo dos filhos dele como seu, vacila. A mulher alterna ciclos em que se torna mais doce ou mais ácida, um sinal de desespero.

Frex mal nota. Está tentando aprofundar cada vez mais a sua compreensão do unionismo. Ele exuma do baú os livros que arrastou desde que saiu da Munchkinlândia, tantos anos atrás. Coloca os tomos mofados no sol, limpa os esporos e separa as páginas grudadas. Discussões sobre fé e dogma o fascinam. Ele tem a esperança de reunir um material útil para seu indefensável rebanho. No momento, o número de fiéis está na casa das centenas — bem, uma centena e meia, na verdade. Suficiente em contribuições para cobrir os custos de uma família pequena. Sem falar no fato de que alguns convertidos às vezes passam pela casa suspensa de Lei Leila'ani para deixar um prato de peixe cozido, de frutas verdes, ou uma torta de aipo com massa crocante.

Lei descobre um jeito de se ofender com os presentes em forma de comida, em sua maioria, trazidos por viúvas maliciosas, observa ela; ainda assim, também se aproveita da generosidade. A reserva financeira da viúva não é vasta. Ela está contando com o momento em que vai se tornar parte da família Thropp, sendo promovida a esposa cedo ou tarde. E daí que Nessa está aprendendo a andar sozinha? Ainda há Casco com o qual se preocupar. Lei se coloca como uma estável força maternal. Um presbítero não deve ter que criar o próprio filho, não quando está sendo a figura paterna de boa parte do vilarejo.

Ah, Lei. Nem todo mundo tem um papel principal. Mas os membros da família não levantam conjecturas sobre o que deve se passar pela cabeça dela, e não temos tempo para isso. A vida às vezes voa, não é mesmo? Lei está de canto, esfregando os pulsos secos com um unguento, perguntando a si mesma como é possível ser uma viúva de posses e, ao mesmo tempo, uma cidadã de segunda classe no seu próprio lar. Isso é tudo que vamos saber dela. A mulher não quer o mal de ninguém; entretanto, faz pouco bem.

Enquanto isso, aquelas meninas — a aberração verde e a outra, que tem uma estranheza menos pior — estão vivendo a vida de Ovvels de forma tão imperturbada quanto possível, dadas as circunstâncias.

Já a ama precisa ficar de olho no menino, sem dúvida, mas tem suas próprias dores e seus próprios sofrimentos, e faz questão de deixar isso claro para quem quer que dê ouvidos. Os joelhos da ama, os joelhos nos quais a pobre e morta Melena se sentou quando era pequena, já são joelhos velhos. A ama já não consegue se levantar de uma cadeira a tempo de impedir que Casco fuja do cômodo e faça mais alguma travessura.

Como resultado, o menino se deleita com a marginalidade de formas ainda mais públicas. Os incidentes causados por sua rebeldia passam a respingar, de forma injusta, na dona da pensão. Lei Leila'ani deveria tomar uma providência, começam a sugerir por aí. Sério, é o dever dela, que abriu as portas para estrangeiros e aberrações. A consideração da vizinhança por Lei começa a vacilar, e depois a cair. Nem um pouco justo, é claro. Com frequência, o servidor público mais confiável é o que melhor se adequa ao papel de bode expiatório, e desta vez é Lei.

Porém, pense em tudo isso da perspectiva de Casco. Não há escola para ele. Nesta idade, os meninos quadlings costumam ir junto com os pais para os campos ou os jardins flutuantes, ou os acompanham nos serviços prestados por aí. Só que é difícil seguir um pai cuja duvidosa profissão é ser devoto, especialmente quando se é um menino espirituoso que não tem noção alguma do que é uma divindade, ou das obrigações que esta impõe sobre as pessoas em relação a como viver sua lamentável vida.

Casco implora para ir para os campos de pérolas vegetais com os meninos mais velhos. A resposta de Frex é curta e grossa: eles são quatro anos mais velhos do que Casco, que acabaria em lugares que não consegue alcançar, em mais de um sentido. Lei arrisca falar a mesma coisa com palavras mais adocicadas, tentando conquistar o garoto com um cubinho de coco com açúcar, mas Casco literalmente cospe nela.

Sem ter o que fazer, e mais rápido nos movimentos do que a ama, o menino vira um vândalo. Elfie cogitava a possibilidade de, no primeiro dia em Ovvels, Casco ter escapado das garras da ama, corrido atrás do pai e da irmã mais velha e atirado uma pedra na janela de Unger. Ela não se surpreenderia se descobrisse ser verdade, mas deixou de lado a curiosidade. No entanto, desconfia que Casco foi o responsável por destruir o conjunto de chá furtado, que ela pretendia devolver na manhã seguinte, antes que o pavilhão abrisse. Naquelas circunstâncias, o crime inicial de roubo dos maravilhosos objetos eclipsou o subsequente escândalo da sua destruição. Se ela não tivesse levado o brinquedo para a pensão de Lei Leila'ani, não haveria nada para Casco quebrar.

Qualquer que seja o caso, o menino não foi punido. Como ninguém o culpou pelo desastre com o conjunto de chá, Casco botou as asinhas ainda mais para fora. Todos aqueles cacos brilhantes de vidro colorido. Todos aqueles vértices de porcelana não pintada expostos nas bordas dos cacos. Ele sai à procura de outras coisas para destruir, arruinar, estilhaçar. E assumir riscos maiores no processo.

No começo, só usa um galho seco de árvore para derrubar tomates-do-charco do pé. Ver as bolotas vermelhas espalhando suas sementes douradas na terra o agrada. Ele provavelmente é jovem demais para sentir qualquer prazer sexual no ato, mas ver o fruto de pele retesada ser forçado a revelar seu exuberante interior talvez não precise ser sempre uma analogia da violência sexual. Quem sabe, é só violência.

O mesmo acontece no caso dos ovos. Eles obviamente querem ser quebrados, senão, por que teriam cascas tão frágeis?

O problema com os tomates, os ovos, as teias de aranha e afins é que oferecem pouquíssima resistência. Quando, com uma faca afanada da cozinha de Lei, Casco consegue arrancar um melão do pé, destruindo o fruto para que as formigas se deleitem com ele antes que algum jardineiro humano volte para resgatar os restos, bom, isso é muito mais satisfatório.

Mas não satisfatório o bastante.

Talvez seja só outro tipo de feitiço, um que até um garotinho é capaz de fazer: destruir coisas.

Seu pai está imerso em ruminações. A ama está afundada na sua confortável poltrona de vime. Com a costura no colo, pode fingir estar sendo produtiva. Lei vaga de um lado para o outro, cada vez mais desesperada. As irmãs de Casco estão ocupadas com suas empreitadas fora da casa de Lei. Então o menino recorre ao caos com um talento e uma precisão aperfeiçoados com tanta rapidez que parecem atribuídos a ele por alguma força divina. Se o Deus Inominado não quisesse que eu quebrasse as travas do viveiro de cabras, por que me daria essa ideia? As cabras não acharam nada ruim. Sou um libertador, papai.

Contudo, ele nunca precisa dizer isso. As cabras dão no pé, destruindo jardins e mais jardins tarde adentro. Ninguém viu Casco mexendo no portão. Quem sabe ele tenha se quebrado sozinho? Não, os pedaços da madeira carcomidos por uma lâmina indicam intenção.

Então duas cabras que vagaram longe o bastante do vilarejo a ponto de curtir umas férias rurais acabam reféns de dentes mais afiados do que a faca de Casco. O próprio menino encontra os cadáveres. Consegue correr de volta até o centro da cidade e dar a triste notícia. Não suspeitam dele, jamais suspeitariam. Ele é uma criança. E as marcas na garganta das cabras não equivalem aos dentes *dele*.

Talvez sejam marcas de mordida de Ski'ioti. Só pensando alto aqui.

Outros toques de maldade se seguem. O gato de estimação de alguém foi baixado até o fundo do poço usando um balde. O bicho sobreviveu, mas se tornou uma companhia desagradável. Quatro pássaros de um tom amarelo brilhante foram atraídos para uma rede, sabe-se lá como, e tiveram os pescocinhos torcidos. Penas foram grudadas com cola de arroz na parede do celeiro de arroz, formando as letras de um feitiço, que ninguém é capaz de ler, pois, ao que parece, o artista sanguinário não é muito bom em soletrar. Os corpos dos mortos, retorcidos no chão com seus pezinhos voltados para cima, já soletram o que houve com clareza suficiente.

Os locais começam a murmurar mais alto. Frex fica sabendo do surto de travessuras. Critica a série de atos de vandalismo em seus sermões, fazendo uma metáfora sobre a astúcia do diabo. É quando alguém invade a casa de Pari'isi Ma'ani, pai de Pari'isi To'or. Um retrato do Pari'isi Inicial, até onde se sabe um patriarca tranquilo e afável, advogado das cortesias sociais, foi todo rasgado com uma faca. Os olhos tranquilos do sujeito foram arrancados, como caroços de cerejas.

Isso desperta no povo de Ovvels uma desconfiança de bruxaria. O que alguém poderia querer com um vandalismo tão dedicado como a remoção dos olhos do líder, morto há muito tempo, de uma das famílias governantes?

O que acontecerá em seguida? Quem será a próxima vítima? E se não for mais a representação de olhos, e sim olhos em si? Corvos comeram os olhos das cabras depois de um tempo. Quem mais precisa de olhos? Bruxas precisam, para espiar com eles. É por isso que bruxas criam corvos.

Lei Leila'ani é a primeira a analisar o vigor da ameaça crescente. Para seu crédito, não joga a família Thropp aos leões. Em vez disso, vê uma oportunidade. Precisam todos ir embora, mesmo que por um tempo.

"Se a gente for embora e o vandalismo continuar, vai ser a prova de que ninguém nesta casa é responsável", diz ela.

"E se a gente for e os problemas acabarem?", diz a ama, sem emoção.

Lei reprime um arquejo.

"Nesse caso, é melhor a gente não voltar."

"Ai, caramba!", exclama a ama. "Não tem nada de 'nós', excelentíssima viúva Lei Leila'ani." Usar o título formal é provavelmente a coisa mais cruel que a ama já fez à dona da pensão. "A senhora não pode estar pensando em se juntar a nós. Os outros achariam que a sequestramos. Em todo caso, duvido que Frex cogitasse ir embora. Seria quase uma admissão de culpa. Frex?"

O presbítero se nega a comentar. Enquanto isso, os incidentes ultrajantes continuam, sem se abalar — nada mais terrível em natureza, mas tampouco menos merecedor de alerta. Os cidadãos de Ovvels raramente trancam as portas, e quase todas as suas janelas são cobertas apenas com redes, quando muito. Aldeões quase nunca são avarentos, então poucos possuem bens preciosos. Os itens de maior luxo nos lares mais prósperos são painéis com faixas de tecidos emolduradas e penduradas, ou apoiadas em biombos dobráveis. Várias dessas peças delicadas são encontradas rasgadas com um único golpe de lâmina, o tecido cedendo para mostrar o interior de barro ou bambu através de cicatrizes cirúrgicas.

Mas todos têm um cofrinho cheio de moedas em algum lugar. Pássaros mortos e repolhos arruinados são uma coisa; mas, quando o dinheiro começa a desaparecer de vários esconderijos, o descontentamento se torna mais público. Numa reunião da congregação, depois de Elfie ter cantado para a multidão em um momento solene, antes de conseguir desaparecer para seu colóquio com Pari'isi To'or, a menina vê o clima mudar. Quando o cesto começa a circular para coletar as oferendas, retorna com mais comentários do que dinheiro.

"Nosso dinheiro já está desaparecendo", resmunga uma velhota miserável. "Por que entregar o pouco que ainda restou?"

Vozes falam umas por cima das outras. O rebanho geralmente dócil agora é uma colmeia prestes a explodir.

"Vamos tirar um dia de reflexão em casa amanhã", diz Frex para seu rebanho. Termina a reunião mais cedo, sem passar o cesto de oferendas de novo. Com um gesto da mão, detém Elfie no ato de escapulir. "A gente vai para casa agora, Elfaba", dispara Frex. "Sem discussão. Vai lá buscar a Nessa na sala de aula, que ela está incomodando." A menina não ousa fazer objeções.

Frex está claramente perturbado. Na pensão, tanto Lei quanto a ama tentam acalmá-lo. Não ajuda o fato de que Pari'isi Menga'al, tio de Pari'isi To'or, escolhe aquela manhã para visitar a pensão de Lei. Em outras circunstâncias, seria o momento alto da vida da viúva, confirmando sua proeminência como membro da comunidade. Agora, é um escândalo. Lei permite a entrada do magistrado, mas Frex não vem do outro cômodo para reconhecer sua autoridade.

"Meu chamado vem das alturas, não do senhor", grita ele.

"Sem dúvida", diz o oficial bem estofado. "Mas fui eu quem vim chamar o senhor, não alguém 'das alturas'. Tenho a jurisdição sobre os cidadãos daqui e também sobre os visitantes. Precisamos discutir os recentes incômodos à comunidade. As pessoas estão falando."

A anonimidade da denúncia é algo assustador. *As pessoas estão falando*. A própria Elfie falaria algo se pudesse.

O pai dela não deixa os aposentos ocupados pela família. Começa a rezar alto enquanto sai pegando as velhas malas de vime e baús de couro guardados sobre os caibros do sótão da Lei. A classe e o status do velho Pari'isi não significam nada ali, e o magistrado vai embora com um notável mau humor.

"Eles não vão saber mais nem quem são sem mim", diz Frex. "Se concluíram o pior tão rápido, que bem eu fiz?" Elfie vê o pai reclamar com o ar perdido em uma enxurrada de neblina, sem rumo e sem nenhum instinto de navegação.

A ama e Lei descem e vão até a despensa para preparar uma refeição como distração. No quarto da família, Nessa chora baixinho, e ninguém limpa seu nariz.

"Diga o que devo fazer para eu ter alguma ocupação, é inútil só ficar parada aqui", pede Elfie. E Casco vai e fica parado em um canto, com as costas voltadas para os outros, colocando a si mesmo de castigo de forma ostentosa, embora ninguém se dê ao trabalho de perguntar se foi ele. Honestamente, os quatro Thropp adorariam se colocar nos quatro cantos do quarto, de costas para os familiares, ignorando o inevitável, mas precisam fazer as malas.

Lei se aproxima de Elfie.

"Você vai manter esta família acima da superfície", sussurra ela para a menina. "Mas não tem como fazer isso sozinha. Eu vou ajudar. Pode confiar em mim. Você gosta de mim, e isso basta."

"Não estou entendendo essa história. E como assim, por que gosto da senhora? Preciso de lembretes."

"Eu sou uma das que não atravessou para o outro lado da rua quando viu você chegar." Lei baixa o queixo várias vezes, como se estivesse endereçando a fala ao assoalho.

"E é isso que faz as pessoas serem gostáveis? O fato de não terem atirado pedras em mim?"

"Você está simplificando as coisas. Estou do seu lado, Elfaba Thropp."

Elfie balança a cabeça.

"Gostar das pessoas, não gostar das pessoas. Eu não entendo nada disso. Mas, de toda forma, não acho que é algo que tenha a ver comigo. A senhora pode me dar licença, por favor? Está pisando na barra da minha saia."

Lei não move o pé. Elfie quase sente dó. Com uma voz neutra, diz: "Queria cortar um par de asas para você, para que pudesse voar em direção a uma vida melhor".

Lei, ofendida e ferida, solta um arquejo e sai do caminho.

Frex diz aos filhos e à ama que eles vão embora de Ovvels no dia seguinte, de queixo erguido e orgulhosos, no ápice do movimento do mercado matinal, passando pelo meio da multidão. Para provar que não estão envergonhados. No dia seguinte! Elfie solta os itens de higiene que estava organizando. Pega a última peça de roupa no baú da mãe. Tira só ela, deixando lá no fundo o espelho oval que Melena levou de Jardim Colwen tantos anos atrás. "Se não quiser que isso aqui quebre, é melhor enrolar em algo macio", rosna para o pai. "O senhor cuida disso. Eu vou levar este manto para o Unger, como um presente de despedida."

Frex está em um estado fragilizado demais para proibi-la, mas Elfie o vê pegar um xale de orações e enrolar o espelho. Ainda não está pronto para se desfazer do objeto.

"Isso vai acabar sendo seu, Elfaba. Vai ser uma lembrança. Este espelho já refletiu o rosto da sua mãe."

Ela se apressa a sair com o último traje acobreado. De função meio incerta, é adornado com pedaços de pele branca e suja e revestido com pedaços apodrecidos de seda. Subir pelos degraus da loja de tecidos faz a menina sentir uma dor pouco familiar, mas ela não se permite tirar um tempo para questionar sua natureza. Há muito o que fazer.

"Ah", diz Unger, aceitando o item. Se comporta como se Elfie não tivesse sumido por meses, como se sua reaparição fosse oportuna e esperada. "Acho que isso deve ser o que chamam de robe de resguardo. Ou roupão matinal. De uma grávida sortuda o bastante para ter funcionários a ajudando com suas necessidades nos meses finais da gestação. Não é algo visto com frequência neste clima, considerando esses detalhes de pele de arminho. Um pouco exagerado. É claro, eu posso estar errado."

"Mas o senhor quer? Se quiser, pode ficar", diz ela. "Parece que chegou a hora de a gente ir atrás da família do Coração Tartaruga. Meu pai está determinado a fugir antes que expulsem a gente do vilarejo. Estão todos contra ele agora. Vamos embora amanhã de manhã."

"Fugir não passa uma imagem muito boa", comenta Unger. "Só dá legitimidade às acusações. Mas ele está cuidando da família, algo que eu também faço, embora de forma muito menos dramática. Sim, vou ficar com isso. Vou até mesmo pagar."

"Eu não quero pagamento nenhum."

"Mas vai receber. Escuta. É isso: um conselho para você."

A nova vidraça foi instalada, e é oval como o espelho da mãe, embora numa escala muito maior. A orientação, praticamente vertical, se curva em um ponto parabólico. A luz recai sobre Elfie, e ela sabe que é lamentavelmente verde. A menina fica parada ali, com os olhos duros como pedra. Odeia conselhos.

"Fala", diz ela enfim, para acabar logo com aquilo.

O dono da loja de tecidos apoia o traseiro no banquinho alto atrás do balcão, cruza os braços sobre o peito e tomba a cabeça para o lado, analisando a menina além da ponte do nariz e das curvas das bochechas encovadas. Os pelinhos da sua orelha precisam ser aparados.

"Recentemente, prestei alguns serviços para os Pari'isi", diz ele. "É de conhecimento comum entre os membros do clã que o enfermo jovem To'or admira você por sua habilidade de aprender."

"Enfermo?", diz ela, antes de se lembrar que sim, caramba, é provável que Pari'isi To'or não viva por muito tempo.

"A opinião do Pari'isi To'or não me surpreende muito. Só corrobora a minha. Mas o jovem mestre teve mais treinamento formal do que eu, e *ele* está impressionando com sua esperteza, com a vivacidade da sua mente. Talvez sua saída de Ovvels esteja vindo em um bom momento, afinal de contas."

"Fiquei sabendo que o líder dos Pari'isi não gosta muito da gente."

"Isso é tudo questão de posicionamento público. Ele precisa ser visto se opondo ao desconhecido. Não liga para ele. Presta atenção. Na verdade, Elfie, nossa sociedade aqui de Ovvels, tão orgulhosa de si mesma, vai logo se provar provincial demais para seus interesses e suas capacidades." Ele vê que ela está surtando, querendo ir embora antes que a conversa fique muito pessoal. "Meu pagamento por esta lembrança da sua mãe? Imagino que ela tenha usado a peça enquanto estava grávida de você. De toda forma, o conselho que te dei já cobre o valor dela."

"Preciso ir", fala Elfie, pronta para dar no pé.

"Exatamente. Elfaba Thropp, você precisa se desafiar mais do que fez até hoje. Você se ocupou preparando pequenas asas para o festival de Se'enth. Pode chegar muito mais longe usando outro tipo de asas. Recomendo que preste o exame de admissão para uma das universidades de Shiz. Está me ouvindo? Shiz é o centro de ensino de toda Oz, até onde sei. Uma cidade de verdade, perto da qual Ovvels não passa de um vilarejo. Fica ao norte, a dias e dias de viagem daqui. Mais ao norte até do que a Cidade de Esmeraldas. Na província de Gillikin."

"Do que o senhor está falando? Vamos procurar os familiares ainda vivos do Coração Tartaruga e, sei lá, dar a eles ameixas-do-charco ou algo assim."

"Para de fazer gracinha e me escuta. Pede ao seu pai para ele mandá-la para a faculdade. Você merece mais do que seguir os passos dele. É claro que no momento você é uma criança, não tem nem... o quê, uns 14 anos? Talvez 15? Algo assim? Sou ruim com idades, e vejo que você também é. Mas você mudou durante o tempo que passou em Ovvels. Está ficando pronta para assumir as rédeas da própria vida. Se ainda estivesse trabalhando para mim, eu a demitiria, assim você *precisaria* achar algo mais desafiador para fazer. Não permita que seu pai, aquele homem misteriosamente bom, detenha você. Seu caminho não é o caminho dele, e o caminho dele não é o seu caminho. Está entendendo?"

"O senhor está maluco", diz ela. "Ele nunca permitiria."

"Então não precisa pedir para ele. Só vai e faz."

"Vou repetir: o senhor está maluco."

"Bom", começa o sujeito, virando as costas para Elfie enquanto dobra o robe de resguardo e se ocupa com o trabalho. "E daí? Contanto que você não esteja e me dê ouvidos."

53

Ela devia voltar, considerando o estado das coisas na sua casa. Mas, antes que possa virar seus passos na direção da pensão de Lei Leila'ani, Elfie faz a curva e segue rumo à lagoa, depois pega um atalho e avança pelo terreno oposto até o outro lado. Sobe o aclive a passos rápidos. Geralmente andava sem nem pensar, de cortina de vegetação a cortina de vegetação, todas formadas por bambuzais e samambaias gigantes; hoje, no entanto, ela toma o caminho mais curto, pelo campo aberto, até o bosque de cedros que foi sua sala de aula. Dela e de Pari'isi To'or.

O certo seria que To'or a estivesse esperando, como sempre. Mas talvez o tio dele tenha descoberto as sessões secretas de ensino e o proibido de ir. O outeiro não oferece consolo. De nenhum tipo.

Elfie rodopia na brisa soprada por sobre a água, esticando os braços dos dois lados do corpo como se fosse uma semente voadora de bordo-pantaneiro. Sementes aladas, capazes de voar pela brisa. Será que se ela fizesse um par de asas para si, poderia encontrar... encontrar o quê? Ir alto o bastante para ver o mundo, ver para onde Neri-neri e Lollo-lollo foram? Ver onde To'or se escondeu dela e chamá-lo, nem que seja para falar adeus? Ela não tem asas para voar, nenhum impulso, apenas ambição.

O esforço de girar em desespero borra tudo, e ela fica tonta. A vida reduzida a uma série de arestas cortando faixas coloridas. Lágrimas vêm, e ela lhes permite escorrer e suspender a dor. Sentir a dor ajuda.

Quando para, Elfie se dá conta de uma nova sensação de isolamento. A paisagem, espalhada em embaçados cinturões de cor, retorna. Agora parece um globo vítreo. Ela não encara seu interior para ver o futuro ou o passado. Ela *está* no interior dele, trancada dentro do mundo. Ela compreende isso pela primeira vez. Dos galhos dos cedros lá em cima aos terraços de arroz, a agricultura, a colmeia zumbidora de Ovvels e os charcos, terras ribeirinhas e selvas de onde a família emergiu e para onde logo voltará: esta é sua prisão. Com um teto alto e azul, o céu, e um chão profundamente refletor, a água da lagoa.

Trancada dentro do mundo e dentro de si mesma: uma prisão dupla. Ela provavelmente nunca escapará.

Se dando conta disso de uma forma profunda, talvez o primeiro pensamento existencial que já articulou para si mesma, Elfie percebe que não faz sentido esperar que os sentimentos passem. A próxima tarefa da sua vida é viver com esses sentimentos. E, depois, trabalhar até chegar a hora de fazer a próxima coisa corajosa.

Quando volta para casa, Elfie encurrala o pai em sua clausura de orações.

"O senhor não está mesmo pensando em deixar a Lei Leila'ani vir com a gente amanhã, né?", pergunta em voz baixa.

Cogita a possibilidade de ele estar bêbado. Alguma coisa ele está. Destruído, no mínimo, com os olhos adornados com cola e vermelhidão. Ele é incapaz de colocar seus argumentos em palavras.

"Escuta", diz a garota. "Se a Lei vier com a gente, o pessoal de Ovvels vai concluir que ela *era* parte do problema. A mulher nunca vai poder voltar. *Este* é o lar dela; *nós* não somos. Pelo bem da Lei, a gente precisa ir embora sem que ela saiba. É a coisa certa a fazer. Não podemos tirar essa segurança dela.

Frex não está tão perturbado a ponto de pegar a insinceridade do argumento. Elfie, preocupada com a coisa mais gentil a se fazer? Ele ergue uma sobrancelha e corre a mão de unhas sujas pela barba.

"Ela talvez pense que seu lugar é com a gente", continua Elfie. "E pode ser até que pareça ser verdade. Mas não é. Ela não sabe nem como começar a lidar com o Casco. A melhor coisa a se fazer é ir embora bem cedo, antes de a Lei levantar. Ela tem um sono pesado, como o senhor sabe. Caso contrário, de vez em quando a gente até teria café da manhã. Vamos levantar antes da aurora. Pode contar com o Casco para se comportar, ele não a quer como mãe falsa, ninguém quer, na verdade."

"Ela é uma mulher boa", afirma Frex, perdido.

"Se o senhor deixar a Lei vir com a gente, vai tirar dela toda a bondade. Ela só é boa aos olhos dos vizinhos."

"Você está sendo maldosa e mesquinha, Elfaba. Não tem por que ter ciúmes dela."

"O senhor vai acabar miserável se roubar a reputação da Lei em troca de companhia. Sendo que ela vai poder alugar os quartos da pensão para outros hóspedes depois que a gente for embora. A Lei é boa em cuidar dos próprios interesses."

Eles se encaram por um instante que se estende demais, mas nenhum dos dois consegue desviar o olhar.

A dona da pensão está roncando baixinho atrás da porta entreaberta quando Frex abandona o último item que pertencia a Melena, uma bolsa bordada na qual ele enfia um bolinho de notas como pagamento final. Não nota Casco se esgueirando até ela e embolsando metade do dinheiro.

Os telhados se inclinam e piscam, acima de um mar de vapores da lagoa.

Frex e Nessa se recusam a olhar para Ovvels uma última vez. São orgulhosos demais. Casco e Elfie, por sua vez, decidem se virar. Elfie não consegue discernir a casa da Lei, só o conjunto de árvores que marca sua vizinhança. Casco solta um palavrão. Elfie segura a mão dele. A ama anda com um vigor surpreendente, de repente motivada, agora que Lei Leila'ani está fora do jogo.

Uma sensação desconhecida de propósito familiar e convívio.

"Eu sei que foi você", fala Nessa para Casco depois que o pai se afasta o bastante para não escutar.

"Que eu o quê?" A resposta de Casco é corajosa e provocadora.

"Sei que foi você que quebrou o conjunto de porcelana", diz Nessa, e Elfie desvia o olhar.

"Não fui eu, foi você", retruca Casco. "Você fez um feitiço para ele cair da prateleira porque ficou brava por não conseguir pegar a xícara sozinha."

"Eu jamais faria isso", fala Nessa. "E minha grande força moral é que eu não minto. É um paradoxo: posso não ter braços, mas estou abraçada à verdade."

“Ah, me poupa”, murmura Elfie.

“Mesmo que tenha sido eu”, diz Casco, “foi porque você me enfeitiçou para eu fazer isso. Não tem como negar. Mesmo que não se lembre. Você pode ter feito o feitiço enquanto dormia.”

O menino arrogante encurralou a irmã. Ela morde o lábio superior até ele começar a sangrar, e a ama precisa se aproximar para limpar seu queixo.

“Se eu não precisasse amá-lo, eu o odiaria tanto”, fala Nessa para Casco.

“Ah, que peninha”, rebate ele, alegre.

Com isso, ele desviou a atenção da possibilidade de ter cometido todos aqueles outros pequenos crimes, e assim segue saltitando pelo caminho, livre como o próprio pecado.

54

Mas a coisa toda se prova mais complexa do que eles imaginavam, e o grupo tem dificuldades para seguir as pistas que Ta'abi, o mestre soprador, anotou no verso do recibo de Unger. Imagine uma aranha tentando descrever o fio radial que percorreu para conseguir o insetinho de desjejum próximo ao vórtice da teia. Aqui o problema é o mesmo. A família está procurando por um trecho do rio com um crescimento incomumente denso de plantas pantaneiras. Mas os entrelaçados afluentes sem nome não apresentam assentamentos permanentes, e são todos quase idênticos. Apenas a graça do destino os levará aos familiares de Coração Tartaruga. Ou não.

Ainda assim, eles seguem em frente, em canoas de madeira e a pé, sob monções ou nos mais raros dias empoeirados de seca. E pedem orientação para todo mundo que encontram, e às vezes as seguem.

É complicado. Para começo de conversa, sendo o nome Coração Tartaruga uma tradução de Chelo'ona, variações se proliferam. Nas relações de natureza fúngica dos pequenos vilarejos e postos sazonais caindo aos pedaços, abundam pessoas com nomes como Stah Chelo'ona (Coração de Tartaruga) ou Chelo'ona Goah (Pulsação Tartaruga). Os Thropp têm apenas uma pista, mas não um mapa.

Conforme as semanas se transformam em meses, e os meses seguem um atrás do outro, Frex volta à vida penosa de um missionário viajante, e a família descobre que a pergunta mais eficiente a se fazer não é sobre

Coração Tartaruga, ou Stah Chelo'ona, e sim: "Alguém *se lembra* de um moço que desapareceu, um jovem bonito que era soprador de vidro e profeta? Um que soou o alarme sobre os mineradores de rubi que chegavam aos montes da Cidade de Esmeraldas? Que foi embora para protestar e pedir o fim daquilo?"

Como os quadlings são, em geral, um povo bem complacente quando comparado aos empenhados munchkins, a personalidade de Coração Tartaruga se destaca mais na memória local do que seu nome. Alguns membros mais velhos das comunidades assentem com sabedoria. Mas ele sempre parece ser de um clã diferente, de um que ergueu acampamento e se mudou para o norte, ou talvez tenha sido para o sul. Como Frex não tem outra ambição além de pregar até morrer, e sua família não tem opção a não ser ficar com ele, o grupo vaga de forma aleatória e sem esperança. Talvez acabem encontrando alguém que conheceu o Coração Tartaruga, e então Frex vai pedir perdão pelo assassinato do profeta, que ocorreu tantos anos atrás no pátio de Jardim Colwen. Ou talvez isso não aconteça. No meio-tempo, seguem trabalhando para o Deus Inominado. Talvez a busca desenfreada que marca essa empreitada esteja de acordo com um plano divino, e é melhor eles só calarem a boca e pararem de reclamar.

Talvez sigam assim pelo resto da vida de Elfie, mas certo dia, um dia sufocante no qual muriçocas e maledicências se deleitam, o grupo missionário está atravessando um território quando uma voz familiar os chama. Seus nomes são anunciados com langor.

"Cattery Spunge e Frexispar, o Devoto. E aquele raminho de samambaia agora cresceu e virou um pé de vagem, Elfie-Fabala-Fae em pessoa!" Das sombras de uma cortina de contas atrás da qual estava agachada, protegida das picadas de inseto, surge a cabeça da antiga e astuta cozinheira da família. Buzi em pessoa.

Ela devia ser muito nova naquela época, pensa Elfie, porque agora mal parece estar na meia-idade. Tem algumas rugas na testa e ao redor da memorável boca. Sua cintura está mais larga, mas a postura é praticamente a mesma, e seu vigor, ou a falta dele, traz memórias que Elfie não sabe onde colocar. Mas as sensações de memória nunca vista, ah... elas são de fato intensas, e a garota se sente suspendida por algo invisível.

Este, talvez, seja o antídoto à epifania de solidão que ela teve no bosque de cedros. É uma situação inédita para a menina: uma reunião.

"Nessie, Nessie, andando como uma virgem sagrada. Milagres acontecem. E olha só esse principezinho, todo lindo", diz Buzi para Casco, olhando o garoto de cima a baixo. "Achei que iam afogar você pelo trabalho que deu à sua mãe."

"Pelo jeito, não afogaram", rebate Casco, de queixo erguido. Não sabe quem Buzi é, mas reconhece o perigoso tom da intimidade.

"Não acredito no que estou vendo!", exclama Frex, tomado por uma alegria causada pela coincidência.

"Você vai ser de grande ajuda." A ama enxuga o suor da testa e afugenta os insetos. "Para começo de conversa, vai poder nos falar onde raios estamos no meio deste lamaçal todo."

"Ah, este lugar não tem nome, é feio demais", responde Buzi. "Mas fica entre Ovvels e Qhoyre, mais ou menos. Talvez mais perto de Qhoyre. Bengda é para lá, e do outro lado ficam os grandes desertos de sal e o traiçoeiro trigo translúcido. Ainda estão procurando os familiares daquele zé-ninguém que seus sogros despacharam?"

"A família do Coração Tartaruga. Sim", diz Frex. "Stah Chelo'ona, como ouvimos por aí. Ou algo assim."

"Bom, então vieram ao lugar certo", afirma Buzi. "Eles estavam aqui há um tempinho. Acho que eram eles, pelo menos."

"Você sabia? E não mandou avisar a gente?"

"Eu não sabia para onde vocês tinham ido depois que a gente se separou." Buzi não se assusta mais com facilidade, como quando era uma cozinheira mais nova. "Além disso, me esqueci completamente de vocês."

A família se instala na única tenda que carregam. Estão acostumados a aposentos quase grudados, então ficam felizes quando a ama concorda em se acomodar na pequena choupana de Buzi. As crianças querem ir junto, por causa da novidade, mas Buzi nem pestaneja.

"Vocês todos têm doenças que dispenso, muito obrigada", declara ela. Não elabora, então Elfie presume que Buzi está falando das marcas de nascença, visíveis no caso das irmãs, e provavelmente escondida em algum lugar da alma rabugenta e travessa de Casco.

Eles discutem estratégias enquanto jantam a comida simples servida por Buzi, uma espécie de cozido picante de lama, pela aparência. O clã que estão caçando, caso estejam falando das pessoas certas, está acampado a uma manhã de viagem dali, mais ou menos para o norte; na direção dos campos de sal, mas um pouco antes. Isso se eles não tiverem erguido acampamento e continuado a jornada, alerta Buzi. Ninguém fica por muito tempo num mesmo lugar, a menos que viva em cidades como Ovvels e Qhoyre, onde as construções são mais sólidas do que tendas e complicadas demais para desmontar e levar por aí. Ainda assim, Buzi diz que vai guiar a família missionária até lá, esperar e voltar com eles. Mas podem ficar só mais uma noite acampados perto da sua choupana, porque ela não quer a reputação de estar dando abrigo a bruxas.

"Sério? Que obsessão por bruxas é essa?", diz Frex. "Uma nova e horrível ansiedade. Somos gente temente, que dobra os joelhos diante do Deus Inominado."

"O senhor não consegue ver seu deus, nem sabe o nome dele", rebate Buzi. "Então como sabe para que lado dobrar os joelhos? Nunca entendi essa parte."

"Alguns de nós adoram Lurline, a rainha fada", insiste a ama.

"Bobajadas e palermices", fala Frex.

Mas Elfie acha que o rancor doméstico tem um aspecto amigável. Elfie sente saudade de Unger, e quase admite estar sentindo falta do Pari'isi To'or, então trombar com Buzi no meio do nada é um doce acidente. E ela continua desagradável como antes! Que consolo estranho. Frex até permite que o Casco se deleite com uma tacinha de vinho de videira-fluvial, achando que é a primeira experiência do menino com a bebida.

Eles fazem um brinde ao tempo que passou e ao tempo que ainda virá. A ama entoa um suave hino a Lurline, e pela primeira vez Frex não a faz se calar. Todos derivam em jangadas de sono, sentindo a coisa mais próxima da felicidade que Elfie já sentiu, algo que nunca ousou ser possível.

Ao longo da noite, é claro, o mundo volta a seu estado irritante de sempre. A tranquilidade é uma convidada passageira, e sob escrutínio se dissolve, tímida como um fantasma.

55

Primeiro vem a questão de quem vai se juntar a Buzi na expedição. O fim desejado: pedir perdão pela forma como Frex e Melena, ao atrasarem Coração Tartaruga em sua missão, podem ter colocado o sujeito em perigo. Frex, o requerente principal daquela campanha. Mas quem mais? Casco é cáustico demais, imprevisível demais, tanto para levar junto quanto para deixar para trás.

"Eu me ofereço para cuidar disso", diz a ama, teatral. "Esse sempre foi o meu fardo." Está aliviada por poder ficar de fora.

Frex quer que Nessa se junte à delegação. De início, a menina concorda, mas quando a ama traz os sapatos dela e se ajoelha à sua frente para calçá-los, o primeiro pé despeja um escorpião bege na terra. O segundo faz o mesmo. Assustada, Nessa muda de ideia. A dócil mocinha se nega a obedecer. (Ela também está crescendo.)

"Tudo isso é um sinal", insiste a menina. "O Deus Inominado enviou dois mensageiros venenosos sagrados para mostrar que minha ida pode ser arriscada, talvez fatal."

"Fatal para você ou para todos nós?", reflete Elfie, inocente. "Faz certa diferença."

"Não vou permitir que me exponham pelas minhas deficiências", continua Nessa. "Pai, se o senhor armou para que Coração Tartaruga estivesse no lugar certo e na hora certa para a sua morte, o problema é seu. Não vou marchar por aí à procura de simpatia para poupar o senhor. Não vou colocar a porcaria desses sapatos envenenados. Vão sem mim."

Uma ferocidade de convicção no seu tom e muita clareza.

"Não criei vocês para serem assim tão bocudas", murmura o pai, mas recua. "Bom, talvez seja uma boa você ajudar a ama a ficar de olho no Casco."

"Ela não manda em mim", diz o menino, que aos 8 anos é um rojão de combustão crescente.

Frex dá um tapa na boca de Casco.

"Sei que o senhor está irritado, mas isso foi desnecessário", afirma a ama, suave. "Controle-se, por favor."

E assim eles partem na direção do vilarejo sem nome, seguindo uma trilha cercada de ervas-caligem em ambos os lados. Buzi, Frex e Elfie. Ela sabe por que foi incluída no grupo. Melena está morta, e Elfie é a filha mais velha do presbítero. É função dela estar ao lado do patriarca em momentos como este. A obrigação não dita dos primogênitos.

O caminho leva por uma mesmice de floresta recém-crescida, baixa, cerrada e úmida. Buzi comenta que esta parte da Nação Quadling foi drenada pelos engenheiros da Cidade de Esmeraldas. Agora, o veio de rubi já foi explorado, deixando para trás escombros de plantações de pérola vegetal. Os peixes e as aves aquáticas das quais os quadlings migratórios dependem desapareceram, estão voltando bem aos poucos.

"Ah", diz Buzi, contando a história de forma lânguida. "Mas é claro que o lençol freático mirrou, e o que emergiria do leito cada vez mais estreito do rio senão a carcaça daquele velho perqu'unti?"

No início, ninguém sabe muito bem do que ela está falando. Elfie se esqueceu, e Frex estava ausente a maior parte do tempo naquela distante manhã do confronto com os quadlings armados.

Porém, Buzi continua.

"E, quem diria, foi justamente a Buzi aqui quem o encontrou! Os peixinhos devoradores não ousaram tocar nele, então lá estava o cadáver, totalmente preservado."

"Quão longe daqui foi isso?", pergunta Frex, com um tom neutro, sem um real interesse.

Buzi ergue uma sobrancelha.

"O senhor continua devagar, não é? Não reconhece onde está? *Esta* é a velha margem. O local onde dormiram noite passada é onde acamparam dez ou sei lá quantos anos atrás. Agora estamos acompanhando a margem do leito antigo. Lá em cima a água volta, onde diques e bermas foram construídos para conter o fluxo. Mas agora estão caminhando pelo fantasma do corpo d'água." E Elfie vê que é verdade.

A trilha fica em um declive, e trechos mais antigos e desgrenhados de mata crescem dos dois lados conforme o grupo avança.

"Espero de coração que nenhum outro crocodrilos nos pentelhe hoje", murmura Frex.

"Eles já não existem mais", fala Buzi. Depois acrescenta, com alegria: "Se seu deus sem nome for poderoso o bastante, é capaz de trazê-los de volta para que o senhor possa expiar seus pecados".

O grupo continua em um silêncio que fica mais cheio de ódio e mais bem-vindo a cada segundo.

Em uma espécie de cais de balsas, há três homens agachados juntos, jogando ossos e fumando. Ficam de pé quando Buzi começa a se aproximar. Ela chama um deles de Ti'imit e o apresenta ao grupo de missionários como seu esposo. Frex não dá sinal algum de já ter conhecido o homem antes. Ti'imit retribui a indiferença. Cautela dos dois lados. Buzi intimida Ti'imit até convencê-lo a deixar de lado o jogo de azar e os ajudar a atravessar o rio, que neste ponto é raso e lento.

"Matagal de plantas pantaneiras", diz ela a Ti'imit.

"Uma balsa", fala Elfie, empalidecendo tanto quanto é capaz de empalidecer. "Nem há sequer um barco com laterais?"

"Ah, verdade, você não gosta de água. Mas essa balsa fica bem alta acima da superfície."

"Não alta o bastante", rebate Elfie.

Ela se nega a subir enquanto a embarcação navegar tão baixo. Frex insiste. Até que um banquinho é trazido e Elfie sobe nele, apoiando os sapatos nas travas. Camadas finas de água banham o convés em curvas sinuosas. Respirando fundo enquanto se distrai fazendo contas matemáticas na cabeça, a garota consegue tolerar a situação.

Não é uma viagem tão longa pela água, provavelmente menos de meia hora. Logo desembarcam do outro lado, em uma área livre de vegetação, ampla o bastante para acolher a balsa.

"O crocodrilos tem as costas cheia de negocinhos iguais àquelas coisas ali", diz Buzi, acenando na direção de um padrão fractalmente complexo de raízes e caules. "Esperto. Ele se disfarça de mangue até a janta vir nadando até ele."

Ti'imit fica na balsa enquanto os outros seguem a pé pela terra firme. Frex começa a surtar.

"Você não quer dizer que o clã do Coração Tartaruga estava aqui o tempo todo, desde que comecei meu ministério na Nação Quadling, e você nunca falou nada, né?"

Buzi dá de ombros.

"Não, claro que não. Nosso povo se muda, acampa, levanta acampamento, acampa de novo. Os ladrões de rubi perturbam todo mundo. O clã que estamos visitando se instalou aqui há menos de um ano. Digo, desta vez. Já estiveram aqui antes."

Lá se vão eles, aclive acima, depois ao longo de uma espécie de patamar de calcário; em seguida enveredam por um bosque de carvalhos-bebês de aparência mirrada, até chegarem enfim a um acampamento de tendas montadas sobre plataformas de bambu elevadas a quase um metro e meio do chão.

"A terra ainda está furiosa", fala Buzi. "Às vezes alaga com água antiga para deixar clara a sua opinião. Melhor manter tudo bem erguidinho."

"Acho ótimo", murmura Elfie. "Cadê o topo de uma montanha quando a gente precisa de um?"

Buzi pede a eles que enquanto se apresenta. Quando volta, parece um pouco embriagada. Sua longa testa está manchada de marrom-avermelhado.

"Não sei muito bem como, mas parece que alguém lá se lembra do Coração Tartaruga, seja o seu ou algum outro, e vai conversar com vocês. Bem rápido. Trouxeram um tributo?"

"Ah!", exclama Frex. "O que ele vai fazer se a gente não tiver pensado em tributo nenhum?"

"Na verdade, é uma mulher. Chaloti'in. Venham, vocês dois."

Buzi leva Frex e Elfie para uma clareira atrás das tendas. Há um pequeno grupo reunido ali. Homens retirados de suas tarefas jazem parados em um meio-círculo atrás de uma mulher mais ou menos da idade de Frex. Ela está sentada numa cadeira dobrável com pernas em forma de X. Chaloti'in, aparentemente. Uma mulher de expressão corajosa. Seu cabelo tem um tom de preto sobrenatural, embora o rosto mostre as rugas do tempo e da tragédia. Em uma das mãos, ela está segurando um pequeno objeto de cerâmica branca. Elfie demora um certo tempo para reconhecer que é um pequeno crânio de macaco. Se ainda estivessem em Ovvels, ela o estaria medindo para fazer um par de asas.

A matriarca gesticula para que os convidados se aproximem. Buzi fica parada ao lado, pronta para traduzir se necessário. Mas, depois de tantos anos na Nação Quadling, Frex e Elfie, juntos, conseguem compreender bem o bastante o dialeto.

"Expliquem", pede Chaloti'in, a voz deixando transparecer apenas a desconfiança.

"Elfaba", fala o pai. "Você canta primeiro. Vai ser nosso tributo."

Assim, a menina verde avança, o que mais faria? Depois de todo esse tempo, o que mais pode fazer a não ser ajudar o pai a comprar certo perdão? Frex não especifica qual hino sagrado quer, então Elfaba fecha os olhos e deixa a voz sair, com medo de ir longe demais no início. Começa a improvisar. Solta uma série repetitiva de melodia melismática sem palavras, agrupada ao redor de uma nota raiz. Devagar, sobe e desce pela escala. As vogais nuas, livres de consoantes, parecem hesitantes. Ela preenche uma petição melódica diante da sábia rainha do pântano de meia-idade, em nome da família, e talvez de todo o mundo. O que qualquer pessoa pode fazer além de pedir por misericórdia?

Frex talvez esteja meio surpreso com os instintos da filha, mas não expressa oposição. Assiste à apresentação de Elfie com gratidão, mas ela não sabe disso porque está com os olhos fechados enquanto a música se espalha pelo ar.

Quando modula a voz na direção de um final sussurrado, com uma nota que não é nem alta nem baixa, mas ocupa o lugar certo, ela solta os braços ao lado do corpo. Mantém os olhos baixos e ouve o pai apresentar sua petição de forma atrevida, como se intuísse que Chaloti'in não tem paciência para retóricas rebuscadas. Mas a mulher o corta e se dirige a Elfaba.

"Cantar é só para os nossos ancestrais", diz a impressionante quadling. "Quem são os seus antepassados?"

Elfie aponta para Frex com a cabeça.

"Meu pai é o sétimo filho de um sétimo filho."

"Não estou falando dele." Chaloti'in curva o lábio superior, o primeiro sinal de que esta conversa talvez não resulte na absolvição de Frex. "Estou falando dos *seus* antepassados. De onde o seu instinto vem?"

"Bom..." Elfie não olha para o pai por medo de ver quão ofendido ele pode estar pela atenção dirigida à filha em vez de a ele. "Acho, então, que da minha mãe? Ela morreu há uns sete ou oito anos."

"Já é um começo", fala Chaloti'in. "Mas há ancestrais e ancestrais, um atrás do outro. Nós os celebramos, mas também temos cautela. São a rede feita de contas que coletou as nossas almas e nos trouxe para a luz. Você tem raízes estranhas."

"Meu pai é um presbítero da fé unionista..."

"Não estou falando daquele sujeito." O tom sugere que Chaloti'in está de saco cheio. "O que você entoou por acaso é uma canção funerária para as terras dos quadlings? Para todos nós? Parece trazer certa saudade no seu canto, mas não reconhecemos do que é essa saudade." Ela agora parece enlutada, como se Elfie tivesse chegado com más notícias. "Eu sou uma vidente", continua Chaloti'in, "como muitas na minha família. Está no nosso sangue e no ar que respiramos. Aquele que vocês chamam de Coração Tartaruga e nós chamamos de Chelo'ona Stah era um profeta. E um soprador de vidro. Sim, eu o conhecia. Era sensível e irrequieto, mas capaz de ver ameaças e provocações. Ele nos alertou. Há muito tempo, foi até os imperialistas para pedir que os militares parassem de enviar tropas para construir aquela estrada de tijolos amarelos. Com o objetivo de parar de drenar os charcos atrás do sangue cristalizado da terra abaixo dos nossos pés. Ele foi embora e nunca mais voltou, e a ruína da terra segue até hoje. Fomos expulsos dos pântanos além de Qhoyre, forçados a vagar em busca de sustento para além do que conseguimos gerenciar."

Ela deixou de lado o assunto do talento e da estranheza de Elfaba, algo que deixa a menina grata. Elfie recua um passo e estende a mão aberta na direção do pai.

"Trago notícias sobre o seu companheiro de clã", diz Frex. Chaloti'in tenta cortar o homem de novo, mas ele prossegue: "Não, agora a senhora vai me ouvir, dona Vidente. Sou parcialmente culpado pelo que aconteceu com Coração Tartaruga. Seu profeta deixou a Nação

Quadling e foi vagar pela Munchkinlândia. É o que suponho, porque as casas dos ilustres ficam perto da corte da Cidade de Esmeraldas. No caminho, Coração Tartaruga parou para adquirir suprimentos no nosso entreposto. Meu e da minha esposa. Um chalé de pedra. Eu não estava em casa na época. Minha esposa o acolheu, e eles se amigaram. Quando voltei do trabalho, também me aproximei dele. Era como um membro da nossa família".

Elfie olha de soslaio para Chaloti'in. A líder parece estar pensando que histórias de afeto são uma perda de tempo, além de um golpe baixo. Mas ao menos agora está dando ouvidos ao irmão Frexispar, o Devoto.

"Nossas atenções atrasaram a missão de Coração Tartaruga", conclui Frex. "Se não tivéssemos nos apaixonado por ele, se minha esposa tivesse apenas lhe dado uma refeição e o mandado adiante, se eu não tivesse me hipnotizado por sua mística estrangeira, ele talvez tivesse chegado aonde estava indo em um momento mais oportuno. A necessidade de um sacrifício humano foi puro azar, uma resposta pagã à seca e uma resposta da nossa família às decisões que minha esposa e eu havíamos tomado. Mas lá estava ele. Em um péssimo momento. E, assim, Coração Tartaruga foi morto. E parte da culpa é minha. Venho cambaleando pela vida desde então, fazendo emendas, tentando trazer notícias do Deus Inominado à sua nação e..."

Chaloti'in está farta desta conversa. Sem olhar ao redor, ela abre e fecha a mão livre. Um funcionário se aproxima e coloca nela um báculo feito de juncos do rio, com cerca de dois metros e meio de comprimento. Chaloti'in assente para que Frex se aproxime. Ele assim o faz, apoiando-se sobre um dos joelhos diante da realeza. Confiando que seu deus o mantenha de queixo erguido e cabeça tombada para trás. Antes que Elfie possa protestar, Chaloti'in golpeia o rosto de Frex com o báculo, derramando sangue, que escorre aos cântaros.

"Não reconhecemos a absolvição, não reconhecemos a absolvição", diz ela, calma, como se estivesse fechando um acordo comercial com um mercador do rio, e talvez seja exatamente isso que está fazendo. "E não é pelo Coração Tartaruga. O que está feito, está feito. Você que procure conforto em outro lugar, não aqui. Vai embora e não volta." Ela fulmina Buzi com o olhar, que parece assustada. "Você está maculada por se associar a esses monstros. Que vergonha." Mas depois acena com o feixe de juncos na direção de Elfie; não para açoitar, e sim para apontar. "Exceto ela. Quero que você acompanhe a menina e garanta que ela seja mantida em segurança até chegar no seu próximo destino."

Frex cai sobre as mãos e os joelhos, com sangue nos olhos. Seus ferimentos visíveis vão se fechar, mas a cicatriz de vergonha embaixo deles irá permanecer. Chaloti'in se levanta e vai embora, mastigando um pedaço de ameixa-do-charco que alguém lhe entregou, talvez para limpar o paladar depois de tanto ódio.

56

P Com sua familiar indiferença, Buzi concorda em se juntar à família quando eles partem do vilarejo sem nome onde a mulher vive. O que Ti'imit acha dos seus planos não parece importar. Os serviços dela serão prestados apenas pelo tempo que a família levar vagando pelas terras baixas, a nordeste, mais ou menos na direção de Qhoyre, capital da Nação Quadling. Depois que encontrarem um lugar onde lamparinas a óleo forem acesas à noite, ela vai embora, diz a mulher. Talvez, Elfie pensa mais tarde, a megera chamada Chaloti'in tenha ordenado que Buzi escoltasse a família em pessoa até saírem da região. Ou talvez até a contratado para isso. Buzi, contudo, não dá detalhes, não em voz alta. Não na frente da família Thropp.

Nessas semanas, ou talvez meses, Buzi serve como governanta da missão. Frex conseguiu juntar algum dinheiro com suas pregações, mas não está trabalhando agora. Sua confiança em seu chamado foi estilhaçada pela segunda vez na vida. Ele se torna um ermitão nos ermos pantanosos, orando pela própria salvação, ou implorando por força para viver até que seus filhos cresçam o bastante para sobreviverem à sua morte. Ele se esforça pouco para organizar encontros de oração. Na verdade, confia em Buzi para comprar comida para a família. Dá a ela o dinheiro para que pague aqui e ali alguma pensão pelo alívio de um teto em vez de uma tenda sobre suas cabeças, em especial nas semanas chuvosas. Buzi e a ama cuidam juntas das tarefas domésticas; Buzi cozinhando com sua indolência fácil, e a ama surtando e comandando tudo.

Ah, mas isso não é nada fácil para a ama. Elfie tem a impressão de que a mulher está cada vez mais paralisada pela umidade sufocante. Talvez sinta uma eternidade de punição a ela também, adjacente à de seu patrão, sem a possibilidade de perdão.

Enquanto isso, Nessa fica cada vez mais serena e orgulhosa de si mesma, ou ao menos é o que parece — sabe-se lá o que ela sente de fato, agora que aprendeu a governar com mais firmeza as próprias expressões.

E o pobre órfão, Casco, segue sendo um marginal juvenil, uma nota de rodapé na história da família, traído tanto pela mãe morta quanto pelo pai distraído. Está crescendo sem âncora alguma, pensa Elfie. Certa vez, ela vê o menino fuçando na bolsinha onde Frex guarda suas reservas financeiras. Está prestes a berrar com o irmão mais novo quando se dá conta de que ele está pegando dinheiro de outra bolsa escondida na própria túnica e acrescentando notas e moedas ao pouco que restou da poupança que o pai levou quando saíram de Ovvels. Provavelmente Casco embolsou aquele dinheiro dos paroquianos da cidade, mas mesmo assim.

Antes de Buzi partir, embora Elfie não veja a conversa como um adeus, a cozinheira oferece o cadáver do crocodrilos como lembrança.

"Uma lembrança de quê?", pergunta Elfie.

Buzi só dá de ombros. Mostra a coisa para Elfie. Não, não é um esqueleto. Buzi diz que o cadáver foi tirado da água e enterrado por um tempo em um pântano, onde a pele endureceu como couro, a crista da armadura desbotou e sua expressão se acomodou num esgar de reprovação. O bicho também encolheu, ou nunca foi tão grande quanto a ama se lembra. Na verdade, cabe no fundo de uma mala feita de couro de réptil, um toque cruel ou adequado, Elfie não sabe dizer.

A curiosidade da menina sobre Animais faz com que a bizarra lembrança lhe seja atrativa, mas como ela pode concordar em cuidar de um saco de costelas e órgãos preservados e cobertos pelo que resta das suas falanges dorsais? O que Buzi espera que ela faça? Traga a criatura de volta à vida? Elfie morde o lábio, pensativa. Talvez a conversa tivesse acabado ali, mas a ama estava ouvindo, sentada diante do prato de arroz e caules de pimenteiro.

"Eu fico com ele", diz a idosa. "Elfie, vou cuidar disso por você enquanto eu puder, e em algum momento vou lhe entregar essa coisa como um lembrete curioso da sua infância. Surpresa!"

"É o que tenho para provar que passei a infância na Nação Quadling", diz Elfie. "Um saco de ossos e intestinos. Quem precisa de um conjunto de chá de porcelana? Queria estar de volta às aulas no pavilhão, podendo entrar pela porta. Eu mostraria a eles essa bizarrice e depois contaria a história toda."

"Talvez você consiga tirar algo disso, daqui a um tempo", propõe Frex. Esse é um raro momento em que ele está prestando atenção em algo que outra pessoa está falando.

"Talvez tire um pouco de sentido", propõe Elfie. "Vou aprender como."

"Você pode fazer braços de crocodrilos para a Nessa", sugere Casco, pescando o mais maduro dos caules de pimenteiro da bandeja. A ama golpeia sua mão com uma espátula de madeira. "Faz um feitiço, sei lá. Você não é tão esperta? Descobre como fazer isso."

Elfie não responde. Está cada vez mais ciente das suas limitações e necessidades. Contudo, as respostas não residem em orações ou em magia, não pelo que ela sabe. A menina é inapta em ambos os departamentos. A questão em sua mente está começando a pesar. Não é fácil dizer, neste momento ou depois, com o que ela luta, exceto com a tentativa de sobreviver sendo jovem. A garota quer saber mais, mesmo que isso parta o seu coração. Fica impaciente por não saber. Unger Bi'ix e Pari'isi To'or, juntos, têm uma grande participação nisso, uma vez que moldaram nela um apetite que a menina mal vê a hora de satisfazer. Mas ela não sabe como.

57

Pbuzi desaparece de novo, deixando a carcaça reptiliana com a ama, depois de enfim levar Frex e sua família até Qhoyre. A capital da província da Nação Quadling, o perdido e subordinado quadrante de Oz.

Embora em sua odisseia os Thropp já tenham vivido aqui em outra ocasião, Elfie tem poucas memórias do lugar. A cidade é quatro, seis, oito vezes maior do que Ovvels. A vantagem de uma rua movimentada, descobre Elfaba, é que há mais coisas acontecendo para distrair os pedestres. Ela consegue passar provocando apenas um olhar de soslaio, quando muito. Bom, veja só: há outros munchkins por aqui fechando negócios, e são mais claros e altos do que os nativos quadlings. Pessoas com vestuários diversos, feições e cores de pele diferentes, e às vezes sotaques ou até mesmo línguas distintas. Não tem mais ninguém verde, com certeza; mas o verde parece ser menos ultrajante quando se há tantas outras distrações na rua.

Frex tenta, com um sucesso limitado, estabelecer outra congregação em Qhoyre. Talvez não esteja colocando seu coração naquilo. Ou talvez o povo de Qhoyre já saiba que, com a prática nativista de reverência aos ancestrais, já recebem suficiente para se sustentarem enquanto praticam a vida, o necessário para se tornarem eles mesmos, e, quando a hora chegar, transformarem-se em ancestrais.

Casco se aproveita dos becos movimentados, dos mercados entorpecidos. Em pouco tempo, desaparece no meio da multidão. Bater carteiras é moleza em uma cidade grande como esta. A ama se desespera com ele, mas na sua idade ninguém espera que a mulher saia correndo atrás do menino por entre as bancas, tentando fazê-lo obedecer às leis.

Já Nessa... pobre Nessa. Algo na experiência com os escorpiões nos sapatos a aterrorizou, mas é bom. Ela insiste em andar descalça, o que lhe dá a aparência da estátua de uma deusa cujos braços foram arrancados. Humildade em estado bruto. Ela parece, de alguma forma, gostar de ser um pouco repulsiva. Elfaba não compreende, mas as mecânicas curiosas do caráter não importam tanto a Elfaba quanto outros tópicos. Por exemplo, como os pulmões e a mente funcionam, e onde fica a alma, caso a pessoa acredite em tal conceito. E, nesse caso, Animais têm alma? Se não, por quê? Nenhuma das homílias do pai abordam a questão, o que a deixa irritada.

Certa tarde de tempo fechado, no outono do ano seguinte, Elfie está a caminho de casa depois de uma tentativa murcha de cantar para uma pequena audiência após o sermão simplório do pai. A mente dela está em ervas, música e homilética. Quando recua um passo, tentando evitar a água que uma carruagem espirra ao passar, alguém a cutuca na omoplata. Ela se vira para reclamar da interrupção. Precisa entregar cebolas para a sopa da noite, e a ama deve estar esperando.

Há um homem parado à sua frente, usando uma capa refinada de impressionante distinção. A menina não o reconhece, mas o traje é ornamentado na gola com pele de arminho. O coração dela pula uma batida.

"Por que o senhor está me incomodando?", solta ela, assim que tem certeza de que não é Unger.

"Eu conheço a senhorita", diz o cavalheiro. Sua forma de falar e sua deferência são quase corteses. "Jamais a confundiria com outra pessoa."

"O senhor não me conhece. Ninguém me conhece." *Nem eu mesma*. Ela não compreende por que reage com súbita indignação. Ou talvez seja medo.

Ele explica. É tio do antigo tutor da garota, Pari'isi To'or. Não diz "seu amigo", e esse é o ápice da sua educação, pois Elfie nunca chegou a decidir se estudar coisas juntos constituía uma amizade ou apenas uma troca.

O tio se identifica como Pari'isi Menga'al. Elfaba se lembra dele. Um dos cidadãos mais influentes de Ovvels. Foi o sujeito que meio que expulsou a família do vilarejo, não?

Pari'isi Menga'al convida Elfie para tomar chá de canela em um café próximo. Ela nunca ousou adentrar um estabelecimento como este, mas está curiosa demais para dispensar a oportunidade de ouvir sobre To'or. O tio guia Elfie, usando o mais leve dos toques, até uma mesa. Alguém vem e lhe pergunta o que ela quer.

A garota nunca soube dizer o que quer.

Pari'isi Menga'al pede por ela.

"Preciso ir para casa, não estou de férias aqui", diz para o sujeito enquanto aguardam as xícaras de chá.

A bebida quente chega. A canela emana seu persuasivo odor de um conjunto de chá de porcelana disposto em uma bandeja rendilhada feita de arames torcidos. Ela fecha os olhos para absorver o calor na pele, mas de repente é abalada de súbito pelo luto referente a como o tempo está passando. Ela tem pouquíssima vida pela frente. Toda xícara de porcelana acaba quebrada, cedo ou tarde. A umidade incômoda nos seus cílios devem ser devido à condensação do vapor do chá. Ela enxuga os olhos.

"O que o senhor quer comigo?", dispara sem dó para seu acompanhante.

Ele conta que o rapaz morreu. Como esperado. Talvez umas três estações depois que os Thropp desapareceram de Ovvels. Pari'isi To'or falava de Elfie usando apenas um tom respeitoso, e esperava, assim como Unger Bi'ix, que ela não acabasse bloqueada pelas limitações da sua origem.

"Limitações?", solta Elfaba, rabugenta. A audácia! "Minha mãe era a Segunda Descendente Thropp de Jardim Colwen, caso não saiba. A gente pode não ter mais muito contato com a família, mas agora eu sou a Segunda Descendente Thropp. Pelo menos. Não que eu queira um título desses, ou precise de um. Mas ora, não sou tão decadente assim. *Limitações!*"

"E o seu pai, que a criou?" É a mais leve das insinuações; mas, na suave hesitação de seu acompanhante, ela pode inferir que o homem acredita que o pai falhou perante a filha.

Frex não levou Elfie em consideração. Seu chamado sagrado o cegou para a realidade das necessidades da menina.

Talvez Pari'isi Menga'al não tenha tido a intenção de sugerir algo assim, mas a conclusão é registrada na mente de Elfie com a clareza da prova de um teorema. O lampejo de compreensão bloqueia o som da voz de Pari'isi Menga'al por um momento. Uau, ela acabou de crescer, em um único instante. Dói. A libertação também deixa suas cicatrizes.

"Meu pai fez o possível. Mas me diz, o Pari'isi To'or sofreu?" Mas depois ela balança a cabeça e ergue as duas mãos, cancelando a pergunta. Não quer saber. "Por que o senhor me parou? Só por que me conhecia? Isso lá é razão para me impedir de levar o jantar para a minha família?"

O homem ri.

"Claro que não. A senhorita já tinha a reputação de ser cabeça-dura, e agora entendo o porquê. Não, srta. Elfie. Como eu estava dizendo..."

"Elfaba", diz ela.

"Srta. Elfaba. Não, eu a parei porque coincidências são tão válidas quanto o destino. Assim como profecias. A senhorita parou na minha frente enquanto eu esperava para atravessar a rua. Sorte a minha que estava atento o bastante para reconhecê-la."

"Como se fosse muito difícil. Não sou o tipo de pessoa fácil de confundir."

"Mas a senhorita cresceu bastante. Viu alguém de Ovvels desde que foi embora?"

"Nunca."

"Viu? Mas cá estamos nós, seja por sorte ou destino. Esta semana, estou na capital para resolver questões municipais de Ovvels. E trombei com uma oportunidade de honrar a história de Elfie... Elfaba. Meu sobrinho morreu antes de poder ver o próximo capítulo desta narrativa, mas estou aqui para fazer isso por ele."

"Se não estou enganada, o senhor nos forçou a abandonar Ovvels. Certo?"

"Não", disse ele, firme. "Eu fiz uma visita obrigatória para registrar uma reclamação, mas não tinha a intenção de tomar qualquer outra providência. Agora tenho, contudo, em uma direção diferente. Rumo ao próximo capítulo, como falei."

"Acho uma graça o senhor acreditar que há um próximo capítulo. Acho que estou presa neste."

"Bom, talvez esteja. Ou talvez não." Ele se inclina adiante. "Como sabe, nossa família fecha muitos negócios com aquele vendedor de tecidos. Unger Bi'ix. Foi onde meu sobrinho a conheceu, certo? Passamos no estabelecimento dele várias vezes por ano. Em diversas ocasiões, Unger resmungou ter esperanças de que certas recomendações que fez à senhorita fossem ouvidas."

"Não acho que isso é da conta do senhor. E de toda forma, não me lembro dessas tais recomendações."

"Mas eu lembro. Ele sugeriu que a senhorita prestasse a prova para entrar na Universidade de Shiz. Ele acredita que, apesar da sua falta de estudo formal, sua mente é fervilhante e astuta. Talvez ingressar em uma faculdade a faça se livrar das expectativas limitadas da sua família. Ele mencionou isso para mim mais de uma vez, todo melancólico. Eu adoraria voltar e dizer a ele que a senhorita surgiu no meu caminho em Qhoyre e que levantei a questão. Estou aqui a negócios por poucos dias, mas posso fazer perguntas em seu nome."

"Meu pai não aprovaria. De toda forma, minha família precisa de mim."

"Não se dê tanta importância assim." O tom pode ser gentil, mas o pensamento é afiado. "A senhorita conhece as outras pessoas melhor do que a si mesma? Não me parece ser o caso. Dê a elas a chance de a surpreenderem."

Assim, ela permite que aquele figurão a acompanhe até em casa. A pousada acima do estábulo não fica muito longe, e o sol ainda nem começou a se pôr. O pai vai dar é um puxão de orelha no sujeito, sem dúvida, ofendido pela intromissão de um homem... estrangeiro, ainda por cima.

Mas Frex não manda o quadling ir à merda. Independentemente do ressentimento que experimentou por ter sido obrigado a fugir de Ovvels, foi isso que fez o presbítero alcançar seu longo objetivo de se confessar. E talvez Frex fique impressionado pelo fato de que um membro de estirpe, com boa posição social em Ovvels, teve o trabalho de tirar um tempo para ir conversar com ele.

Pari'isi Menga'al nega o convite para ficar e comer guisado de trigo, mas aceita uma pequena taça de licor de ambrosia do estoque escondido da ama, sobre o qual ninguém sabia até o momento.

Frex ouve a proposta do visitante e sua oferta de ajuda. Pari'isi Menga'al explica. Como Qhoyre é uma capital regional, mesmo que pequena e localizada na parte mais pobre do país, a distante Universidade de Shiz tem um escritório no centro comercial local. Aqui, nesta cidade.

Elfaba não sabe se quer seguir a sugestão, mesmo quando Nessa se intromete e diz que *ela* adoraria fazer a prova de admissão.

"Ele veio falar *comigo*", dispara a irmã mais velha.

"Claro que há alertas e preocupações", diz o visitante para Frex. "Sua filha é uma moça humilde do interior. Muitas coisas vão ser impressionantes e estranhas para ela em uma cidade grande. Alguns dos acadêmicos serão de famílias de posse e..."

"A Elfie é a Segunda Descendente Thropp", bufa Frex, olhando para a filha mais velha, toda desleixada. "Embora precise melhorar um pouco no quesito refinamento. Teve pouquíssima orientação desde a morte da mãe. Eu me preocupo com sua etiqueta."

"Existem faculdades separadas para moças e rapazes", continua Pari'isi Menga'al. "A supervisão é intensa, então o senhor não precisa se preocupar. Ainda assim, vai haver desafios. A sociedade é diferente lá. Muitos tipos de gente diferente, de toda Oz. Acredito que haja até Animais na faculdade. Só isso já exige certa mente aberta."

"Animais?" Elfie está intrigada, e nem tenta esconder. "Animais educados com os quais eu vou precisar... conversar?"

"Eu não me preocuparia muito com isso", aconselha o visitante. "Acho que a prática de contratar Animais para posições de professor e pesquisador está declinando no momento. A senhorita vai estar em considerável segurança."

Elfie endireita as costas, aprumando os ombros.

"Certo. Então se o senhor conseguir uma entrevista, vou comparecer a ela. Isso se meu pai permitir."

A menina olha de soslaio para Frex.

"Creio que não esteja mais na minha alçada dar a minha permissão", admite ele. "Você ainda não é adulta, Elfie, mas com certeza não é mais criança. Eu consegui mantê-la viva por mais de 16 anos. Você não me deve satisfações."

Por alguma razão, essa é uma das coisas mais mordazes que ele já disse para a filha. A menina não consegue processar o porquê disso ser tão dolorido. Com certeza deve satisfações a ele.

Ou talvez não deva. Ainda não dá para saber. Pode ser que a pergunta não tenha resposta, ou ainda que a resposta não seja importante.

Gregory Maguire

58

Ela reflete sobre como foi parar ali, sentada imóvel em um salão de admissão quase vazio numa certa manhã. O fiscal na frente da sala a fulmina com o olhar.

"Oi?", pergunta Elfaba.

"Eu disse que a senhorita pode começar. A prova tem um tempo máximo para ser finalizada. Está com medo?"

"Não", responde a garota. Toda a sua vida vacila na ponta de uma caneta tinteiro. "Eu só estava pensando." E, com isso, ela baixa a cabeça e começa a trabalhar na primeira questão.

59

Isso é quase tudo que vou lhe contar.

Todo o palavrório, os preparativos, os adeuses, as questões sobre financiamento. Uma infinidade de nós para serem desatados e atados de novo. Alguns meses se passam até que o grande dia chega.

A ama vai ficar para trás em Qhoyre, com Nessa e Casco. A ama está toda chorosa; a Nessa, cintilantemente invejosa; e o Casco está entediado com tudo, além de irritadiço. Elfaba andou ocupada caminhando por aí com o seu novo par de botas de couro grosso, do tipo usado por mineiros. Quer amaciar os calçados. Ela não tem certeza de quem pagou pelo quê, mas não pergunta. Talvez haja bolsa para estudantes pobres. Ou pode ser que Pari'isi Menga'al, que passou na pousada dos Thropp mais umas duas vezes, tenha doado algum dinheiro em homenagem ao sobrinho. Talvez Unger Bi'ix tenha lucrado com aquelas pérolas vegetais de Pari'isi To'or que Elfie lhe deu uma vez. Não importa. As taxas são pagas, e Elfaba não se preocupa com isso. Dinheiro não lhe interessa, ela não fica grata por ter algum trocado em mãos, nem constrangida quando o suprimento acaba. Tudo uma encheção de saco.

Em sua visita final antes da partida da garota, Pari'isi Menga'al entrega a ela um presente de boa sorte. Uma pérola vegetal equipada com o tipo de ganchinho adequado para prender o adorno na orelha. Pertencia a Pari'isi To'or. Um símbolo de amizade, talvez.

Elfie aprendeu o bastante de boas maneiras para agradecer — bem a tempo para não ser considerada grosseira como um repolho fedorento e ter o presente revogado pelo doador ofendido. Mas, assim que o sujeito vai embora, a garota caminha até o rio, faz com que o brinco trace um arco alto e brilhante no céu, e consegue se livrar da necessidade de manter lembranças de amizade. A pérola vegetal afunda de novo, indo para o local de onde veio. Elfie não tem o desejo de ter amizades, tampouco quer obrigações de afeição.

O passado não nos promete nada além da certeza de que vai nos abandonar. Nos deixar órfãos. A não ser que o abandonemos antes.

No dia da partida, a ama está fora de si, distribuindo conselhos chorosos, bênçãos de Lurline, alertas, promessas e predições trágicas. Enfim, ela cobre o rosto com o avental, arranjando uma forma de se conter bem na hora certa, pois Elfie estava a um passo de fazer isso pela mulher.

Casco se esconde e se nega a sair; talvez nem esteja na pousada. A irmã não o culpa. Elfie o está abandonando, afinal de contas. Ela teria ficado tão geniosa quanto. Provavelmente.

Já Nessa... Ah... Nessa se aproxima com os pés descalços e para à luz da janela. O vapor do esterco das baias lá embaixo a envolve, mas de alguma forma é desprovido de fedor. Elfie, com a mente em frangalhos, pensa: é isso que a santidade faz. Desnaturaliza o mundo.

"Eu deveria lhe dar um presente", diz Nessa com uma voz falsa e formal. "Mas tudo que tenho são minhas feridas."

"Dispenso, muito obrigada", fala Elfie, incapaz de se segurar.

"As feridas do meu coração", explica Nessa.

"Ah." Lá fora, um relógio de torre badala. "Tudo bem. Eu não saberia como cuidar delas, de toda forma. Mas tenho algo para você." Ela coloca a mão no bolso do avental de viagem e tira dele uma pequena pedra, leve em sua palma, uma pedra preta perfeitamente oval. "Encontrei isso um dia, perto da lagoa. Faz você se lembrar de alguma coisa?"

"Deveria?"

"A pedra preta na água, que a gente transformou em ameixa-do-charco do dia para a noite. O feitiço que provavelmente não foi um feitiço. Lembra? Ou você era novinha demais?"

"Eu não consigo segurar", relembra Nessa à irmã. "Vai enfiar isso na minha garganta para silenciar minhas preces por você?"

"Nessa, aceito todas as preces que você tenha sobrando, eu acho. Não, esta pedra... é algo inerte e, ao mesmo tempo, cheia de... possibilidade. Você ainda pode enfeitiçar a sua própria vida, Nessa."

"Você sabe que não aprecio..."

"Não estou falando de mágica. Estou falando de mudança. Seguir os meus passos, ou os de outra pessoa. Ir embora. Quando for a sua vez. Transformar a pedra preta em algo que valha morder, como uma ameixa-do-charco. Sei lá. É uma *lembrança*. Entendeu? Achei que você iria se lembrar."

O sorriso de Nessa é pálido e úmido; são as lágrimas indesejadas abrindo caminho.

"Não importa se eu era pequena demais para me lembrar. Você fez isso por mim. Cuidou de mim. Não preciso de um símbolo para me lembrar disso."

Ainda assim, Elfie pousa a pedra no batente da janela. Seguraria as mãos de Nessa se... se. Em vez disso, envolve a cintura da irmã com um dos braços. Não estão se abraçando, estão só andando juntas em silêncio, de um lado para o outro em frente à janela, entrando e saindo da réstia de sol. Sombras paralelas no assoalho.

A partir de agora, a maior parte do que eu disser vai ser pura conjectura.

Frex e Elfaba vão viajar de carruagem por uma rota rural que desvia a oeste para evitar a capital de Oz. Frex vai dizer que não quer que Elfaba enfrente as armadilhas e tentações da Cidade de Esmeraldas. Talvez isso seja prudente, mas Elfaba suspeita que o pai está escondendo sua própria incerteza sobre uma cidade ainda maior do que Qhoyre, onde um munchkin seria um estrangeiro indesejado mais uma vez.

A capital. Talvez um dia ela a visite. Sozinha.

Mas agora, depois de viajar em silêncio por dez dias ou mais, com Frex orando em um dos cantos do veículo e Elfaba tentando ler os textos recomendados pelo comitê de admissão no outro; a carruagem sem pintura, puxada por um cavalo emprestado, chegará ao seu destino. Shiz será um lugar animado, vigoroso e ensolarado. O clima estará seco, algo quase totalmente novo para Elfaba, que foi criada na umidade. As imensas árvores terão galhos mais distantes uns dos outros, e folhas serão mais abundantes, mais flexíveis e menores. Provavelmente haverá o movimento do vento nos ramos, uma corrente seca em vez de molhada, fazendo barulho enquanto sopra todo o ar ao redor.

A Universidade de Shiz forneceu instruções sobre como encontrar o saguão de recepção, então o cocheiro boquiaberto irá navegar pelos bulevares e pelas vias da cidade até enfim chegar ao destino. Orgulhosa, a construção quadrada de granito ficará localizada sobre um trecho de gramado pintalgado de coloridas folhas vermelhas e amarelas. Se as árvores verdes são capazes de mudar de cor aqui, pensa Elfaba, fazendo uma rara metáfora, talvez eu possa também.

Seu pai a ajudará a descer da carruagem, oferecendo a mão acostumada a apoiar a outra filha. Elfaba se negará a chorar, mas ele irá assoar o nariz. Vai descarregar a bagagem da menina. Deu a Elfaba a permissão de usar o baú da mãe, aquele que costumava acomodar todas as roupas de Melena. O espelho oval vai junto. A esta altura, todas as roupas foram doadas, mas o espelho permanecerá no fundo do baú, sob trajes dobrados, papeis e livros de Elfaba.

"Não quero ver você se sentindo sozinha", dirá o pai. "Se der certo para você, talvez depois de um tempo eu possa enviar a Nessarose. Você vai nos escrever?"

Elfie olha ao redor. Outros membros da faculdade conversam. No pátio, com túnicas acadêmicas escuras, há três homens mais velhos de aparência distinta e — por Lurline! — o que parece ser um Bode, equilibrado nas patas traseiras enquanto papeia com um Símio bem-vestido. Eles se viram para olhar para a garota com um ceticismo frio. Isso não vai dar certo. Ela deveria voltar para a carruagem, voltar para as terras pantanosas. Quase estica a mão para pegar a do pai.

Os cinco professores, se é isso o que são, vão ter o escrutínio interrompido pela chegada de outra carruagem. Os membros da faculdade vão se virar, bloqueando a visão de Elfie. Ela não consegue enxergar, mas infere uma brilhante presença dourada, uma estudante com voz aguda que emerge e desce do veículo. Ela vai declarar, em deleite pela própria competência: *Então aqui estou eu, eu* consegui *chegar sozinha, direto da estação! Doutor, consegue imaginar?* Todos voltam a atenção para uma hipnotizante recém-chegada, o que é meio desorientador, mas bem-vindo. Isso dá a Elfie a oportunidade de respirar fundo e juntar coragem.

Ela desvia o queixo pontudo dos recém-chegados. Vai haver tempo o bastante para isso.

"Não seja tolo, pai. É claro que vou escrever."

"Posso dar um conselho?"

"Não. Obrigada, mas não. Qualquer coisa que o senhor pudesse me ensinar, já ensinou. Não vou esquecer. Mas estou aqui para aprender outras lições."

Ela vai recuar um passo. Não vai beijar ou abraçar Frex, mas imagino que vá tocar de leve em seu antebraço. Ele vai ficar olhando a filha cambalear pelos paralelepípedos até chegar aos degraus diante do pavilhão. A menina vai estar toda afobada, como se o pai pudesse mudar de ideia a qualquer instante! As janelas altas da construção vão cintilar, refletindo um azul-bebê com estranhas nuvens finas. Os céus de um clima estrangeiro. Um que se tornará o dela. Lá estará Elfie, parada com um vestido de viagem preto que não chama atenção, como é adequado à filha de um presbítero. As portas do pavilhão irão se abrir diante da garota, que não vai olhar para trás. O que acontece em seguida vai ser a história dela, não dele; então Frex se vira conforme ela avança.

Isso é como vejo as coisas, de toda forma. Mas quem sou eu para saber? É tudo uma conjectura. Uma análise sintetizada pelas testemunhas incipientes desses anos difíceis. Somos o vento úmido, os rios preguiçosos e refulgentes, talvez o globo de contemplação, talvez o Macaco-assombração. Assistindo. Assistindo do passado sombrio à aurora verde. Esperando para ver como as coisas vão se desenrolar.

Gregory Maguire é um aclamado autor norte-americano, nascido em Albany, Nova Iorque, em 9 de junho de 1954. Ele é conhecido por romances que revisitam contos de fadas clássicos, oferecendo perspectivas alternativas e análises psicológicas aos personagens. Sua obra mais famosa é *Wicked*, publicada originalmente em 1995, que inspirou o famoso musical homônimo da Broadway. Maguire também escreveu uma série de romances relacionados ao universo de Oz, bem como outros livros que exploram temas de fantasia e ficção especulativa. Saiba mais em gregorymaguire.com

DARKSIDEBOOKS.COM